U0029811

長頸鹿男孩

琳達・洛麗奇 著
林小綠 譯

WEST *WITH* GIRAFFES

LYNDA RUTLEDGE

致　經歷颶風的兩隻長頸鹿

唯有眞心愛上動物，才能使一個人的靈魂得以完整。

——安那托爾．佛朗士（Anotole France），一九二一年諾貝爾文學獎得主

長頸鹿是我見過最高貴優雅的動物——動物界中的王子。

——約翰．桑德森（John Sanderson），旅行家，一五九五年

作者序

一九九九年，爲了做專題，我研究過很多聖地牙哥動物園的檔案，當中包括一份泛黃的新聞剪報。剪報上的故事在我心中留下深刻的印象。聖地牙哥動物園原本就有許多豐富的故事，但這個故事傳達出的格局與勇氣格外不同：

一九三八年九月，在知名女園長貝兒．班奇利的指示下，兩隻長頸鹿經歷颶風，渡海來到美國。牠們坐上一台經過改裝的貨車，歷經十二天的長途跋涉，橫越整片大陸，成爲南加州第一批長頸鹿。長頸鹿透過高窗看見美國，媒體連日報導，關於牠們的新聞報導就超過五百則。

在我讀著這些舊剪報的同時，彷彿看見一個百無聊賴的農村小女孩，她凝視窗外，剎那間兩隻長頸鹿呼嘯而過。我找到一份來自倫敦勞埃德保險的電報，還記得上面記錄了保險涵蓋的內容，包括爆胎、天災、龍捲風、沙塵暴和洪水。我被挑起了興趣，想去找出當時負責運送的管理員所寫的日記，管理員叫查理．史密斯，而就像所有大而化之的動物園男員工，他根本不是那種會寫日記的人。

這件事就這樣被擱置了下來。

直到幾年前，因爲一個令人心煩意亂的理由，我重新想起了這兩隻長頸鹿。二十一世紀初的現在，許多物種，包括長頸鹿在內，都面臨了「第六次大滅絕」（the

Sixth Extinction）的危機。一個光聽都覺得可怕的名詞。當我爲了知名野生動物的未來而感到煩憂時，我發現自己回到了一九三八年，跟著兩隻年輕長頸鹿橫越美國。我彷彿看到了後人再也無法看到的景象，好奇兩隻長頸鹿是如何讓遇見牠們的人變得更有人性。

這一刻，我恍然大悟，人類眞的可能失去牠們。我想要花時間去了解這些和我們共處在一個地球上的生物，是如何擁有感動人心的力量。在二十世紀最黑暗的時代裡，貝兒・班奇利的回憶錄《勇闖男人主宰的叢林》（*My Life in a Man-Made Jungle*）能夠成爲國際暢銷書，便足以可見一斑。這不光是「生命的循環」這麼簡單，面對希勒特勢力的擴大，國內經濟全面蕭條，兩隻長頸鹿的出現鼓舞了全國上下。

於是故事開始在我心中成形，但要去撰寫一個由眞實事件改編而成的歷史小說並不簡單，首先必須要做足功課，才能捕捉到生命的樣貌。過去是現在的借鑑。新世紀的我們面臨許多重大考驗，其中最叫人擔憂的便是動物的滅絕。好消息是，世界各地的保育機構、研究中心、水族館、庇護所、基金會，以及像聖地牙哥動物園這樣的地方正在努力挽救這些瀕危生物。這也是爲了我們自己，即使是像蜜蜂和蝴蝶這樣微小的生物，一旦失去牠們，人類都必將付出慘痛的代價。

在未來的日子，倘若有人在書架或圖書館裡發現這本書，都是上帝爲了不讓這個世界變成沒有大象、熊貓、老虎、蝴蝶和長頸鹿的地方。知名自然作家喬恩・莫阿勒姆（Jon Mooallem）在二〇一四年的ＴＥＤ演說上曾提到，人類對動物的感情會密切關係到動物未來的存活。他是這麼說的：「故事、情感和想像力都會成爲保育的力量。」

也許眞是如此。

我們沒有機會和兩隻成頸鹿一起長途旅行橫越美國，學習生命的祕密，並且愛上牠們，但我們仍然可以從牠們身上獲得感動和啓發。牠們始終與我們同行，期望這一點永遠不會改變。

琳達・洛麗奇

〔推薦序〕

故事、情感和想像力都會成為保育的力量

——蔡穎昌（「走近動物園」版主）

長頸鹿無疑是一般民眾腦海中的野生動物代表，但與此同時，不知爲何，在《最後生還者》、《蜂蜜幸運草》等現代創作中，對牠們的描繪總是不同於其他動物，彷彿自帶一種遺世獨立的氣場，好似《魔法公主》中的山獸神。

這個世界需要從自然中學習，但兀自將人類對文化的憧憬加諸其上，可能反而因此錯失習得生命眞諦的機會。

在《長頸鹿男孩》中，與上述作品不同，這些高大的巨人貪吃、敏感，會受傷、打噴嚏，好幾次直接用厚重的蹄往人臉上招呼，相較於優雅、脫俗的文化象徵，書中的兩頭長頸鹿是紮紮實實地以動物的樣貌存在。

不僅如此，作者在字裡行間透露的二十世紀初期行業Know-How，明顯是經過詳實的考究，即使在如今看來也是饒富興味，並且經過與現代的動物園管理知識比對，還能獲得更上一層的樂趣。

比如現在的動物園多半都和專業的動物運輸廠商配合，爲了讓動物習慣運輸箱的存在，會提早進行減敏訓練，在規格上也會爲了避免路運過程中因動物受驚、躁動釀

成意外，而設計爲恰好能轉身的幽暗空間，也就是說，故事中那樣從天窗探出頭享受公路旅行的長頸鹿已成絕響。

但另一方面，長頸鹿躺臥睡眠的習性在近年得到廣泛接受，甚至有研究指出，倘若條件得宜，成年的長頸鹿躺下後能睡上六到八小時不等，因而業界共識便從當時的「只有死長頸鹿會躺下」，轉變爲必須提供長頸鹿能夠安心躺臥的環境。

至於故事中每次休息都要買上好幾麻袋、被拿來引誘長頸鹿的洋蔥和蘋果，雖然仍是不錯的獎勵品選擇，但隨著對反芻動物消化系統的理解加深，過高的糖分被證實會導致一系列的健康問題，這些小零嘴已經不再被視爲主食的選項，取而代之的是新鮮枝條或者青貯料。

在我們閱讀書本的當下，北美洲已有超過六百頭長頸鹿，書中甫步上軌道的聖地牙哥動物園也即將屆滿一百零七歲。如今的它被譽爲「世界第一動物園」，是一個國際性的非營利保育組織，在全球主導超過兩百個保育項目、強調「Storytelling」的重要性，致力於將野生動物的健康、照護與科學、教育相互整合，展現永續的保育解方以啓迪大眾。

就如同聖地牙哥動物園本身，從檢疫到保護性接觸，馬戲團到世界上第一位女性動物園園長乃至人類活動對環境破壞的省思，這本書中還有許多寶藏等待被讀者挖掘。

而加州的第一批長頸鹿幾經波折橫越美洲大陸的冒險旅程，便是那足以勾起讀者興趣、使其繼續深入探尋的導引。

期許各位在閱讀的過程中都能和伍迪與我一樣，打從心底感受到長頸鹿的悠鳴。

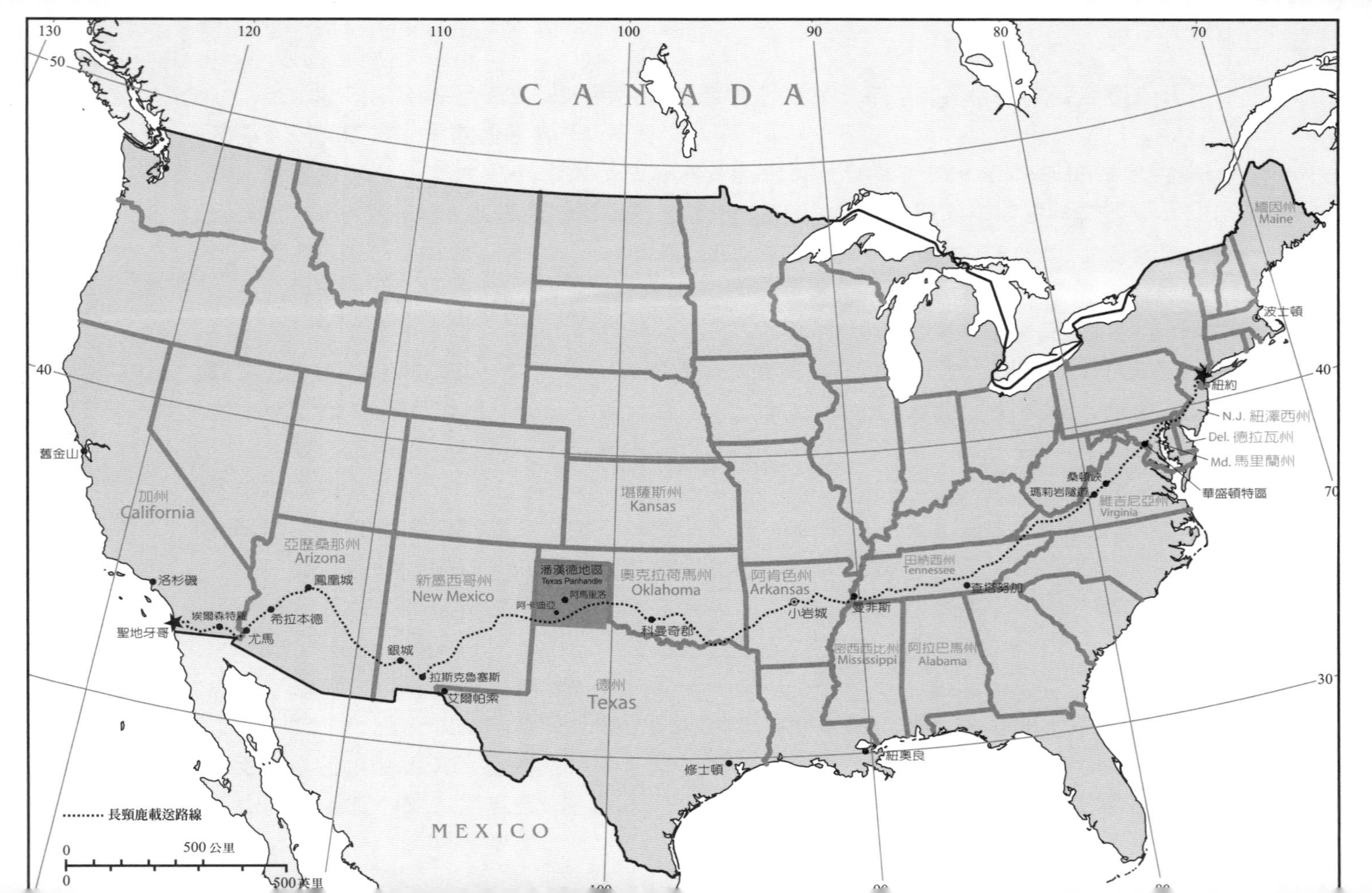
CANADA
MEXICO
緬因州 Maine
波士頓
紐約
N.J. 紐澤西州
Del. 德拉瓦州
Md. 馬里蘭州
華盛頓特區
桑頓峽
瑪莉岩隧道
維吉尼亞州 Virginia
田納西州 Tennessee
查塔努加
曼菲斯
阿肯色州 Arkansas
小岩城
密西西比州 Mississippi
阿拉巴馬州 Alabama
紐奧良
修士頓
奧克拉荷馬州 Oklahoma
科曼奇郡
堪薩斯州 Kansas
潘漢德地區 Texas Panhandle
阿馬里洛
阿卡迪亞
德州 Texas
新墨西哥州 New Mexico
銀城
拉斯克魯塞斯
艾爾帕索
亞歷桑那州 Arizona
鳳凰城
希拉本德
尤馬
埃爾森特羅
聖地牙哥
洛杉磯
加州 California
舊金山
長頸鹿載送路線
500 公里
500 英里

※本地圖路線參考自作者網站：https://www.lyndarutledge.com/disc.htm

紐約世界電訊報
New York World-Telegram

一九三八年九月二十二日

長頸鹿海上遭遇颶風奇蹟生還

〔九月二十二日紐約特稿〕

羅賓號（SS Robin Goodfellow）經歷了一場襲擊美國東岸的大颶風，千瘡百孔的船隻於今晨駛入紐約港，船上載有兩隻歷劫歸來的長頸鹿⋯⋯

一九三八年九月二十三日新聞編譯

⋯⋯根據其中一位少數海上颶風倖存者的描述，本週，一場毀滅性颶風侵襲海地近岸，貨船**羅賓號**正好行經此處。目擊者指出，滔天的巨浪遮蔽了天空，魚群在空中游走，強風掀起海上龍捲。水手們受困甲板，眼睜睜看著一名船員被風浪捲起，在危及之中掙扎地爬向貨艙，幸得艙裡的夥伴拉了一把。無奈之下，他們丟下兩隻裝箱的羅氏長頸鹿不管，讓牠們在驚滔駭浪的甲板上自生自滅⋯⋯沒多久船身往右傾斜，在大浪中撐了六個小時，直到風浪平息，船身轉正。甲板上餘留一具被固定的木板箱，箱裡站了一隻飽受風雨摧殘的長頸鹿，而牠同伴的木板箱變成欄杆旁的一堆碎片。箱裡的龐然大物了無氣息地露出一顆頭。當船員們合力想將屍體推落海中時，倒地的長頸鹿蠕動了一下，睜開眼睛⋯⋯

我生平沒有多少知心朋友，其中就包括兩隻長頸鹿……

——伍羅・威爾森・尼可（Woodrow Wilson Nickel）

序幕

二〇二五年，在一個尋常的日子裡，伍羅．威爾森．尼可以高齡一百零五歲平靜地死去。

他活了整整一個世紀又五年。

一名長期任職於退伍軍人醫院的年輕聯絡員，負責將他的遺物轉交給在世的親人。然而伍羅．威爾森．尼可孑然一身，遺物也只是一個陳舊的軍用提箱。聯絡員站在空蕩蕩的房間裡查看時間，一刻也不想耽擱。她的工作就像遺物守護者。百歲人瑞的遺物年代久遠，只有他們還會使用軍用提箱。無人認領的老提箱處理起來相當棘手，箱裡代表的一切隨著逝者已矣，失去了意義，彷彿一段過往就此煙消雲散。她深吸一口氣，打開箱子，心想裡面八成是發霉的軍服和泛黃的照片吧。

沒想到居然是一隻長頸鹿。

箱裡有一大疊用麻繩綑綁的筆記本，本子上是一份泛黃的長頸鹿新聞剪報，以及一尊年代久遠的聖地牙哥動物園長頸鹿陶瓷玩偶。她忍俊不禁，拿起玩偶，內心一陣惆悵。如今的社會已經很難看到長頸鹿了，小時候，動物園裡總能看到一大群高大的長頸鹿呢！

她輕輕放下長頸鹿，正要挪走本子，無意間瞥見最上面一本上有著老人潦草的大字跡。她往床沿一坐，仔細閱讀起來：

我生平沒有多少知心朋友，其中就包括兩隻長頸鹿，一隻沒把我踢死，一隻救了我這孤兒一條賤命，以及妳的寶貴性命。

牠們都走了很久，我恐怕也來日不多。我死了沒什麼遺憾。但電視上有個傢伙說世界上就快看不到長頸鹿，同時瀕臨絕種的還有老虎、大象以及老頭子說滿天蔽日的鴿群。我拚命拍打螢幕要他閉嘴，但我知道他說的是事實。

然而還有妳，以及一段妳和我的故事。我不能讓這段故事隨著我這把老骨頭一起灰飛煙滅，那將是我最大的遺憾。若說我曾見過上帝的臉，那會是出現在這些長頸鹿的大臉上。我死後沒能留下什麼東西給牠們、給妳，有的只有這段故事。

所以，我抓緊時間寫了下來，只盼望有哪位好心人能讀到這篇故事，幫忙送到妳手上。

就這樣，聯絡員不再急於完成分內工作，她翻開第一本筆記本，開始閱讀⋯⋯

……我已經太老了。

老到迷失在時間和空間裡，老到迷失在回憶中。

我待在這個四四方方的小房間裡，感覺自己的生命……正一點一滴地流逝。我不知道自己坐了多久，整個晚上，我的腦袋昏昏沉沉，好一會兒才發現自己跟著其他老人一起盯著一台精美的電視機看。螢幕中的男人正提到地球上僅存最後一批長頸鹿，我記得自己坐著輪椅衝上去揍他，隨即又被推回原位，一名護理師替我包紮流血的指關節。

我還記得有名看護逼我吞下鎮定藥丸。

這是最後一次了。現在，我用顫抖的手拿著筆，打算寫下我唯一記得的事。

我得動作快一點才行。

我要用人生殘餘的清醒時間，來告訴你們關於黑色風暴（注）的事，另外還有二戰、法國牡丹花，以及我的妻子，許多任的妻子，和那數不清的生離死別。這些記憶斷斷續續在我腦中出現又消失。唯獨有一段回憶是那樣地鮮活，從一開始的艱辛到苦澀的結束，我活到一把年紀都仍歷歷在目。紅髮女、老頭子、可愛的野小子和

注 黑色風暴（Dust Bowl），一九三〇到一九三六年間，發生在北美的沙塵暴事件，所捲起的巨大沙塵嚴重影響美國的生態和農業。

野ㄚ頭——喔！我好想念你們。

我現在要做的，就是閉上我這雙老眼，去回想每一段珍貴的時光。

那就開始吧！

1 紐約港

船隻淩空飛過、街道淹成小河，電線炸如煙火，人群驚聲尖叫，從屋裡被沖向大海。這一天是一九三八年九月二十一日，大颶風來襲的日子。從紐約港到緬因州，颶風鋪天蓋地席捲整個海岸，七百條性命猶如鯖魚般回歸大海。

當時，沒人有所警覺，或許察覺到海面颳起風浪，或許正在憂心天邊那抹雲朵的怪異模樣，不曾想，狂風暴雨轉瞬即到，眾人倉皇逃生。

當時的我還很年輕，骨瘦如柴的身軀緊抱住碼頭木樁，一道海浪打飛了木樁，下一刻，當我恢復意識，整個人躺在壕溝裡，一名流浪漢正扯下我的牛仔靴。看到我活過來，他放聲大叫地落荒而逃。我滿身瘀青，渾身是血，褲吊帶不翼而飛，幸好人完好無缺。倖存者們大呼小叫，有人四處求救，有人尋找靈車，我抹掉臉上乾涸的血漬，提著褲子蹣跚爬起。原先所在的船屋跟著老闆庫茲堂哥一塊被沖毀，當我找到他時，他已躺在帆船碎片之中，桅杆刺穿他的身體。我是個農家子弟，長相不算帥氣，脖子上有塊胎記，如今又落得遍體鱗傷，但怎樣也比庫茲強。我這輩子跟幸運沾不上邊，但要說這是我人生中最悽慘的一天，那還眞差得遠了。我原以爲颶風是我生平所見最壯觀的一幕。

我錯了。

目光所及，船隻傾倒，房屋著火，屍橫遍野，警報聲大作，而你怎麼也想不到，在滿目瘡痍之中，居然能看到兩隻長頸鹿。

我來到這個地方還不到六個星期，肺部仍充斥著黑色風暴的沙塵，每吸一口氣，堵住肺部的沙塵便讓我難以呼吸。在來到庫茲這間老鼠肆虐的船屋之前，我住在德州潘漢德地區。我有個虔誠的老媽，但我自己是個邋遢的不良少年，脾氣和牛屎一樣臭，個性像野豬一樣難搞，當地警長可認識我了。三〇年代，黑色風暴來襲，近千萬畝農田被毀，人民流離失所。有人死了，就像我爸媽和妹妹，有人跟隨奧克移民（注1）離鄉背井遷往加州，有人則像我一樣投靠親戚。我在世上唯一的親人是住在東岸一個名叫庫茲的陌生人。對我這個十七歲的農家子弟來說，他就好比住在月亮上的人。我孤苦伶仃地在荒涼的大地上替親愛的家人挖墳，唯一能求助的對象是警長，但我不能去自投羅網。

當時一整晚，我坐在父母和妹妹的墓穴旁。天亮後，我帶著一身害死大家的沙子，蓬頭垢面跑到老媽枯萎的花園裡，挖出她放在密封罐裡的錢幣。我沒流下一滴淚，蹣跚地走向馬路。一台聯結車開來，問我去哪，我發現自己居然發不出聲音。

「你是奧克移民嗎？」

我語塞。

「怎麼不說話，孩子？」司機說。

我一個字也吐不出來。司機打量了我一番，大拇指比比空蕩的後車斗，隨後將我放在牧爾舒車站。正對面可是警察局啊！在等待東行列車的同時，我警惕地盯著警局大門，不然萬一被警長逮到，少不了一頓盤問。我坐上車，列車發動時，警長正好走出門和我對上眼。

火車每停一站，我就提心吊膽一次。我用老媽的錢最遠只能搭到田納西州查塔努加市，之後跳上一列篷車，目睹一群流浪漢偷了一名乞丐的鞋子後把他推下火車，於是我偷了一台摩托車，沿路像流浪狗一樣偷食物吃，還被一名乞丐拿折疊式剃刀給搶了。車子沒油了，我就用走的，我睜著乾枯的雙眼走了又走，直到眼前出現一片望不盡的汪洋大海。庫茲質問我的身分，我用煤塊在碼頭上寫下回答，他冷哼道：「看來我們家族裡出了個啞巴啊！」我得替他工作才有飯吃，就這樣度過了四十個無聲的日夜。晚上只能睡在船屋後頭的行軍床上，最後連床也沒了。我舉目無親，沒人來關心我，也沒人需要我去哀悼他。庫茲是個沒血沒淚的人渣，我原本還打算搶了他的錢之後逃跑。

我緊抓褲子，踩過被颶風肆虐後的斷垣殘瓦。我橫越大半個美國來投靠的男人如今成了具死屍。我避開血跡斑斑的桅杆去摸他的口袋，裡頭空空如也，只有一隻幸運兔腳（注2）。我狠狠踹他，氣得破口大罵——我竟然可以發出聲音了。我一邊踢一邊罵，罵庫茲，罵陰沉的天空、黑暗的大海、污穢的空氣，也罵媽媽敬愛的耶穌和全能的上帝，直到不小心腳下一滑，整個人往後跌了個倒栽蔥。我仰望著滿天濛

注1 奧克移民（Okie），黑色風暴導致土地荒蕪，奧克拉荷馬州許多家庭被迫遷往加州尋覓工作。

注2 一種幸運的象徵，許多文化認爲兔腳是能帶來好運的護身符。

濛細雨，內心積壓已久的情緒一口氣爆發，痛哭得像個迷路的小孩。

哭完之後，我爬起來，用船繩綁緊褲頭，走回碼頭。

我失魂落魄地坐在碼頭上，望著一艘艘滿目瘡痍的船駛入碼頭。

然後我看到了長頸鹿。

碼頭上，死裡逃生的船員正在卸貨。我不記得自己何時站起來走了過去，只記得自己混在一群藍色吊帶制服的水手之中，死盯著眼前宛如一箱輪胎被起重機吊起的兩隻長頸鹿。其中一隻還活著，伸長筆直的脖子，露出一顆大頭，在挺過風暴的箱子裡搖搖晃晃。另一隻奄奄一息地橫躺在碼頭上，身軀佔據整座碼頭的寬度，支離破碎的箱子像手風琴般包圍牠。當時，沒多少人聽過長頸鹿這種生物。在沙塵暴來襲之前，我在學校學過一點，也看過照片，所以叫得出名字。現在，一隻活生生的瀕死長頸鹿就躺在我面前……牠睜開銅鈴般的褐色大眼看著我，眼裡盡是我熟悉不過的絕望，我的背脊竄起一陣寒顫。

我所知道的動物是用來勞動、擠乳、食用、射殺的，我絕不會把豬當寵物。爸會在餐桌上逼你感謝上帝賜給我們美味的一餐。豬除了尖叫以外，全身上下都可以吃。要是你膽敢去餵食一隻流浪狗，那無異於搶了家人的食物，後果就是被打個半死。「你在搞什麼？那是隻畜生！」爸常說。我不過是個毛沒長齊的小鬼，沒資格談憐憫，一個不小心還會下地獄遭火刑。大家都說任何低等的兩腳人類都好過沒有靈魂的四腳動物。問題是，每當我注視著動物的眼睛，那雙眼睛卻比任何人類的眼睛都來得靈動有神。那隻長頸鹿躺在地上，眼珠呆滯蒼白，看得我心都碎了。那種眼神我再熟悉不過，每當爸考慮要將牲畜宰掉、埋掉或燒掉時，動物們就會流露出那種眼神。我湊上前去看，做好被一群模樣狼狽的船員推開的心理準備。

但剎那間，藍色人海宛如紅海般分開了。

一台嶄新的搬運車開進來，長長的後車斗上立著一座兩層樓高的T型特製木櫃，上層開了一扇窗，下層是活板門，兩側各固定了一座短梯，是魯布・戈德堡（注）看了都會讚嘆不已的構造。司機緊急剎車時，我急忙躲開。車上的司機長得像花生，有對畸形的耳朵，頭髮塗滿英國知名髮蠟Dapper Dan。

副駕駛座的門開了，緩緩下來一名老態龍鍾、驢子長相的男人。往後幾年裡，我都管他叫「老頭子」——下筆的現在，我已是垂垂老矣，但當時的他，大不了才五十出頭吧！他穿著縐巴巴的外套、泛黃的白襯衫，打上狗圖樣領帶。一隻手粗糙枯槁，頭戴一頂老舊變形的紳士帽。那頂帽子看起來被踩得很嚴重，看不出原先的帽沿設計是前端兩側有凹痕，或像豬肉派的邊緣一樣內捲。

他關上車門，朝滿臉絡腮鬍的港務長走去，後者手上揮舞著兩份電報。但老頭子沒有停下腳步，旁若無人地逕直走向長頸鹿。

他先站到直立的木板箱前，那是隻公長頸鹿，牠筆直站立，搖頭晃腦。老頭子低聲對牠說話，長頸鹿的動作慢了下來，在老頭子的輕撫下停止搖晃。老頭子蹲坐

注　魯布・戈德堡（Rube Goldberg），二十世紀早期著名美國漫畫家和普立茲獎得主，因創作一系列用複雜機器執行簡單任務的漫畫而聞名。

到倒地的母長頸鹿旁，溫言暖語地安撫牠。母長頸鹿渾身打顫，他伸手探入木箱碎片底下去撫摸牠，直到長頸鹿靜止不動，再改用粗糙的手去搓牠的頭，最後，長頸鹿閉上了眼。這一刻，整個世界只剩下長頸鹿粗嘎的氣息聲，以及夾雜在碼頭海浪拍打聲中的老人呢喃。港務長一個箭步走向前，將電報塞到老頭子的眼前。老頭子瞥了一眼，扔到地上，臉上閃過一絲慍怒，這下很清楚了——他也是有脾氣的。

就在這時，船長從港務室走出來，他身上的制服破爛、鼻青臉腫，船員們全體一致轉向他。

老頭子橫眉豎眼。「你殺了我的長頸鹿？」

「先生，」港務長打岔。「請體諒他們在海上失去一名夥伴，光是能回來就是奇蹟了，更別說還帶著你珍貴的動物。」

老頭子一臉不以爲然。

船員見狀一陣譁然，作勢要衝過去，而老人居然還一副有種放馬過來的表情。

「我們都把牠送到這了……」一個船員高聲嚷嚷，你可以聽出他的弦外之音：有本事你救啊！混蛋！

老頭子置若罔聞，繼續輕撫倒地長頸鹿的頭。

在一陣騷動中，一台坑坑巴巴的灰色廂型車從馬路駛來，車門上幾個淡到模糊不清的大字寫著：**動物園**。車上下來一個身材矮壯的男人，他穿著白袍，大學生模樣，手裡拎著一個黑色醫療包，一派輕鬆地穿過人群，逕直走向老頭子。

「得讓牠站起來，不然牠會死。」動物園獸醫劈頭就說。老頭子示意港務長，後者一聲口哨，叫來兩名碼頭工人，讓他們手拿鐵鍬敲開壓碎的木板箱。老頭子按捺不住，索性自己直接動手掰開木板。等到木板清空了，套在長頸鹿身體和腳下板子的吊帶一收攏，吊臂便開始轟隆運作，將長頸鹿往上拉直。長頸鹿全身搖搖晃晃，船員從我身旁一擁而上，協助老頭子撐住牠。隨著吊臂往上一拉，套著吊帶的母長頸鹿倏地踩著三隻腳站了起來。除了老頭子，所有人都往後跳開。長頸鹿變形的右後腿彷彿被人拿鐵鎚敲過一樣。牠搖搖晃晃，掙扎著用三隻細長的腳站著。

「慢慢來……好女孩……慢慢來……」老頭子輕聲說，獸醫摸摸牠的身體。

「看這隻腳的狀況，體內器官應該沒什麼大礙。」他說。

乍聽之下是個好消息，但我想起馬匹會因為缺腳而被射殺。

獸醫打開黑色醫療包，先是清洗傷口一番，再用夾板固定，包紮好長頸鹿的腳後，他退了開來。老頭子持續安撫長頸鹿，碼頭工人乘機固定好牠的木板箱，接著，老頭子解開牠身上的吊帶。

長頸鹿搖晃地靠自己站立著。

看著這一幕，老頭子和獸醫窸窣地交談，我湊近過去聽。

「你要知道，萬一我退貨，就等於宣判牠死刑。」老頭子說。

獸醫皺眉看著那台T型搬運車。「你預計花多久時間送過去？」

「趕一點的話，兩個星期。」

獸醫搖搖頭。「最多一星期。」

老頭子高舉雙手。「怎麼可能？牠的腳傷成這樣，別說趕路，我們還得放慢速度呢！」

「正是因爲那隻腳，所以我說最多只能再撐一星期。你最好快點想辦法。」

「好極了。還有呢？」

獸醫回首眺望遠方的警報聲，惱火地說：「快去把兩隻的文件簽一簽，可別讓班奇利女士失望。到了那裡，還得經過一段時間的檢疫，確保這隻年輕的母長頸鹿能平安無事站立。瓊斯，如果我是你，我會一五一十地報告給班奇利女士。就算母長頸鹿上路，也難保不會死於途中。現在就說，總比事後再去傷腦筋如何處理一隻死在半路的長頸鹿好。」

獸醫離去後，老頭子走向港務長，簽署了一些文件。接著，起重機吊起固定好的木箱，將長頸鹿放到平板車後車斗上，碼頭工人接著綁好箱子。船員們歡呼過後一哄而散，老頭子拍了一下搬運車，上車後示意司機出發。我目送一切離去——搬運車尾隨平板車，平板車上載著兩隻以前只出現在故事裡、來自地球另一端的龐然大物。

我盯著長頸鹿離去，下一刻，我便被打回現實。現實裡，我是個無家可歸的孩子。長頸鹿奇蹟生還，而我還得繼續苟活。車影愈縮愈小，而我的未來愈來愈茫然。車子逐漸遠離我的視線。我胸口一陣悶痛，有種想吐的感覺。

我的鞋跟好像踩到東西，低頭一看，腳下是老頭子扔掉的幾張電報。我撿起來，上面的內容我到現在都還記得。

第一張是這樣寫的：

西聯電報
（WESTERN UNION）

一九三八年九月二十二日 上午六點

致：貝兒・班奇利[注]女士
聖地牙哥動物園
加州聖地牙哥

船隻遭遇颶風，
長頸鹿生還，
送抵通知。

東非船運公司

第二張則是：

西聯電報
（WESTERN UNION）

一九三八年九月二十二日 上午七點十五分

致：萊利・瓊斯先生
港務長
紐約市紐約港

〔內容〕
伯朗市動物園獸醫師港口碰面，
尋求醫師建議是否能運往加州。
貝兒・班奇利

注　貝兒・班奇利（Belle Benchley），人稱「動物園女士」，曾擔任聖地牙哥動物園園長，使其成為世界級動物園。

濕漉的電報爛成一團，從我的指尖滑落，但我已經注意到那個閃亮的字眼，對一個骯髒的小鬼來說，那個字眼比長頸鹿更加來得夢幻。

加州。

長頸鹿們要前往富饒之地！要知道，貧窮的農家子弟對「加州」的嚮往，可要遠勝於摩西和選民對應許之地的渴望。只要沒有死在半路上，可以平安無事地抵達加州的話，就能直接從樹上摘果子，從葡萄藤上採葡萄了。

我怎能錯過讓兩隻長頸鹿帶著我上路的機會？

一想到這，我睜大雙眼。如今我渾身濕透、單眼腫脹、掉了兩顆牙、胸口抽痛，再加上一隻手臂舉不直，但這都沒有關係。我眼裡閃爍著那個奇妙的字眼，我有了一個黑色風暴孤兒都沒有的東西，在一個聽天由命的時代裡——我有了一絲希望。

長頸鹿消失在轉角之處。

我拖著瘦弱的身軀，踩過污穢的地面，拔腿狂奔。

最後，我沿著石板路追著長頸鹿跑了一英里（注1）。清理馬路的工人丟下鏟子看傻了眼，從下水道拖出一具屍體的消防員則瞪大雙眼，維修電纜的工人放著滋滋作響的電線死盯著看，街頭巷尾被颶風席捲過的人們趴在窗邊呼朋引伴看熱鬧。我馬不停蹄地追趕緩慢行駛的搬運車，全然搞不清楚方向，也不知下一步該怎麼做。來到被封鎖的荷蘭隧道出口時，搬運車停了下來，一名騎重機警察呼嘯而至，呼喊司機隨他往北。但往那個方向，一路上不止一座高架橋，挑高的木板箱統統得擠過去才行。

來到第九大街高架橋，開平板車的男人跳下車，手拿棍子撥開滋滋作響的電線，測量空間。

「八分之一英吋（注2）。」他大喊。平板車緩緩行駛過去。

又過了幾條街，平板車來到下一座高架橋，手拿棍子的男人再次下車。「四分之一英吋。」他大喊。

再過了幾條街——

「半英吋！」

我們就這樣迂迴地前進，緩緩穿越城市，時間一分一秒過去，一個多小時後，東河河水暴漲，淹沒附近街道，一座工廠正熊熊燃燒。警察改而領著我們往西走。

經過中央公園時，潮濕的木板下、小徑上，愁眉苦臉的大人和衣衫襤褸的野小孩都一臉驚奇地盯著長頸鹿。車子繼續行駛，前方赫然出現喬治華盛頓大橋。這下我慌了，警察要把我們帶到紐澤西，我根本不可能用跑的跑過那座橋啊！

我瞥見馬路對面有個人，他把摩托車丟在一家店門前，衝進店裡對著長頸鹿指指點點。摩托車緩緩滑過積水的路面，宛如一台廉價的腳踏車，我趕在車子倒地之前抓住它，一腳跨過去，眼睛盯著重機警察，腳催促油門。車子一開始像匹難以馴

注1　一英里約爲一．六公里。

注2　一英吋約爲二．五四公分。

服的野馬左右打滑，接著，我穩穩地控制住車子。

我追上過橋的長頸鹿時，六台採訪車瞬間蜂擁而至，將我團團包圍。攝影師從窗戶探出頭，閃光燈閃個不停，映襯灰暗的天空。

橋的另一頭，兩名紐澤西重機警察接力護送長頸鹿，兩台大貨車繞過暴雨掃過後的斷垣殘骸，穿越廢棄火車站旁的鐵軌，來到一座柵門前，門上一塊牌子寫著：**美國檢疫**。通過大門，是一眼看不到盡頭的斜鐵皮屋頂造型的紅磚倉庫。這裡是聯邦檢疫所，經由船隻運送到國內的動物都要經過檢疫，從牛隻、馬匹到駱駝，現在連長頸鹿都出現了。

保全揮手示意兩台大貨車通過，記者們將大門擠得水洩不通，我則停在一棵被連根拔起的大橡樹旁，但車子還來不及熄火，一群記者又蜂擁返回車上。此時，一台拉風的綠色帕卡德車(注)停在我身後，一名西裝筆挺、斜戴紳士帽的記者從駕駛座上下車，逕直走向保全室。

「妳在這裡等著。」他對正爬上引擎蓋的攝影師說。這一幕令我印象深刻，直到現在仍記憶猶新——攝影師居然是個女的！

她比那位西裝老兄還年輕，一頭狂亂不羈的紅色鬈髮，想必每早整理起來都是一場硬仗！而且她穿著褲子，我還是第一次看到女人在大庭廣眾下穿褲子。她一身白色少女T恤，搭配雙色鞋和長褲，站在引擎蓋上拍照。我感覺自己又被颶風掃到，瞬間天旋地轉。如果這不叫一見鍾情，什麼叫一見鍾情？

「嗨，瘦皮猴，你也是來看長頸鹿的嗎？」紅髮女說。她看著我的那雙淡褐色眼眸深深吸引住我。當時我一定是靠了過去，因爲當她拍照時，我差點被閃光燈閃瞎了眼睛。

「萊昂，快來！」我聽見她大喊。

「喂！離她遠點！」記者大叫，衝回來一把推開我。我踉蹌退開，猛眨眼睛試圖恢復視力。

「你幹嘛啊！」她說，我已經躲到倒地的橡樹後面。「大記者，我以爲你會想採訪他。」

「拜託，小塔，那種小混混爲了點小錢可是會割人喉嚨的。別太天眞，他可是盯上妳了。」記者說：「走吧，保全說長頸鹿要在這裡檢疫十二天，我的素材夠了，妳也有足夠的時間拍照，不用花時間陪這種流浪漢。」

不一會兒，他們就離開了。警察走了，長頸鹿也不見了。夜色深沉，我在一個人生地不熟的地方，茫然無措。

我把摩托車藏在橡樹後，自己蹲在一隻死牛旁守著。就在被蚊子叮得受不了時，一輛灰色動物園廂型車停在大門前，保全揮手示意身材矮小的動物園獸醫通過，我不禁擔憂那隻跛腳長頸鹿是否還活著，當下決定自己去探個究竟。

我發現圍籬底下有個浣熊挖出來的地洞，於是從洞裡鑽過去，背上沾了一層厚

注 帕卡德（Packard），美國豪華汽車生產商，一九五八年倒閉，一九九五年其名稱被人買下，用於生產限量的大型豪華車款。

厚的泥巴，隨即匆忙跑向最高大的一間穀倉。空蕩蕩的平板車還有幾名穿著卡其色工作服的男人已經離開了。我朝裡頭瞄了一眼，穀倉裡一片陰暗，牆邊堆滿乾草。左邊有張行軍床，正中央是搬運車，右邊一座高聳的鐵圍欄裡裝了兩隻長頸鹿。被夾板固定住的母長頸鹿站得筆直，擺脫了木板箱之後，兩隻長頸鹿脖子緊緊相纏，彷彿不敢相信自己還活著，依偎起來保護彼此。

根據電報上的名字，那個叫萊利・瓊斯的老頭子並不在現場。司機從駕駛座上拿了顆味美多汁的大蘋果，靠著搬運車大口大口地啃，啃光了，便隨手把果核扔到乾草堆裡。我虎視眈眈盯著那粒果核。颶風侵襲之前我就沒進食過了，即使是粒沾滿口水的果核都好。在經濟蕭條的年代，絕大多數的人都在挨餓。黑色塵暴來襲之後，不但牲畜死了，連草原犬鼠和響尾蛇也活不了，大地上都是風滾草。人們有一頓沒一頓地過活，跟野獸一樣每分每秒都在想著拿什麼果腹。

花生臉司機用袖子擦擦嘴，走上前去直搖晃籠子驚嚇長頸鹿，放聲大笑後又繼續搖個不停。我緊握拳頭，想衝進去打斷他的牙齒，卻一時沒注意到老頭子進來的聲音，等發現時已來不及抽身，於是情急之下趕緊躲到乾草堆後頭。

老頭子怒斥司機，快步走了過去。「厄爾，過來！」他大喝。

接著，他要司機今晚先離開，然後關上穀倉大門……就這樣把我困在了裡面。我暗罵自己愚蠢，但只能按兵不動，思索如何神不知鬼不覺地脫身。

夜色降臨，長頸鹿的噴氣和跺腳聲是穀倉裡唯一的聲音。老頭子扳開面板上的開關，懸掛的電燈亮起，室內變得像白天般敞亮。我躲在這裡，和他之間只隔著乾草堆，要是他往我這邊看一眼，我將無所遁形。不過他的眼裡只有長頸鹿。他憐惜地看著牠們，沒想到一個老人會有這樣的眼神。他柔聲安慰長頸鹿的聲音讓我感到平靜。當他停止說話，空氣中只剩下長頸鹿的氣息聲。他關上燈，穀倉頓時陷入黑暗，燈光從長鐵窗流瀉而入，投下陰影。最後老頭子倒臥在行軍床上，鼾聲如雷。

這是溜走的大好機會，但這裡有吃的東西，我不能放過。我躡手躡腳靠近搬運車，踩著側踏板探頭往車內瞧。駕駛座上擺著兩個麻袋，一個裝蘋果，另一個裝甜洋蔥。我各拿了一個，洋蔥塞入口袋，整顆蘋果則一口塞進嘴裡。

當正要拿另一顆洋蔥時，我突然感到一股視線。

我轉身準備大幹一場，不料——幾步遠的地方，長頸鹿湊近鐵圍欄邊緣，長長的脖子轉過來盯著我。我渾身凍結。隔著一層薄薄的鐵絲網，被將近兩噸重的動物死盯著看可是會嚇死人。照理說我該躲得遠遠的，然而，我居然一步步靠過去，站在圍欄旁，打量起眼前的龐然大物——從巨大的腳蹄、寬大的身軀，一直往上到布滿斑紋的脖子、突起的角。爲了仰頭看巨大的長頸鹿，我的脖子都快抽筋了。牠們能踢倒圍欄，我心想。但牠們不會。此時此刻，公長頸鹿正閉著眼睛站著睡覺，模樣像極了我以前的那匹老馬。一想到這，我的心隱隱作痛。母長頸鹿則像在碼頭那時一樣，瞪著一雙銅鈴大眼盯著我，只不過現在的牠是直挺挺地站著俯視我，而不是躺著。

你可曾直視過動物的眼睛？溫馴動物的眼睛可以看穿你心中的盤算，野生動物打量你的眼睛則可以讓你背脊發涼，深怕自己會成爲牠們的下一餐。然而，長頸鹿的目光迥然不同，既不是恐懼，也沒有虎視眈眈。巨大的鼻孔朝我的頭頂噴氣，而我的腳動彈不得。牠吐著溫暖難聞的氣息，口水沾濕了我的頭髮。牠用鼻子碰撞圍欄，想來咬我手中的洋蔥。我高舉洋蔥，牠的長舌頭穿過鐵圍欄將洋蔥捲了過去，仰頭，伸直長長的脖子將洋蔥吞下，隨即又湊過來。牠的味道包圍住我，有毛皮……大海……和異國牧場的芬芳。我沒有多想，便伸手探入圍欄，撫摸牠身上一塊有老太太屁股大小的倒心型斑點。

好一會兒，我們誰也沒動，我的手滿滿都是牠粗糙的毛皮觸感，然後我感覺到有舌頭在舔我的手指頭。是公長頸鹿。牠長長的脖子繞過母長頸鹿探向我。我火速抽手，牠的舌頭隨後伸過圍欄來舔我的褲子口袋。牠想吃我藏起來的洋蔥。當我從口袋掏出洋蔥時，庫茲的幸運兔腳跟著落入圍欄，滾到母長頸鹿的巨蹄旁。我死盯著掉落的幸運符，直到公長頸鹿的舌頭來舔我的拳頭，我才把洋蔥餵給牠。

吃到洋蔥的長頸鹿開心地跺腳、搖尾巴，我的視線則落到母長頸鹿腳邊的兔腳。雖然這份好運沒能保住庫茲一命，但我現在非常需要運氣，我必須拿回兔腳。

我低頭鑽進圍欄小門，相信自己可以拿了就閃。然而，當我一把抓起兔腳時，母長頸鹿磨了磨蹄子，先是抬起受傷的腳碰我，接著碩大的屁股一扭，將我撞飛出去。我跌跌撞撞地後退，飛也似地逃出圍欄。再回頭時，牠憤怒的神情讓我不禁想跪地求饒。

這時，老頭子響徹雲霄的鼾聲將我拉回現實。我把兔腳塞回口袋，搖搖晃晃走向穀倉大門，走到一半才想起駕駛座上的蔬果還沒拿。該死，我非拿不可。我偷偷摸摸溜回搬運車，雙手抱滿食物，突然間，老頭子的鼾聲沒了——取而代之的是啪躂啪躂的靴子聲。再不跑我就要被抓住了。

但不能丟下這些蔬果。

在我的左邊，有道高度及腰的活板門，我抱著食物，空出手去拉門，沒想到門居然開了。我跳進去落在一堆泥炭土上，蔬果散落一地。門也來不及關，只能坐以待斃，等著有人來揪我的耳朵，把我拽出車子。我的心撲通狂跳。

但什麼事也沒發生。在老頭子輕聲安撫長頸鹿的同時，我輕輕關上門。不一會兒，他的腳步聲再度從外頭經過，鼾聲又起，我這才放下心，三兩下吃完所有能找到的食物後，筋疲力盡地倒臥在泥炭土上。我得先休息一下再想辦法脫身，但卻抵抗不了越來越沉重的眼皮，這一天實在太漫長了。

我最後沉沉睡去，睡得跟個死人一樣。我一定是作夢了，因爲我聽見長頸鹿對彼此哼唱，低沉的咕嚕咕嚕聲宛如老頭子安撫長頸鹿時那樣地……悅耳舒適。

紐約太陽報
New York Sun

一九三八年九月二十二日

颶風長頸鹿展開檢疫

〔九月二十二日紐澤西亞希尼雅晚間特稿〕長頸鹿在公海經歷強烈颶風後奇蹟生還，今天通過淹水封閉的曼哈頓街道，前往位於紐澤西亞克利夫頓市亞希尼雅的美國動物產業局檢疫中心。根據知名女園長貝兒·班奇利的指示，長頸鹿通過檢疫後，將會搭車橫越美國，運送到聖地牙哥動物園。

「早安啊，小可愛！吃早餐囉。」

某人破門而入，打斷我的寫作，我驚嚇之餘心臟還差點停了。

我揉揉胸口，破口大罵要看護滾開，眼角餘光卻瞥見野丫頭——牠伸長脖子，探頭進五樓窗戶，朝我噴氣、吐沫。我驚奇地看著牠，內心的悸動就像在碼頭初見牠和小子那天一樣，能活到這一天真好。

「聽說你昨天很不乖喔，居然打電視？我的天。」一身白的看護說：「今天吃早餐也遲到。」我不喜歡這名看護，他跟司機厄爾一樣油頭滑面，把我當白癡一樣說話，聲音像胯下癢一樣惱人。他離野丫頭太近，我擔心他嚇到牠。

「不去。」我說。

他握住我的輪椅把手。「走啦！」

我緊抓住桌沿。「我不去，我——」很忙。我嗯嗯啊啊地說不出口，手中的筆還差點掉了。

油頭看護後往一站。「好吧。」

我死抓著救命木桌，望向野丫頭，牠眼神哀怨地望著我。「別這樣看我。」我氣喘吁吁。「我不會停筆，我保證，我會把一切都告訴她。」我一邊說一邊寫。

「丫頭，看到沒？丫頭。」

「什麼丫頭？」看護說，但我繼續寫個不停。「你在跟誰說話啊，小可愛？」

走廊上另一名看護探頭進來。「就是那個乾癟的瘦竹竿打了電視？」他低聲對油頭說，以為我沒聽見。

「是啊，現在還對一個死掉的丫頭說話哩。」油頭小聲說。

「要報告上去嗎？」走廊的人說。

「免了吧，這樣不就每個人都得報告了。」油頭說。

「要是哪天我也變這麼老，乾脆一槍斃了我。」走廊的人接著說：「跟你說，別讓他太激動，免得他在你值班時掛了，煩都煩死了。我昨天就碰到一個。嘿，他在做什麼？怎麼寫個不停……等等，該不會在記下我剛說的話吧？」

「我就是！」我說，並且寫得更快。

「好了好了，小可愛。」油頭安撫道：「我們這就離開，好嗎？」

「關門！」我大吼。「我被困在搬運車裡，車子要上路了！」

2 在亞希尼雅

寶寶乖，不要哭，乖乖睡，小寶寶。

褐色大眼瞠大……子彈出膛……

「伍迪(注)．尼可，外面發生什麼事了，快說！」

翌日早晨，怒吼聲將我從惡夢中驚醒，自從離家以來，我一入睡就會做惡夢。

「厄爾，你也吃掉太多蘋果和甜洋蔥了吧！」

「我發誓我只吃掉自己的份，瓊斯先生！」

「不是你是誰？難不成是長頸鹿吃的？」

我睡眼惺忪地坐起身，後知後覺地想起自己身在何處，又為何來到這裡。光線透過活板窗流入，我居然睡了一整晚。我哀怨地又躺回泥炭土堆上。除非破門而出，否則就得被困在長頸鹿的運送箱裡一整天了。

話說回來，對一個黑色風暴孤兒來說，困在這種地方算好了，至少這裡很乾燥，兩天下來，我總算不再渾身濕答答。我拍掉褲子上的泥炭土，仔細查看四周。

注 伍迪（Woody）是伍羅（Woodrow）的小名。

這裡與其說是個大木箱，倒不如說是長頸鹿專屬的豪華車廂。連接兩邊的中間牆面留了一條大空隙，讓長頸鹿能看見彼此。車廂內的布置更舒適到讓乘客捨不得離開，四面安裝了麻布軟墊，地板鋪滿一層高高的泥炭土，比起我在災難收容所或庫茲的船屋好太多倍，連我老家那間終年透風到讓人抓狂的破農舍也比不上。

我爬上二乘四吋木板組成的牆面，掀開其中一扇活板窗去查看長頸鹿的圍欄。長頸鹿昂首站立。這時，厄爾提來滿滿一桶水，野小子溫馴地等待，野丫頭則顯得焦躁不安。厄爾走進圍欄要放下水桶，我則興災樂禍地看著丫頭衝向他。他連滾帶爬往後退，一頭倒栽在地。老頭子見狀一邊叨唸厄爾，一邊走進圍欄，湊近野丫頭的後腳檢查包紮好夾板的傷口。動物園獸醫包紮得很好，也許是因爲太好了，牠的長脖子開始左搖右晃，老頭子一碰到夾板，牠就抬起腳來一個側踢——

砰！

——重重地踢中老頭子的大腿，老頭子連同紳士帽一起飛了出去。

我瑟縮了一下。長頸鹿居然會踢人！這麼說我昨晚也可能被踢中。一隻驢子尚且可以踢死一個人，或讓人終身殘廢，遑論一隻兩噸重的長頸鹿。這下老頭子死定了，我也希望他死定了。可惜的是，驢子的武器是踢人，長頸鹿發洩不滿的方式似乎沒那麼致命，老頭子沒有一命嗚呼，他只是撿起帽子，跌跌撞撞地離開圍欄。今天換作是驢子踢了我爸，我爸會用斧柄教訓牠一頓，但老頭子一句重話也沒說。

司機跑過去要扶起他，老頭子卻揮手趕人，彷彿被長頸鹿踢是家常便飯。「我得發封電報。」他咕噥著重新戴回帽子，設法不要一跛一跛地走向穀倉大門。

我聽見穀倉大門嘎吱一聲地打開，機會來了！搬運車晃動了一下，我往外一看，發現厄爾正踩著側踏板，伸手從駕駛座摸出一瓶酒，他灌了一大口後，再把酒藏了回去。直到聽見他倒臥在行軍床上的聲音後，我才小心翼翼打開活板門，倒退著爬下車，而當我懸空的腳還在找地板時……

那扇該死的穀倉大門嘎吱一聲又開了！

我正面迎上老頭子。

「什麼人——！」

我的腳一著地，他立刻抓住我的手臂，我只能回敬一拳，但被老頭子擋了下來。於是我不管三七二十一，直直衝向他，最後兩人雙雙跌倒在地。

我倉皇起身，奔向穀倉大門，只聽見他在我身後放聲大吼：「厄爾！」

我從浣熊地洞鑽了出去，死命狂奔，直到再也看不見檢疫所，這才靠在傾倒的樹幹旁喘息、思考。老頭子已經看見我，這下跟隨長頸鹿去加州是沒指望了。我一時沒了主意，漫無目的地走著。就像蕭條年代裡的每個人一樣，我眼神空洞、表情茫然，一步拖著一步，走了又走，最後晃進一家雜貨店，打算偷條麵包。

「被我逮到了，你這個廢物！」老闆大吼，一把揪住門口的我，毫不留情地撕破我的衣服，麵包飛進泥巴坑裡。我頭也不回地跑，同時不忘去泥巴坑撈回麵包。

「夠了！」老闆大叫。「我要報警抓光你們這些敗類！」

報警兩個字如雷轟耳，我嘴巴塞滿了黏答答的麵包，沒命地跑，直到跑到安全的地方才停下來。我覺得自己彷彿是最卑賤的人，一身破爛的衣服，風吹著我光裸的乾癟胸膛。我走進鐵軌旁的流浪漢帳篷時，一台篷車正好駛過。我明白了，老闆口中所謂的「敗類」就是指我們這一種人。我呑下最後一口骯髒的麵包，盯著一名流浪漢跑向人滿爲患的篷車，而爲了不被捲進車底，他抬高腳步地跑著。我感到前途一片黯淡，我怎麼會傻到以爲可以逆天改命？

但我無法不去嚮往長頸鹿即將前往的富饒加州。我重燃鬥志，即便希望渺茫也要孤注一擲，把夢想寄託在兩隻長頸鹿身上。我不能像那些眼神空洞、流浪街頭的人一樣死掉。我不一樣，我還有希望。

我回到檢疫所大門前的廢棄車站，這裡沒什麼改變，跟之前一樣躺了一隻被颶風殺死的牛，就連我偷來的摩托車也還藏在那棵傾頹的橡樹後方。

出乎意料的是，那台綠色帕卡德車也在。

紅髮女和西裝筆挺的記者站在我上次看到他們的地方。我躡手躡腳來到距離他們幾步遠的位置，躲在橡樹後面。兩人站在帕卡德車旁，我不喜歡他對她說話的態度。

「萊昂．亞伯拉罕．羅威——是《生活》雜誌（注）耶！」說著，她裝上底片。

「拜託，別再說了好嗎？走吧，我今天載妳來，沒有下一次了。」

「我又不會開車。」她高舉相機。「我還得拍更多的照片，這可是爲了《生活》雜誌！」

「小塔，我得走了！」

她拍個不停，而記者接下來的舉動讓我忍無可忍——他抓住她的手臂。我不假思索衝出去揍了他。

男人咆哮著跌坐在車前，一手摀著鼻子。「小王八蛋！你等著坐牢吧！」他氣急敗壞地說：「奧古絲塔，拍下來，通知保全報警！」

我兩手握拳杵在原地，和紅髮女面面相覷。我忘情地看著她，結果因此打完人忘了要逃跑。

「該死，我的襯衫都毀了。」記者抱怨著抽出手帕止血。「小塔，我叫妳拍下來！」

她沒有拍下我的照片，而是無聲地叫我快走。

我總算回神過來，拔腿就跑。

在等待長頸鹿啓程的期間，白天，我到處偷食物，除了雜貨店以外。晚上，我窩在廢棄車站的月台上，因爲怕做惡夢遲遲不敢入睡。離家之後，一睡著就會惡夢不斷，就連半夜醒著也會胡思亂想；腦海中不斷浮現出家人的墳墓，聽見媽和妹妹死前被塵肺症折磨時的哀號。我永遠擺脫不了。

然而，在車站度過的第一晚，我躺在滿天星斗下方，既沒看見墳墓，也沒聽見死亡哀號，滿腦子都是紅髮女和長頸鹿的美好畫面和聲音。我打了記者，我知道最好再也不要見到紅髮女，這也是爲了確保我的加州計畫能夠順利進行，但我眞心希

注《生活》雜誌（*Life*），一本在美國家喻户曉的老牌週刊雜誌，地位與《時代》雜誌相差不遠。

望能去找長頸鹿。我左思右想，夜不成眠，卻沒感到特別孤獨。我一直感覺到牠們在嗅聞我的頭髮，輕咬我的口袋。不知不覺中，遠在我的計畫生效之前，長頸鹿的神奇魔力已經深深地影響了我。

隔天下午，在回車站的路上，我順手從曬衣繩上偷了件衣服，用來抵擋晚上的蚊子。待在車站的時間過得十分緩慢，我只能打打蚊子，躲躲隨風飄來的牛隻腐肉味，看看保全咀嚼和吐痰，觀察貨車來來去去。

然後，紅髮女出現了。她是一個人開車來的，而且技術奇差無比。

她開著高級帕卡德車通過鐵軌，卻突然來個急剎，差點沒把齒輪磨壞。有好一陣子，她只是神情飄忽地凝視著前方的大門，甚至連相機都沒拿。我癡迷地望著她，內心隨著她撥開的每一縷髮絲而波動不已。

她終於下了車，走到大門外拍照。我探頭進入敞開的車窗。只要一有機會我就會偷食物，但這次我要的不是食物，我要的是她。即便是聞一口她的香水味，我都會感到幸福，結果，我在座椅上得到一本新筆記本。

她開車離去，渾然不知筆記本不見了。我蹲在樹幹旁，打開手裡的筆記本。第一頁夾著一張大記者萊昂・亞伯拉罕・羅威撰寫的新聞剪報：

下一頁是她潦草的筆跡：

紐約世界電訊報
New York World-Telegram

一九三八年九月二十二日

長頸鹿海上遭遇颶風奇蹟生還

〔九月二十二日紐約特稿〕
羅賓號經歷了一場襲擊美國東岸的大颶風，千瘡百孔的船隻於今晨駛入紐約港，船上載有兩隻歷劫歸來的長頸鹿……

海上颶風奇蹟生還……曼哈頓淹水
火災……重機警察……紐約和紐澤西
普通貨車……特製後車斗
腐臭的牛隻……更賽牛（注1）
伯朗市動物園獸醫……為什麼？
高個子、瘦巴巴、憔悴不堪、長相好看的男孩子，上勾拳揮得不錯……他是誰？
加州第一批長頸鹿，首位女性動物園園長
第一次橫越美國……林肯公路或是李公路……怎麼走？
還有十二天的時間找出答案

紅髮女提到我。還說我長得好看——從沒有人這麼形容過我。我滿懷期待地繼續往下翻，但什麼也沒有了，倒是最後一頁她列了一些清單：

死前要做的事

●要見的人：
瑪格麗特、伯克—懷特（注2）
愛蜜莉亞、艾爾哈特（注3）
愛蓮娜、羅斯福（注4）

貝兒、班奇利

- 摸長頸鹿
- 從非洲開始環遊世界
- 說法語
- 學開車
- 有個女兒
- 拍攝的照片刊登在《生活》雜誌上

這是現在流行的死前清單，列出一個人死前想做的事。我往後會知道，這張清單沒有我想得這麼簡單。

隔天，紅髮女回來了，趁她不注意時，我把筆記本丟進車窗。當她找到筆記本

注1 更賽牛（Guernsey），一種奶牛品種。奶味豐富，脂肪和蛋白質含量高，由於其高β－胡蘿蔔素含量，牛奶具有金黃色的色澤。

注2 瑪格麗特・伯克—懷特（Margaret Bourke-White），美國第一位女性戰爭攝影記者。

注3 愛蜜莉亞・艾爾哈特（Amelia Earhart），美國女性飛行員和女權運動者。第一位獨自飛越大西洋的女飛行員。

注4 愛蓮娜・羅斯福（Eleanor Roosevelt），美國總統富蘭克林・羅斯福的妻子。女性主義者，大力提倡保護人權。

時，臉上綻放出燦爛的笑容。

從那之後，我在車站等待的不光是長頸鹿，還有她。逃避惡夢的晚上，光是想著白天能見到她，我便不會陷入潘漢德地區的痛苦回憶中無法自拔。我會細細品味她的每一縷鬈髮，回想她的笑容、她的美人尖、鼻上的點點雀斑、她的輪廓，欣賞她絲質的白上衣、合身的褲子和雙色鞋，她手捧相機的模樣就像懷抱著情人，最後，我會沉浸在她一雙褐色眼眸當中。隨著夜色加深，我開始幻想自己親吻她。不管再怎麼喜歡她，我也沒天眞到以爲眞的可以親吻紅髮女，我根本不可能再接近她。但相反的，我可以盡情幻想——一手托起她火紅的鬈髮，指尖陷入濃密的髮絲，我緩緩靠近，溫柔深情地一把抱起她，大膽地深深吻住她。

我可以毫不諱言地說，即使是下筆的現在，我這個老人還是會因這段遐想而感到全身燥熱。當我躺在月台上昏昏欲睡時，我就會開始重新回想。

但沒有人可以永遠醒著，我抗拒了幾晚，終究還是不敵睡意，進入了那熟悉的惡夢中。

寶寶乖，不要哭，快快睡，小寶寶。

「你也該長大了！」

「伍迪．尼可，外面發生什麼事了，快說！」

褐色大眼瞠大……子彈出膛……

洪水奔騰……

……「小傢伙，你在跟誰說話呀？」

我驚跳起來，在月台上驚惶地來回踱步。惡夢裡那些熟悉的聲音——媽媽的哼唱、爸爸的怒吼、我的開槍，而警長居然沒把我從牧爾舒車站拖出來。但這一次不同，熟悉的惡夢裡多了新的東西。

令我整個人驚醒。

我媽老愛提起我小時候。當我還是個嬰兒時，總是一直從嬰兒床上溜出來，跑到穀倉裡對著一匹母馬咿咿呀呀地說話。「小傢伙，你在跟誰說話呀？」媽說。我指著母馬，她則一把抱起我，唱起搖籃曲。有時候，她發現我對著大草原嘰哩咕嚕，她會說：「小傢伙，你在跟誰說話呀？」我指著草原邊上，那裡會有兔子、蜥蜴或是田鼠竄來竄去。當我的童言童語超出了我的年紀，說些傳教士要到了、暴風雨要來了、公雞在啼叫之類的話，爸便會開始臉色鐵青。媽則是喃喃祈禱，說這是一種超能力，碧拉姑婆也會跟鳥說話。爸從此禁止我這麼做。

這是從媽那裡聽來的故事……之後，沙塵暴颳得我說不了話，接著，颶風來襲使我失去意識。如今，我在廢棄車站裡焦慮踱步。我不只聽到媽媽那句「小傢伙」，我還聽到了洪水聲。潘漢德地區最缺的就是水，哪來的洪水？我撐著眼皮走來走去，腦中閃過碧拉姑婆和她的超能力。我發誓再也不睡了，現在連長頸鹿和親吻紅髮女的畫面都無法讓我冷靜下來。

我夜不成眠，焦躁不安地數著剩下的日子，等待長頸鹿啓程。我守著車站，一步也不敢離開，深怕錯過那一刻。

終於，動物園獸醫的車出現，駛入大門。

時候到了。

我鑽進浣熊地洞、衝向大穀倉，倉門大開，獸醫的車就在那。我悄悄溜到獸醫的車旁，本來該擔心被人發現，但就算現在開著一台貨車進入穀倉，也吸引不了眾人的注意，尤其是老頭子。他現在遇到大麻煩了。他必須讓長頸鹿上車，但長頸鹿死活都不肯。

搬運車停在圍欄旁，T型櫃的其中一面從上往下全面敞開，我還不知道可以這樣開啓。櫃底裝了鉸鍊，櫃頂加上門閂，整面都可以側開。裝了防護墊的木櫃看起來更大更舒適了。兩座斜坡道立在車子和圍欄之間，引導長頸鹿進入牠們的旅行車廂。但再怎麼舒適，木櫃就是木櫃，兩隻長頸鹿往斜坡道走了兩步，認出眼前是搬運車，就再也不肯走了。

我不知道他們僵持了多久，但看老頭子疲憊不堪的模樣，想必有一陣子了。他穿著汗衫，蹲坐在地上，擺弄手中的紳士帽，眼睛直盯著長頸鹿。獸醫站在斜坡道旁檢視丫頭的夾板。厄爾身旁站了幾個身穿卡其工作服的人，大家都氣喘吁吁。老頭子最後站起身，滿臉挫敗地走過去拿起繩子，和獸醫及工作人員一起試圖圈住長頸鹿，想要像牽牛隻一樣將牠們牽進去。但兩隻大型動物不肯就範，老頭子束手無策地倒坐在地上。

野丫頭鼻孔顫動，伸長脖子探向我曾睡過的隔間，牠往前跨了一步，又一步，大大的鼻子在角落嗅來嗅去，再抬頭時，嘴裡咀嚼著東西。原來牠發現了我掉落的洋蔥。

老頭子靈機一動，站起身，拿出駕駛室裡的麻布袋，把洋蔥扔進隔間，丫頭立刻踏入泥炭土堆找食物。老頭子把剩下的洋蔥丟進另一個隔間，小子也跟著進去了。其餘人見狀，連忙一擁而上從兩側闔上櫃門、牢牢閂好。兩隻長頸鹿從窗戶探出頭，意猶未盡地舔著嘴。老頭子取下帽子，顯得如釋重負，接著和獸醫一起往我所在的車子走來，我忙不迭躲到木桶後。

「你得重新申請磺胺劑(注)，一路上可以治療牠的傷口。」獸醫說：「至於要使用多少次，得視旅途的狀況和時間長短來決定。如果沒有發生感染的跡象，牠就有機會活下來。」他從廂型車裡拿出另一個黑色袋子，放在引擎蓋上展示裡面的物品，有繃帶、夾板、藥罐等等，悉數交給老頭子。「這是替牠們準備的，還另外備了一份給你們兩個。」獸醫和老頭子握手道別後，坐上車，丟下一句「祝你們好運」後便揚長而去。

今天一整天，長頸鹿還得適應牠們的車廂，而我不得不藏身在木桶後過夜。隔天破曉前，老頭子打開穀倉大門，厄爾已經就定位發動引擎，長頸鹿伸出頭。老頭子回頭看了最後一眼，坐進駕駛室，搬運車駛出大門。

我馬不停蹄奔向籬笆地洞，幾乎和車子同時抵達檢疫所門口。車燈在黎明前的

注 磺胺劑（sulfa），一種動物用藥，用來預防和治療動物疾病。可治療因細菌引起之感染。

黑暗中閃爍，兩名紐澤西州警騎著重機等在門外，準備護送長頸鹿上路。

我從橡樹底下拖出偷來的摩托車，發動引擎，催促油門，用力揉揉庫茲的兔腳後，我也出發了。加州，我們來了，我心想，並準備橫越美國，從一片海洋到另一片閃耀的海洋。

然而，我並不知道，除了我，還有其他人在打長頸鹿的壞主意，要讓牠們永遠到不了加州。

西聯電報
（WESTERN UNION）

一九三八年十月五日 下午三點三十四分

致：貝兒・班奇利女士
聖地牙哥動物園
加州聖地牙哥

長頸鹿上車
黎明啓程

萊利・瓊斯

西聯電報
（WESTERN UNION）

一九三八年十月五日 下午四點零二分

致：萊利・瓊斯
美國檢疫所
紐澤西亞希尼雅區

〔內容〕
一路平安，保持聯絡

貝兒・班奇利

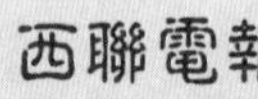

（WESTERN UNION）

一九三八年十月五日 下午五點零一分

致：貝兒・班奇利女士
聖地牙哥動物園
加州聖地牙哥

旅遊保險批准長頸鹿貨車運送
附加：爆胎、天災、龍捲風、沙塵暴、洪水
需額外加保一百五十美金。

安德魯・佩蒂格魯
勞埃德保險
EC3[注] 倫敦利德賀街12號

注 英國郵遞區號。

紐華克晚報
Newark Evening News

一九三八年十月六日

歷劫歸來長頸鹿啟程
離開紐澤西前往加州

〔十月六日紐澤西亞希尼雅區晚間特稿〕
兩隻經歷海上颶風奇蹟生還的長頸鹿，於今日離開亞希尼雅的檢疫所，預計運往加州聖地牙哥動物園，路程長達三千兩百英里，是首批以貨車運送橫越美國的長頸鹿。
長頸鹿今天早上將在警察護送下通過紐澤西，提醒市民務必注意這台「長頸鹿專用廂型車」。

芝加哥論壇報
Chicago Tribune

一九三八年十月七日

聖地牙哥長頸鹿們
跨越美國長途遠征

〔十月七日紐約〕
長頸鹿今日正式啟程，準備跨越整個美國，這將會是有史以來最艱困的挑戰，開啓運輸業與畜牧業新的篇章。知名聖地牙哥動物園女園長貝兒·班奇利將這項艱鉅任務交給訓練有素且經驗豐富的萊利·瓊斯。他將負責運送高大且脆弱的長頸鹿，必須讓珍貴的長頸鹿平安無事通過地道、高架橋、廊橋以及低矮的枝頭。如果他做到了，將是史上頭一遭同時運送兩隻長頸鹿從這一頭海岸到另一頭海岸的成功案例。
「長頸鹿們年輕，還會長高，所以我們的車子有將近十二英尺八英吋[注]的高度。」瓊斯表示，他先行探過路。「有必要的話，我可以卸掉部分輪胎的空氣。」
芝加哥布魯克菲爾德動物園園長愛德華·賓恩受訪時談到這項壯舉表示：「瓊斯是個優秀的人，如果再加上一名好司機，他會做到的……」

注 將近四公尺。

「親愛的？」

又有人來打斷我的寫作。我沒來得及反應，另一名看護走了進來，而我正要破口大罵那個男人，卻發現進來的是一名女性，火紅的秀髮，看起來挺眼熟。

我想起來了，她是那個胖胖的紅髮女生，我挺喜歡她的，她叫什麼來著？蘿絲？蘿西？對了，是蘿西。

「你沒來吃早餐，親愛的。做禮拜的牧師就快到了，要不要我帶你下去？」

現在是星期天早上。我從不做禮拜，但他們老是問個不停。他們也許是出於好意，畢竟每個星期天都可能是我們這些老傢伙的最後一次懺悔。今天說不定就是我的最後機會了，但這些稿子就是我的懺悔。我打量她的表情，接著轉頭埋首於我的筆記本中。「我很忙。」

「親愛的，你還認得我嗎？」她說。

「當然。」我咕噥道。

「親愛的，時間過了好久呢！你以前都跟我玩骨牌接龍，吃藥前會先說故事給我聽，記得嗎？」她說：「我記得那些長頸鹿的故事，我很遺憾。」我聽見她走過去拉下窗戶。

我飛快轉身，輪椅因而撞上床架，差點讓我摔下椅子。「**打開！打開它！**」

她連忙重新打開窗戶，野丫頭還在。我的心臟突突跳動，我揉了揉胸口。

蘿西注意到了。「我去請護理師開藥給你。」

「不，不要護理師，不要吃藥，我得保持清醒，全部寫出來給她看！」

蘿西雙手扠腰，上下打量我，神情像極了老頭子。她將一縷灰白的髮絲撥到耳後，說：「好吧，但我要等你平靜下來之後再走。」

「隨便妳。」我泰然自若地重新拾筆，希望她自己識趣地離開。但她沒走。

「親愛的，『她』是誰？你想寫給誰看？」

我默不作聲。

「紅髮女奧古絲塔嗎？」

我倏地轉頭。「妳怎麼知道紅髮女的事？」

「以前玩骨牌接龍時，你說的故事裡就有她呀！紅髮女奧古絲塔、老頭子、長頸鹿。你在寫這些嗎？你的旅程？你不是說這些都不重要。」

「我錯了。」我咕噥，平心靜氣地繼續寫。

她在床沿邊坐了一會兒，接著我聽見她起身，走出去關上門，然後我全想起來了。

骨牌接龍和那段故事……

3 穿越紐澤西和德拉瓦河

我們出發了。

如果是去流浪，那一點也不值得開心。流浪動物最爲可悲。以前在潘漢德地區時，有隻野狗闖進我家農場，齜牙咧嘴的狠樣嚇得我慈悲爲懷的虔誠老媽當場轟走牠。她絕不承認自己會像這樣趕走一名流浪兒，我相信你也一定有同樣的錯覺。但在那個年代，顚沛流離的可憐人成千上萬。萬一你住在鐵軌或公路旁，當每個人都知道你有一副悲天憫人的好心腸，邋裡邋遢的遊民和野孩子不分晝夜一直上門敲打你家大門，你會不會大門深鎖、拉上窗簾？你會不會把自己的孩子藏在家裡？萬一有流浪漢揮舞著剃刀或玻璃碎片，威脅藏在你家灌木叢裡的另一個流浪漢呢？你會不會報警，或是拿起你的槍？

我已經記不太清楚那段日子，這樣也好，我一直想忘記去投靠庫茲路上的遭遇。那時，一開始我尚且還有人樣，但隨著日子一天天過去，三餐不繼的生活逐漸磨蝕掉我的心智，我失去人性，最後活得連隻狗都不如。

公路本身也是個問題。人都忍受不了舟車勞頓之苦，更何況是長頸鹿。美國只有兩條橫貫大陸的公路系統，因其特殊性，分別取名爲「林肯公路」和「李公路」。而我們這兩條路都沒走。在連接城市的道路上，多少都會有一、兩個加油站的人替你指路。可能是條明路，也可能是條險路，在這種經濟蕭條的年代，一不小心就會賠上性命，所以我才選擇跟著長頸鹿走。

有了搬運車壯膽，我不那麼害怕再次踏上旅程。太陽升起，車子搖搖晃晃，長頸鹿彷彿被陽光嚇到，在新的空間裡顯得侷促不安，頭不停伸進伸出，使得車子跟著左搖右晃，輪胎甚至一度離了地，差點翻車，我還以爲兩隻長頸鹿一上路便要就此一命嗚呼。老頭子怒斥厄爾，車子這才放慢速度，長頸鹿重新站穩腳步，車子得以繼續平穩地開下去。

重機警察一路護送車子穿越紐澤西。

經過第一座城鎮時，沒人預期到會有長頸鹿來，吸引到幾個沒睡飽的側目和笑聲後，我們就這樣通過了。

第二座城鎮就是另一番景象了，民眾早先得到消息，運送長頸鹿的車子一到邊界便由警車開道，龜速地進入城市。突然之間，我被人潮包圍住，車子和腳踏車則跟在後頭。老人或坐在凳子上，或坐在台階上，或坐在小屋門廊上揮著手；一身家居服的女人手抱嬰孩站在陽台上；手拿報紙的群眾擠滿人行道。一名男孩跟在我身邊奔跑，在我面前揮舞著報紙，我順勢一把搶了過來，匆匆瞥了眼報紙頭版，而當時沒被我放在心上的頭條新聞，在日後可是名列青史的歷史大事：

希特勒停戰——和平時代到來

如今回想起來，我便渾身打顫。頭條指的就是《慕尼黑協定》。當下沒人會記得的事，日後大大震驚了全世界。希特勒控制奧地利，承諾只要得到一部分捷克，就不再發動戰爭。同盟國信了一個騙子的話，把捷克交了出去。這是在地球另一端的事，與我無關。我對阿道夫．希特勒沒有興趣，而報紙另一面的新聞，才是除了我，每個人都知道的大消息：

奇蹟長頸鹿正式啓程

我把車停到路邊，還沒能細看內容，眼角餘光便瞥見一台車，詫異到連手中的報紙都掉落在地。我立刻轉頭——綠色帕卡德車就緊鄰我的身旁！紅髮女探出車窗拍照，記者手握方向盤。在長頸鹿離開城市後，我原以為他們也會跟著撤退，但帕卡德車始終緊跟不放。

所以我也跟著他們的車子走。

一整個早上，我們就在這樣的節奏中度過：寧靜的田園風光、瞠目結舌的旅人、一座接一座的小鎮、當地警方、街頭巷尾的簇擁歡迎，以及居民們的議論紛紛。

「上面的空氣如何啊？」

「我可以看見斑紋耶！」

「橋太矮了！」

在毫無預警之下，紐澤西重機警察向老頭子行了一禮，最後沿原路折返回去。我們總算順利來到州界，問題是，這條州界是條河，而且無橋可走。只有一艘渡船等著載我們過河。這下不妙了，長頸鹿和我可是曾經差點被水給殺了。

老頭子也不太開心。搬運車停在碼頭，他跳下車拖延上船的隊伍，直到跟船員談妥爲止。他脫掉髒兮兮的帽子，用袖子擦擦眉心，盯著船員引導厄爾將車子開上船。車子停妥後，老頭子戴回帽子並吐了口大氣，隨後登船。在其他車也陸續上了船後，我見機行事擦了擦兔腳，深吸口氣，也牽車上船。

發船後，渡船上的每個人都默默下了車，目不轉睛地盯著長頸鹿看。兩隻巨大的長頸鹿從窗口探出頭，身影映照在靜謐的河面，而神奇的是，這一幕讓我感到身心舒暢、寧靜祥和。儘管我年少輕狂、缺乏感性，但也知道這是奇妙的一刻。我們和長頸鹿一起坐船橫渡德拉瓦河，我想，就算沒有馬達推動，我們也能過得了河。我們當中最冷靜的似乎就是長頸鹿了。或許河水過於平靜的關係，以至於牠們沒發現自己正在過河。又或許牠們已經習慣車廂，正輕鬆自在地享受這趟旅程。

我東張西望找尋紅髮女的身影，說不定她正在四處拍照。然而，綠色帕卡德車並不在渡輪上。我轉過身，目光搜索河岸一帶——找到了，車子就停在碼頭上，紅髮女和記者站在車前，但接下來的一幕卻讓我怒火中燒。

他走向車子。

她掙脫雙手。

他再次抓住她的手。

她抽手。

他回到車上，甩上門，發動引擎，等她自己坐上車。

但她文風不動，第一次沒有乖乖聽話。

她逕自轉過身來，凝視著長頸鹿。

船隻離岸邊漸行漸遠，我望著紅髮女的眼睛，而她顯得神情複雜。我想把她刻印在腦中，因爲知道再也見不到她了……我就這樣盯著她，直到分不清遠方小點是車子的綠還是頭髮的紅。

渡船終於靠岸，所有人讓出路，老頭子宛如暹羅國王，在眾人的夾道注目中牽領長頸鹿和搬運車下船。一群人佇立原地，目送長頸鹿消失於河岸另一側，沉浸在長頸鹿、渡船和河水的魔力中，久久不肯散去。我差點以爲自己脫不了身。我悄悄繞過眾人去發動摩托車，唯恐追丟長頸鹿。然而，牠們昂首挺立的身影根本難以忽視，我這才放下心來。

我們很快就跨過另一個州界，這個州的大小就跟德州的一個郡差不多而已。看板上寫著「**歡迎來到馬里蘭州**」。搬運車放慢速度，九彎十八拐的馬路上車流不息，可以看見拖拉機、皮卡車，甚至連馬車都有，穿梭在我和長頸鹿之間。接著，搬運車突然一個急轉彎，頓時不見了蹤影。

這時，冷不防傳出砰的一聲！伴隨著淒厲的哀號，最後是刺耳的剎車聲。我寒毛直豎，慢慢繞過彎道，一看清眼前狀況，便連忙轉往雜草蔓生的壕溝邊躲起來。打斜的搬運車停在路中央，車尾陷入壕溝，右側擋泥板邊躺著一個大東西。我以爲是厄爾撞到旅人，但一隻跟小馬差不多大小的癩皮狗正躺在血泊中，肚破腸流。

老頭子命令厄爾留在原地，自己從車裡拿出步槍走向奄奄一息的狗，蹲下來，將槍擱置大腿上。瀕死邊緣的大狗不停地抽搐、呻吟，老頭子站起身，扣下扳機——上一秒還抽搐不已的大狗，下一秒再也不動了。老頭子放下槍，停頓片刻後，再次蹲坐下來，一手撫著死狗的毛皮，彷彿在進行某種默禱。

這一幕把我帶回到潘漢德地區，當時我開著爸的皮卡車，撞到一個黃色物體，那東西滾到草叢裡。爸下車，看到撞凹的車頭破口大罵。我取下槍架上的步槍，而他將怒氣轉向我：媽的，小子，你要去哪？我們會射殺郊狼，但不會拿槍對著一隻野狗，太浪費子彈了。別像個娘兒們，牠們只是畜生！

不久後老頭子站起身，抓著野狗的腳，把屍體拖離馬路。長頸鹿從窗戶探出頭，目睹一切。他爬上去拍拍牠們的脖子，安撫的聲音飄進我的耳裡。接著，他回到駕駛室，車子重新上路，消失在下一個彎道。我騎著車緩緩繞過屍體，而這一幕已深刻在我的腦裡。

過了下一個彎道，我碰到一個更棘手的問題：油量表顯示油箱快空了，但我身上一毛錢也沒有。

我只能一個勁地繼續騎，不然又能怎麼辦？

日落時分，我已經疲憊不堪，這時，我們來到了柯諾溫哥鎮。不光是名字，我對這個城市也留下深刻的印象。右邊是成排的樹林，一路左轉，盡頭是一條湍急的河流。

告示牌上第一行寫著：**單向通行橋梁**。

第二行的警語則是：**低水位時通行**。

我簡直難以置信，難不成要直接載著長頸鹿涉水而過？

而更嚴重的問題還在後面，我的摩托車引擎這時發出一陣悶聲，最後熄火了。

我踩住離合器一蹦一跳地不停狂催油門，妄想這樣就可以發動引擎，然而傻傻地踩了老半天，結果只是把自己累個半死。

我氣喘吁吁地盯著漸行漸遠的搬運車，難過地認知到一件事：加州之行落空了。我告訴自己，一切都完了。說來可笑，我的靈魂早已千瘡百孔，而為了去加州，我甚至考慮出賣靈魂。接著，就像那天在碼頭一樣，我豁出去了——我不管三七二十一地拔腿狂奔，就算跑到命都沒了，也好過什麼都不做、眼睜睜看著最後一絲希望消失不見。

就在這時，在橋這一頭的搬運車居然神奇地放慢了速度。莫非我這條沒啥用的小偷靈魂當真與魔鬼交易成功了？搬運車彎進樹林裡，路旁一塊告示牌寫著：

露營車／小木屋營地

由此進入

我跑回去找摩托車，牽著熄火的車走向告示牌。此刻我的心跳無比急促，必須大口大口地呼吸。

我走到大門口，看見尚未熄火的搬運車停在營本部旁，這裡也有提供食物，吧檯前擺了八張高腳椅，上面坐了一群用餐的人。

看到老頭子和營主走出來，我連忙躲起來。營主指明方向後，車子載著長頸鹿開往最後幾間小木屋，最後停在一棵茂盛的梧桐樹下。窄小的木屋只能容納一張床。我推著摩托車穿過草叢，隱身在一顆大石頭後面，看著老頭子打開車廂天窗，長頸鹿伸出頭來咬梧桐葉。

咬著咬著，兩隻長頸鹿突然轉過頭來對著我，鼻子抖了抖——彷彿在風中嗅出了我的味道。我趕緊縮頭，而再伸出頭時，長頸鹿依然故我，母長頸鹿甚至晃晃鼻子，彷彿想聞個仔細。再這樣下去我遲早會被揪出來。我躲在石頭後面按兵不動，直到聽見活板門打開的聲音，老頭子正要求厄爾餵長頸鹿喝水。透過活板門，我可以看見長頸鹿的蹄子。厄爾輕輕鬆鬆就把水桶塞進野小子的隔間裡，但輪到野丫頭時，我幸災樂禍地看著牠狠狠踢了他的手一腳，他滿口髒話地踉蹌倒退。

老頭子為了檢查野丫頭的夾板，也開始跟野丫頭周旋。當牠包紮的腳一靠近出口，他便立刻湊過去。牠踢，他就閃，她再踢，牠最後退到側踏板上，氣呼呼地瞪著厄爾，而後者早已躲得老遠，離我越來越近。

這時，營主帶著一堆營地販售的漢堡走來，後頭還跟著一群用餐的客人，其中一位是運送牛奶的司機，他閃閃發亮的貨車就停在路旁。他帶來一整罐新鮮牛奶。漢堡的味道實在太香了，我為了不讓自己做出傻事，拿出偷來的馬鈴薯開始啃。營主趕走其他人，想當然，這下全市的人都會知道露營區來了何方神聖。夕陽西下，長頸鹿繼續咬著梧桐葉，每當吹起一陣微風，牠們總會把鼻子轉向我這邊聞一聞。我不敢輕舉妄動，直到營區熄燈，營本部前獨留一盞路燈，從樹林間透出光芒。

我偷偷往外看，只見老頭子揮手趕厄爾去小木屋，自己坐在搬運車側踏板上，從盒裡抽出一根 Lucky Strike 香菸（注）。這太不可思議了，他居然買得起盒裝香菸，而不是自己用捲的。我這個農家子弟算是開了眼界。他甚至是用打火機點燃香菸！這下我知道了，加州人一定跟石油大王一樣有錢，無論如何都要跟到最後才行。我緊盯著牛奶車，雖然不是蜂蜜，但牛奶也很好。我咬了一口馬鈴薯，幻想自己摘下加州葡萄藤上的甜葡萄。我靠著石頭上的苔蘚，挑了個舒服的位置坐下，望著老頭子一口接一口地吞雲吐霧，然後重新點燃菸屁股。我試圖抗拒睡意，盡可能保持清醒，而陪著老頭子守夜的同時，我心中也盤算該如何繼續跟著他們。

但畢竟我不是個善於計劃未來的人，腦袋想著想著就卡住了⋯⋯營區外有台加油機，但我得先偷到錢。或者再偷一台車，只是值得偷的一台已經開走了，而營區唯一一台剩下的車是牛奶車，牛奶可以偷喝，但牛奶車太顯眼絕不能偷開。夜色愈漸深沉，我想出來的辦法也愈來愈荒唐，甚至異想天開。既然以前跳過火車，乾脆這次直接跳到搬運車後面⋯⋯算了，不想了。

不久，老頭子叫醒厄爾守夜，要他關上車廂天窗，自己則進入木屋。厄爾塞了

注 世界上最老的香菸品牌，是一九三〇到四〇年代美國最受歡迎的香菸，也是二戰時美軍專用的香菸。

一塊口嚼菸到嘴裡，雙手抓了抓頭。跟我擔心的一樣，他忘了關天窗。他拿出偷藏的酒，仰頭大口地喝，連同菸草汁一起吞下肚。只有酒鬼喜歡這樣喝酒。他坐在側踏板上，兩隻長頸鹿從窗戶探出頭來，看了厄爾一眼後縮頭回去，丫頭還不忘朝我這邊抖動鼻子。

接下來一個小時，我盯著厄爾又是喝酒又是吐痰，最後，他一顆頭癱軟無力地靠在車門前，只有被菸草汁嗆得咳嗽時才會抬頭——搞不好這就是他打的蠢主意。最後，他整個人睡翻過去。我隱約聽見車子後方傳來笑聲，起身查看發現有三個小混混從陰暗處走出，其中一個胖子的肉簡直可以抵兩個我，另一人則身穿工作服，第三個矮子頂著一顆蘑菇頭。他們推推昏迷不醒的厄爾竊笑不已。大胖子敲敲車子，兩扇活板窗是開的，長頸鹿伸出頭來看了一眼混混們，就像之前看到厄爾那樣，又機靈地縮頭回去。矮子一腳踩在胖子身上，打算自己爬到窗戶上去看。其餘兩人笑個不停。

接著，事情急轉直下。

然後一發不可收拾。

長頸鹿開始跺腳、噴氣，激烈地搖晃車廂，矮子被晃掉下來後連忙爬起身。

我知道他看到了，現在不只長頸鹿，連他都知道……天窗還開著。矮子立刻衝上去。

我佇立在黑暗中，雙拳緊握又鬆開，爸的生存教訓猶言在耳。我是匹狡猾的狼，惹是生非時脾氣再大，頂多打了人就跑，而且每次都是一對一單挑。

小矮子開始往上爬，並開始猛拍車廂。被驚動的長頸鹿從窗戶探出頭，望向我的眼神充滿驚恐和哀求。

小矮子抵達了車頂。

接下來發生的事令人不堪回首。長頸鹿無路可逃，無人可踹，無人保護，絕望中發出令人毛骨悚然的悲鳴，如今回想起來都令我心痛。大家都說長頸鹿沒有聲音，我可以告訴你，牠們有。長頸鹿驚恐不已，淒厲地嗚嗚，彷彿重回到颶風之中。那是被獅子咬住喉嚨時才會發出的慘叫聲。我摀住耳朵，但沒有用，那些聲音深深震撼住我，我感受到跟長頸鹿一樣的恐懼。最後我忍無可忍，一個箭步衝上前，閃開胖子，揍倒工作服傢伙，一個飛身跳上去抓住小矮子的腳。底下兩人一人一隻腳抓住我往外拉，差點沒把我撕開。這時，長頸鹿晃動車子，小矮子跌了進去。

在長頸鹿的嗚嗚中，多了踹人的聲音，以及小矮子的哀號。接著，喀噠一聲，那是我聽過好幾千遍的聲音——扣扳機聲。

老頭子穿著內褲站在那裡，高舉著槍。

小矮子像寶特瓶火箭般快速從天窗跳出來，一群混混爭先恐後地奔向樹林尋求掩護。我火速衝回石頭後面，這時一聲槍聲響徹樹林，接著萬物俱寂，好在長頸鹿也停止慘叫。

我聽見老頭子上膛的聲音，鼓起勇氣探頭查看。整輛搬運車左搖右晃，長頸鹿噴著氣、跺著腳。老頭子舉槍抵住厄爾的鼻子。

「你他媽的跑哪去了！」老頭子怒吼。

「這裡呀……」厄爾口齒不清地回答：「你不也看到了。」

「我也聞到了，你這個混帳。你喝醉了！」老頭子將槍夾在腋下，搜出厄爾的酒瓶。我還以為他會直接砸向厄爾，但他把酒瓶扔進黑暗中。「我最無法忍受的，除了騙子和小偷，就是酒鬼。」

厄爾東倒西歪地站起身。「我沒醉！我發誓，我酒量好得很！」

「坐下！」老頭子怒斥。

厄爾乖乖聽話。

「要是因為你喝酒，這些長頸鹿有個萬一，我會把你射到全身都是彈孔，再讓班奇利女士拿你試槍，聽見沒！」

厄爾點點頭，一動也不動，只是貪婪地望向消失黑暗中的酒瓶。

老頭子一手夾著獵槍，爬上搬運車去安撫長頸鹿，等到長頸鹿平靜下來，他關上天窗，小心翼翼回到地面。「得趁著人變更多之前出發。」他對厄爾說，後者依舊沒有動靜。「我去穿上褲子，這段時間你先去餵牠們喝水，然後用電話聯絡警方。前提是，你還能開車。要是不能開，最好想辦法開，不然我馬上把你交給警方。」他提著槍，踱步返回木屋。

一提到警察，厄爾開始咕噥，看樣子是嚇醒了。一般人被槍抵著時就該醒了，顯然他不是。他碎碎唸著起身找水桶，遍尋不著後，他打開野丫頭的活板門，探頭進去……

砰！

厄爾騰空飛起，大字型仰躺在地，鮮血從鼻子冒出，流進耳朵。

老頭子聞聲跑回來，手裡仍拿著槍。在看到厄爾像死人一樣躺在地上後，他火冒三丈地踹了幾腳，見厄爾沒有反應，他便把槍斜靠在搬運車旁，拿起野丫頭的水桶。水桶就好好地擺在桶裝水旁。他去附近打了一桶水，往厄爾身上潑。

司機總算清醒了。

厄爾兩手摀著腫起的鼻子，搖搖晃晃地站起來，氣得跺腳大罵。「那隻長頸鹿差點殺了我！」他咆哮道，鮮血從指間汩汩流出。「我……我的鼻子斷了！」

老頭子望向敞開的活板門。「媽的，你湊鼻子進去幹嘛？我的老天，我怎麼會雇了一個笨蛋？」他拿起槍。「把自己清理乾淨，我們得走了。」

「可是我看見殘影……」

「不，你沒有！」老頭子堅定地看著他。「你必須開車，你很清楚，我們沒有時間，一分鐘也不能浪費。獸醫說了，想要母長頸鹿活著，動作就得快。」

「但是那隻長頸鹿差點殺了我！」厄爾咆哮。

「牠沒有要殺你。」老頭子咕噥道：「不然你的頭老早像顆堅果一樣被踢碎了。你看，牠也踢過我，我不是還好好地站在這。」

「我不幹了！」厄爾說。

老頭子掄起獵槍，彷彿拿的是把左輪手槍。「混帳東西，已經上路了就別想跑。閉上你的嘴。」

厄爾乖乖閉嘴。

「去坐好。」

厄爾乖乖坐好。

老頭子放下槍。「我去幫你拿杯咖啡和繃帶，你會沒事的，而且必須沒事。你得開車，我們別無選擇。」

接著，他走向營本部。

路的另一頭，一輛貨車的頭燈亮起，牛奶車正準備駛離。車子一發動，厄爾便立刻掉頭，一手摀著鼻子飛也似地衝過去。你絕對想不到一個流著血的醉漢可以跑得那麼快。他拉開副駕駛座的門，一股腦跳了上去，車子朝著我們來時的路開走。事情發生得太快，就算我有心也不知道能不能攔得住他，更別說我根本沒那個打算要阻止。

老頭子一手拿著咖啡，一手拿著繃帶從營本部走回來，槍還夾在腋下。當他走近一看，有點不敢置信厄爾竟不在原地。當他聽到牛奶車開上馬路，還有車門關上的聲音，立刻恍然大悟，連忙丟下咖啡和繃帶追出去，槍頭對著逐漸駛離的卡車。

我還以爲接下來會聽到槍聲，但老頭子死瞪著眼前的景象，槍枝垂在身側，彷彿還在消化司機落跑的事實。他回過神後，對著馬路就是一頓痛罵，但生氣也沒辦法把厄爾變回來。他走來走去，滿臉愁容，反覆咒罵著那個混帳王八蛋，最後倒坐在側踏板上，丟下槍，雙手捧頭。

他坐了良久，最後拿起槍，起身挺直背脊走回小木屋。

這時我靈機一動，腳踩著側踏板，從窗戶探頭進駕駛室，認眞研究起變速箱。我花了好長一段時間研究，重新回到地面時，老頭子已經舉槍等著我。

我高舉雙手。「**別開槍！**」我大叫，而且被自己的聲音嚇了一跳。上一次我大聲說話還是在踹庫茲罵人的時候呢！「我不是剛剛那群混混！是我！記得嗎？在檢疫所的時候？」

老頭子放下槍，瞇起眼打量我這個站在他面前衣衫襤褸、滿身乾泥巴的傢伙。

「媽的……」老頭子想起來了。「你在跟蹤我們？」他換隻手拿槍，我這才發現他爲什麼不開車。我在碼頭上看到那隻扭曲變形的手，是他的右手，負責打檔的手。儘管腦中的計畫尚未成形，但我不由得脫口而出：「我可以開車。你沒辦法自己帶著野小子和野丫頭繼續走。」

「誰？」

「長頸鹿！我可以開車載你們去加州。」

老頭子濃密的眉毛高高一挑，高到我覺得它們都快飛上天。「誰問你了？你他媽的以爲我會雇用你？」

我朝馬路點點頭。「因爲你的司機丟下你了！先生，我可以穩穩地繞著人開，我對天發誓。我睡得不多，也不是混混，更不是酒鬼，請相信我。」

「相信你？我連你是誰都不知道！」老頭子上下打量我。我一身破爛，過膝的二手褲幾乎快遮到靴子。他最後問：「你多大了？」

「十八歲。」我撒謊道：「我什麼都能開，而且對引擎很有一套。」

「你該不會要說你也很懂長頸鹿吧?」老頭子說。

我昂首說道:「比你的司機強。」

「憑什麼?」

我伸手探入口袋。「第一,我知道別把自己的鼻子靠近動物腳邊。」我又說謊了,之前爲了撿兔腳我就這麼做過。現在,我猛搓著這隻兔腳。

老頭子望向我的後方。「你怎麼到這裡來的?」

「摩托車。」我朝陰暗處的摩托車點點頭。

他瞇起眼。「那是你的車?我不能接受一個小偷或騙子。」

「當然是我的。」一句話證明了我既是小偷也是騙子。

一輛警車停在營本部的街燈下,我見狀連忙退回到陰暗處。

老頭子發現了。

「眞是夠了。」他怒吼,把槍塞回腋下,走到我偷來的車子前,伸手拔掉一堆電線後走回來。「下次再讓我碰見,不管在哪個城市,我都會把你交給警察。你也不想進警局吧!老天,你是在穀倉長大的嗎?去洗澡!那邊有條河,你身上的味道熏到我的眼睛了。」他坐上駕駛座,把槍放回槍架,戴上那頂破舊的紳士帽,帽子低到遮住他的眉毛。他試了每一個檔位,終於找到對的檔位,車子最後抖動了一下,載著長頸鹿上路。

我頹然倒坐在地,盯著電線外露又沒油的摩托車,感到全身虛脫。我不可能修得好那台臨時偷來的摩托車,除了踩發引擎外,我其實對引擎一竅不通,但爲了搭上去加州的順風車，要我說自己能起死回生都可以。而說到開一台搬運車，我傻傻地以為只要是有輪子的車我都能開，但到目前為止，我開過最大的一台車是爸的卡車，最多只開了二十英里到城裡去，走的還是一條直線到底、連老花眼的老太太都會開的潘漢德地區公路。我沒有放棄加州夢，而當時的我並沒有意識到一件事，長頸鹿也沒有放棄我。

牠們以各種形式救了我。

我背靠著摩托車，聽著前方老頭子換檔的聲音。當我聽到老頭子在其中一個檔位整整維持一分鐘時，我重燃希望，跳起身，決定再次背水一戰。我當騙子沒有成功，可小偷的本領還沒丟，不試一下怎麼知道會不會成功。我踩著牛仔靴奮力狂奔，死命也要追上那兩隻長頸鹿，沒想到，我眞的拉近和牠們之間的距離。黎明前的鄉村一片漆黑，警車燈在橋的另一頭一閃一閃，而橋的這一頭是搬運車的車燈。老頭子在猶豫了。藉著搬運車的頭燈光線，我看見河水漫過整座橋，宛如一大塊鋼筋混泥土被扔進河裡。長頸鹿受到水聲驚嚇而探出頭，搬運車因而不停搖晃，接著，牠們聞到我的味道，轉過頭，盯著我一路費力地跑向牠們。就差幾步了。這時車子再度開始移動，我瞄了眼河水和車尾，情急之下，決定鋌而走險。

當著長頸鹿的面，我縱身一躍，像跳火車般地跳上車尾，車子駛入河中，我勉強抓著車尾，腳踩在濕滑的保險桿上。車子一路顚簸前進，我死命攀附在車尾。然而隨著時間一分一秒流逝，我開始有點支撐不住，偏偏長頸鹿的脖子長到可以轉過來看我，小子的舌頭甚至可以舔到我的頭髮。為了揮手趕牠，我還差點掉下去。

車子駛進尚在沉睡中的小鎮，我努力站穩腳步，如果眞要掉下去，總要順手摸點什麼走，但可惜什麼路上也沒有。破曉時分，車子已經穿越整座小鎮，來到小鎮邊界的告示牌時，警車掉頭準備回程。我陷入絕望，此時我的雙腳已騰空，兩手就快抓不住了，要是不爬上去，就得往下墜落。不到幾秒鐘內，我將會滾到溝渠內，舔著傷口，看著搬運車和我的夢想一起消失。小子幫不上忙，只會一直舔我的頭髮，但最後我成功拖著傷痕累累的身體使勁往上爬到車頂，大字躺平，一邊緊抓著任何能抓住的東西，一邊閃躲蟲子。車子搖搖晃晃地行駛在馬路上。

然後，今天早上第一個看熱鬧的司機出現了。

這個司機沒想到在這種鄉村小路上，一大早居然可以看到長頸鹿。他開車湊近搬運車，而老頭子一定是突然急轉彎，因為我瞬間騰空飛起，先重擊肋骨，然後撞到側身，最後平躺在溝渠內。也許是我哀號得太大聲了，下一秒，老頭子出現在我眼前。

「媽的，你這傢伙該不會爬到車頂上了？你差點摔斷脖子！你是想表演特技嗎？不，不用回答我。」他拉我起身。「有沒有傷到哪？」

我的褲子破了，膝蓋鮮血淋漓。長頸鹿在一旁噴氣，老頭子摸摸我的四肢，留下顫抖的我，自己回到車上拿出獸醫的急救箱，撕開我褲子的裂縫，替我流血的膝蓋包紮。他拿出紅藥水，就是那種很臭很噁心的紅色消毒劑，俗稱「猴子血」，還故意多倒了一點，痛得我哀哀叫。長頸鹿更大力地噴氣了。

「你會活下來的。」他從皮夾亮出一美元紙鈔。「這裡有一美元，拿去吧。」

說著，他拿起急救箱便要往回走。

「你要把我一個人丟在這裡？」

「會有人經過送你回鎮上，到時，你再拿這一美元聯絡家人來接你回家。」

「我沒有家人，也沒有家。」我大叫。「我想去加州！」

「不關我的事。」他轉頭說。

長頸鹿大聲抽著鼻子，搖頭晃腦地跺腳。眼見此景，我嚥了口口水，挺起胸膛繼續大喊：「你的開車技術那麼爛，會害長頸鹿摔斷脖子，到時你要怎麼對班奇利女士交代？」

這個名字是我從電報上看到的，他一聽到班奇利女士的名字，腳步頓了一下，壓低帽子後繼續走。

我大叫：「你需要幫手！」

聽到敏感字眼，老頭子打住腳步，轉過身，發現我正盯著他那隻畸形的手。

「你說什麼？」他咆哮，惡狠狠地瞪我。我識相地閉上嘴。他打開駕駛座的門，坐上去發動引擎。

引擎悶哼幾聲，熄火。

他再試一次。

「你踩太大力啦，放輕一點！」我嚷嚷著，車子總算發動後，我又大叫：「萬一車子一直發不動呢？你需要我！」

我真正想說的是，我需要他們。

他胡亂換檔，車子再次顚簸地上路，長頸鹿的脖子搖得更厲害了。眼睜睜看著長頸鹿再一次離去，我的心完全盪到了谷底。

然而接著，搬運車停了下來。

老頭子招手要我過去。

拖著受傷的膝蓋，我飛也似地跑過去，來到車門邊。他問：「老實說，你眞的會開車？」

「我是天才。」我謊稱。

「有駕照嗎？」

「當然。」

「你會開這玩意？」

「不就是變速箱和離合器？」我說。

「我知道了，你只需要開到華盛頓特區就好。」

「可是……你們要去加州啊！」

「我們是，你不是。」

「爲什麼是華盛頓特區？」

「從那裡可以一路往南直開，是厄爾那個混帳改了路線。」他說：「我得去請當地動物園幫忙雇用一位新司機，不然要是老闆問起，我很難交代。我們至少得在那裡耽擱一天，甚至一天以上。每多待一天，對母長頸鹿就多一分危險，但我別無選擇。」他又嘀咕了幾句混蛋。「等你平安無事送我們到華盛頓，我會幫你買張回紐約的車票。」

「我不想回去，我可以送你們到加州，我以我死去的母親發誓。」

他投射過來的眼神簡直能嚇阻一隻犀牛。「你可以在華盛頓特區活下去，或者你想待在路邊等哪個好心的陌生人來救你？」

我只能點點頭。他打開門，自己挪到一旁，我見狀趕緊坐上去，以免他改變心意。

在被車子震得牙齒鏗鏘作響後，我終於摸熟檔位，愈開愈順。我有一種前所未有的感覺，雖然不敢肯定，畢竟以前從沒有過這種心情，但我覺得自己滿走運的。

就在這時，我從側後照鏡發現有台車正逐漸接近我們，接著放慢車速，一路尾隨。

是那輛綠色帕卡德車。

我整個樂不可支，而且我敢打賭，車內一定是那位身揹攝影機、穿著褲裝、一頭火紅頭髮的女人。

「親愛的，我送早餐來了！」

門被屁股推開，進來的又是那位紅髮胖看護，我正好寫完一個句子。

「我不要。」我轉頭說。

「我替你加熱過了。」她說著，把托盤放在窗邊的床上，托盤上是炒蛋和難喝得要命的咖啡。ㄚ頭聞了一下，搖搖牠的大頭。

我仍舊寫個不停。

「你得吃東西才有力氣繼續寫作啊，不是嗎？」蘿西不死心。

「要不要休息一下？我們來玩一場骨牌接龍，像以前一樣，邊玩邊說故事。」

她看著我的肩膀後方說：「你看起來進行得很順利呢！」

我沒有停筆。

「你說你這是寫給誰看的呀？」她追問。

我一個勁地寫。

她嘆道：「好吧，我知道了，我走就是。」她緊捏了一下我的肩膀，說：「話說回來，親愛的，如果你是要寫給紅髮女奧古絲塔，你打算寄到哪去呢？」

我心頭一震，回頭望向窗外的野ㄚ頭，牠正平靜地咀嚼嘴裡的食物。我拿出口袋裡的折疊小刀，削尖鉛筆，繼續我的長頸鹿運送旅程。

紐華克明星紀事報

Newark Star-Eagle

一九三八年十月八日

高速公路上的美好相遇

〔十月八日紐澤西亞希尼雅晚間特稿〕

你今天早上在馬路上看見兩隻長頸鹿了嗎？別急著找醫生，你所看到的斑紋都是眞的……

洛杉磯觀察家報

Los Angeles Examiner

一九三八年十月八日

長頸鹿上路第二天引來路人圍觀

〔十月八日紐澤西〕

來自國家通訊社的消息，南加州首批長頸鹿橫跨大陸之行進入第二天，沿路吸引見獵心喜的記者及看熱鬧的民眾。小鎭居民驚呆了，發誓要開始戒酒。一時之間，長頸鹿成爲眾人茶餘飯後的消遣話題……

澤西日報
Jersey Journal

一九三八年十月八日

他即將挑戰壯舉

〔十月八日紐澤西亞希尼雅晚間特稿〕
你喜歡搭貨車跟著兩隻長頸鹿一起橫越美國嗎？萊利．瓊斯先生面臨了一份小小棘手的任務……

波士頓郵報
Boston Post

一九三八年十月八日

長頸鹿橫跨大陸之旅

〔十月八日紐澤西〕
首批透過陸運方式橫跨大陸的長頸鹿必須與時間賽跑。據世上唯一一位女性動物園園長班奇利女士指出，長頸鹿纖細脆弱，這趟旅程片刻也不能耽擱……

4 橫越馬里蘭州

我，伍迪．尼可，就這樣開車載著長頸鹿上路，一名臉上長了雀斑的紅髮性感尤物尾隨在後。都說傻人有傻福，終於也輪到我走運的一天。

不管我信不信，我總希望得到老天爺一點眷顧，你可以不相信運氣，但你不能不依賴運氣。活到這麼大，我從相信到不相信，再到相信，再到不相信，反反覆覆，人生坎坷。但此時此刻，我肯定是幸運的吧！若有一種感覺叫命運，可以讓自己變得更有自信、變得更好，那無疑就是在運送長頸鹿的同時，側後照鏡裡還跟著一台綠色帕卡德車。我整個人不知所措，連大氣不敢多喘一口，就怕打碎這神奇的一刻。每隔幾秒，我就瞄一眼側後照鏡，仔細觀察車內情況，直到確認開車的人確實是紅髮女，而且只有她一個人。

「把衣服扣好。」老頭子皺眉看著我的衣服。

我偷來的衣服小到扣不上，但我還是空出一隻手來處理。「在檢疫所時，我差點打了你，抱歉。」我說，瞥了他一眼。

「要是你眞的動手，你就不會坐在這了。」說著，老頭子看了眼我衣服上最後一顆鈕釦，彼此心照不宣，這一顆是扣不上了。「算了，繼續開車。」

過彎時，車身傾斜，我們兩人同時看向側後照鏡裡跟著傾斜的長頸鹿，就這樣，我們來到時速三十五英里。

「很好，往那邊走。」他說，始終盯著狼狽的我看。我可以感覺到老頭子停留在我身上的視線，久到讓我坐立不安。

「你的家人呢？」他總算開口。

「都走了。」

「你家農場發生什麼事？」

「被沙塵暴毀了。」我瞄了一眼後面的紅髮女，熊熊燃起希望。「我可以開長途，眞的，我想去加州。」

他惱火地說：「每個奧克移民都想去。」

「我不是奧克移民。」

「你是，我聽得出你的口音。」

「我來自德州潘漢德地區。」

「都一樣。」在老家，這話可挑釁了，但畢竟是浪跡天涯，誰管你來自堪薩斯州、阿肯色州或德州，你們都是奧克移民。「別做什麼加州大夢，沒你想像中那麼好。」他又看了我一眼。「你上次什麼時候吃東西？」

「我不餓。」我撒謊，不想給他轟走我的理由。「我吃不多。」

他接著打量我手臂上的瘀青、臉上的擦傷和鬆脫的牙齒。「你碰上颶風了？」

我點點頭，用舌頭推推牙齒。

「再推下去，牙齒就要掉了。」

我打住。

「臉上的傷也是颶風造成的？」

我點點頭。

「傷口有點舊，比較像槍傷。」

我默不作聲。一點蛛絲馬跡他都會追根究柢，我不打算據實以告。

「孩子，你叫什麼名字？」

我心裡還在介意槍傷這件事，沒好氣地說：「別叫我孩子。」隨即才收斂情緒，補充道：「先生。」

老頭子像在打量拍賣會上的豬一樣地打量我。我挺直背脊，一本正經地回答：「我叫伍羅．威爾森．尼可，大家都叫我伍迪。」

他盯著我的側影，呵呵一笑。「你叫伍迪．尼可？」

「有什麼好笑的？」我嘀咕。

他正色道：「我叫萊利．瓊斯，大家都叫我瓊斯先生。」說著，他一手撐在敞開的窗戶上，開始下指示。「聽好了，每三個小時就要休息一次，找些有樹林的地方休息，打開天窗讓牠們伸展脖子和吃東西，等牠們咀嚼完了才能走。早上、中午和晚上都要停下來餵食和喝水，就算在城裡被攔住也一樣。一路上隨時注意牠們的狀況，窗戶沒拴上的話，牠們可能會探頭出去，所以，不只要注意旁邊，也要注意突出物，要是讓牠們其中一隻撞到頭，你就回路邊繼續去待著吧！過地下道時要放慢速度，限高不能低於十二英尺八英吋。不用管交通規則，時速絕對不能超過四十，注意車速和動物，聽清楚了嗎？」

我點點頭。他不再說話，其實這時我也該閉上嘴，但瞄了一眼車內後照鏡，看到後方槍架上的獵槍，我又忍不住開口：「你昨晚眞的會開槍射那幾個混混嗎？」

「有必要的話。」他不假思索地說：「我不是個愛開槍的人。」

我愣了一下。「這麼說……爲了長頸鹿，你會殺人？」

他冷哼一聲。「長頸鹿有個萬一，老闆會殺了我。」他知道我是認眞的，便又解釋：「我會不會爲了大寶貝們殺人？倒不如說我會不會爲了牠們賠上自己的命。理智上來說不會。但如果你眞想知道，我認爲，動物的命不比人類的命卑賤，每一條生命都彌足珍貴。」

我盯著側後照鏡裡兩隻龐大的非洲長頸鹿，牠們正呼吸著美國空氣，從第一次見到牠們，我心中始終存在著一個疑惑。「牠們怎麼會來到這裡？」

老頭子臉上閃過一陣陰霾。「牠們是同類裡最年輕或最矮的長頸鹿，同時也是獅子覓食的頭號目標。有一天，兩腳獸開著車子，攜帶獵槍和繩子浩浩蕩蕩地到來，長頸鹿群四處奔逃，他們就能乘機逮到脫隊的那隻。更卑劣的狩獵者甚至直接開槍射殺母鹿，這樣就能抓到小鹿了。死掉的長頸鹿留給鬣狗，或者賣給附近的村子當野味。」

「野味？」

「野生動物的肉。」

「那裡的人吃長頸鹿？」

「在非洲，那是美味的自助餐。」他說：「我們都是獅子，是掠食者，除了少數像長頸鹿這樣的動物。上帝保佑牠們。」

我不以為然，老頭子看出來了，他打量著我。「孩子，你不這麼認為？你從沒獵過一隻兔子當晚餐？」

「我當然有。」我昂首說道：「我可以擊中四分之一英里(注)外的公鹿，現場處理牠的內臟。」爸的話語在耳邊響起，我補充：「牠們不過是畜生。」

「如果你眞這麼想，你現在就不會坐在這裡。」老頭子說：「告訴你一件好消息，老闆不喜歡設陷阱捕抓動物的人。動物園在世界各地有合作的夥伴，不過，這兩隻大寶貝是被救出來的，牠們落入陷阱，捕獸者丟下牠們自生自滅，既不能殺掉，也不能放生，群居動物不能離群生活。老闆接到一通電話，於是牠們就來了，因為每個人都想看看長頸鹿。有的人則是需要牠們。你既然拚了命也要跟來，看來你是需要牠們的人。」

我只是想去加州。我心想。

「喔，你說過你想去加州。」他彷彿看穿我的心思。「但你也需要看看長頸鹿。你自己也不明白，對吧？我可以告訴你，因為動物知道生命的眞諦。」

我唯一感興趣的是怎麼活命。老頭子肯定只是想看我笑話，但此刻他目光溫柔地看著副駕駛座側後照鏡裡的長頸鹿，那是我在檢疫所時看到的眼神。

注 約四百公尺。

老頭子接著說：「動物在牠們獨有的世界裡，用我們聽不到的聲音溝通，有著知識淺薄的我們所沒有的見識。而動物當中，以長頸鹿更勝一籌，跟大象、老虎、猴子、斑馬比起來，你總能感覺長頸鹿與眾不同。更別說是經歷過生死關頭的這兩隻。」他凝視長頸鹿，莞爾一笑。「不用擔心這兩隻寶貝，牠們要去聖地牙哥動物園，那裡氣候溫暖，綠草如茵，全年有海風吹拂，永遠不用擔心下一餐在哪，也不用害怕獅子。整座城市的人會透過我們了解牠們、愛上牠們。一定會的。這個悲慘的世界需要從自然界去習得生命的眞諦。」他看向我。「現在你的身後就有兩隻。有機會的話，你可以向牠們請教。」

一陣風從窗戶吹進來，他取下帽子搧了搧。「我的老天，孩子，你一定得洗個澡，你臭得像頭豬一樣！」眼下再開兩英里就到第一座城市了。「我們到那裡去吃點東西、打些水，沿路再找個好地方讓長頸鹿休息。」

這下可以讓紅髮女看到是我在開車載長頸鹿！我興奮地往後瞄了一眼，但帕卡德車居然不在。這下可奇怪了。

老頭子的舉止也有些怪異。當一台紅黃相間的廂型車停在鐵路平交道附近時，他繃緊神經，而我們經過平交道時，他始終緊盯著那輛車。

我也沒閒著，前方邊界告示牌前停著一輛警車，跟老家警長開的車一模一樣，我如臨大敵。但那是一名市警，他下了車，揮手示意我們通過。

高大的胖警笑盈盈地走來迎接長頸鹿。接著，他帶我們到一家餐館，客人蜂擁而上，女服務生端來兩大盤火腿和蛋放在引擎蓋上，我狼吞虎嚥掃光了盤子，這才發現我把老頭子的份也吃了。一名報社記者正在拍攝他和長頸鹿的照片。小子伸長舌頭舔舔胖警，丫頭則掃掉了他的警帽，圍觀群眾哄堂大笑。

老頭子等待著另一份早餐，斜挑著眉說：「你吃飽了嗎？」

我不好意思地點點頭，而爲了討他歡心，我跑到餐廳後面去打水，隨便清洗了一下自己。經歷過黑色風暴，就算肚子飽了也不能安心。回去時，我先繞到隔壁超市，偷塞了一顆馬鈴薯到口袋裡。當我坐回到駕駛座時，老頭子也上車了，他丟了一包乾糧及一整袋洋蔥、蘋果在我們中間，又問了一次：「你吃飽了嗎？」

我再次點點頭。

「很好。要是你再敢偷東西，我就把你留在路邊。我不能忍受小偷和騙子，別讓我再說一次。」他說。

「是的，先生。」我緊抓著口袋裡的馬鈴薯，他一定會逼我交出來。然而，他只是把乾糧袋遞給我。「打開。」

我撕開褐色紙袋，裡頭是一套全新的衣服。

「穿上。」他說。

我呆愣地盯著這套衣服不知所措，彷彿忘了怎麼穿衣服。事實上，我從沒穿過新衣服。活了十七年，我沒用過新的東西，就連內褲也都是二手的。我扯掉身上偷來的衣服。

「我的天，孩子。」老頭子咕噥。「去後面換，還有，這次要徹底洗乾淨。」

我找到一棵樹，躲在樹後脫掉一身破爛的衣服，用抽水機將自己從頭到腳洗得乾乾淨淨好換上新衣。這是一套工作服，但對我來說就像百萬富翁的華服。時至今日，我不知還能否再有一次當初摸到新衣服的悸動。我三兩下脫下內衣，換上新的，沉浸在新衣貼近肌膚的感受，接著又套上棉質襯衫，撫摸著平滑的布料，扣上每一顆新鈕釦。我穿上牛仔褲，捲起過長的褲管，盡可能地拉緊新腰帶。老頭子甚至替我買了雙新襪子。我脫掉鞋子，小心翼翼穿上乾淨的襪子，這實在是太舒服了。

打理好自己後，我回到車上，老頭子上下打量我，聞了一口空氣。「嗯，好多了。」

以前我沒什麼機會感謝人，一時顯得口拙。「我會還你錢。」我訥訥地說。這是我最接近感謝的話了，而老頭子聳聳肩，他大概也只接受這樣的感謝了。

我開始發動車子，群眾爆出一陣歡呼。

「路上小心，別被騙[注]啦。」胖警在我們駛離時大喊。

老頭子哈哈大笑。「太遲啦！」他回應道，瞄了我一眼。

我才不在乎。我，伍羅．威爾森．尼可，正開著一輛又大又好的車子，車上載著兩隻長頸鹿，還穿了一身新衣服呢。我挺直背脊，看向車後空無一人的馬路，無比希望紅髮女能看到現在的我。

「記住，你只須要開到華盛頓特區就好。」老頭子說。但我心情愉悅，充耳不聞。事實上，老頭子的禮物似乎敲開了我內心某個角落，這麼一丁點善意，就能讓一個十七歲的孤兒感到生平頭一遭的幸運，使得他想傾訴一切，傾訴黑色風暴是如何成爲他的夢魘。然而，開車到加州去的機會是騙來的，全盤托出對我來說並沒有好處。所以我三緘其口。

我們持續開了幾英里，老頭子沿途尋找適合長頸鹿休息的地方，看到路邊一棵枝繁葉茂的大樹，示意我開過去。我停好車，他戴好帽子下車，我緊跟在後。「你爬上去不會有事吧？」他問道。

「是的，先生。」我說。

「聽好了。牠們是野生動物，不是家禽，野生動物裡分爲掠食者和獵物。掠食者用爪子，獵物用腳蹄。長頸鹿是獵物，強而有力的四肢能踢碎獅子的頭骨或是打斷牠的脊椎。萬一激怒牠們，牠們的前腳可以踢死你，後腳可以廢了你。千萬別激怒牠們，牠們只要一緊張就會踢人。我現在要去處理夾板，懂了嗎？」

「是的，先生。」

「很好，現在去打開天窗讓寶貝們吃東西。」

他一下車，我便已經爬上去打開天窗。丫頭隨即伸出鼻子，但不見小子的身影。我探頭往車裡瞧，只見小子蜷縮著身體躺在地板，腳壓在身體下，脖子纏繞身體上。我跳下來，大喊：「小子倒下了——」

老頭子打開野小子的活板門，近到可以摸到長頸鹿的身體。他竭力伸手進去，

注 原文為「Don't take any wooden nickels!」，用來善意提醒不要收到假幣，謹慎交易。wooden nickel是當時美國大蕭條期間發行的木製代幣。伍羅（伍迪）的名字是Woody Nickel，所以老頭子之前聽到他的名字才會感到很有趣。

張開畸形的手掌撫摸野小子彎曲的脖子。小子愉悅地抬頭舔舐老頭子的手，隨即站起來加入丫頭。

「這是個好現象。」老頭子對我說：「牠們喜歡你開車，也就是說，我喜歡你開車。」

我依然緊張兮兮。「長頸鹿會躺下？」

他聳聳肩。「你以前在農場沒看過馬躺下？」

當然有，但牠們是長頸鹿啊！老頭子似乎見怪不怪。「你看過長頸鹿躺下？」

「沒眞正看過。」老頭子說，打開丫頭的活板門。「有些養長頸鹿的動物園人士會告訴你長頸鹿不會躺下，除非牠們死了。」

死了？「那你怎麼確定牠們沒事？」

「我感覺得到。我不知道牠還會不會再躺下，但我想牠們不會同時一起，尤其母長頸鹿受傷的腳還沒好。」

「爲什麼？」

「總得有人提防獅子。」說著，他斜過身去準備檢查牠的夾板，想也知道接下來是一陣左閃右躲。丫頭知道他來了，開始踱腳。「你後退。」他對我命令道。

「我可以幫忙。」我說。

「不需要。」就在他轉頭對我說話的瞬間，野丫頭朝他沒防備的肩膀踢了下去。

砰！

他呻吟著踉蹌後退。

在他阻止我之前，我連忙抓起駕駛室裡的麻袋往上爬，朝丫頭遞出一顆甜洋蔥，牠一口吃掉後還想要更多。接著，就像在檢疫所的第一晚那樣，兩隻長頸鹿湊過來聞我討更多洋蔥。老頭子稍待片刻，趁丫頭忙著吃洋蔥無暇攻擊的空檔，小心翼翼檢查完夾板。小子因爲丫頭有得吃，也跟著沾光，畢竟還是得公平嘛！

長頸鹿用嘴巴戳我討吃的東西，我感覺到老頭子的視線停留在我身上。他從上衣口袋拿出一盒 Lucky Strike 香菸，倒出一根點燃，背靠在樹前蹲下，示意我下來。我跳到地面，他朝我遞出香菸。

在那個年代，香菸就跟嚼口香糖差不多，我虔誠的老媽甚至含過噁心的沾菸（注）。年紀輕輕的我已經咳到不想再咳了，哪會笨到去吸更多菸，至少在二戰爆發之前是如此。我搖搖頭，他將菸盒收回口袋，深深地吸了口菸，好整以暇地背靠著樹，兩手擱在膝蓋上，畸形的手指夾著香菸。我第一次仔細端詳起他的手——有半根手指不見了，其他手指像是被殘暴地咬斷又錯誤地接了回去。

「如果你要幫我照顧寶貝們，那就別被我逮到你跑進車廂。」他說：「體型龐大的動物不懂得如何對待體型嬌小的動物。就算牠把你當媽一樣愛你，也會無預警弄斷你一隻手腳。別以爲牠們只是小孩子，牠們經歷風雨來到陌生的環境，換作是你，也一樣容易受到驚嚇。聽懂了嗎？」

注　一種菸草製品，以蘸或搓的方式，用食指及姆指從罐子中取出菸草，置於嘴唇與牙床之間，直到菸草溶解。

我點點頭。

他深吸一口菸，把菸屁股扔到路上，拿起水桶，從車裡的桶裝水裡盛水。長頸鹿低頭湊近他時，他柔聲安撫，我感覺自己像個偷聽的外人。

「你喜歡動物，對吧？」我低聲說。

他遞出滿滿一桶水要我接過去。「那是當然。」

「我爸說那樣太軟弱。」

「喔，是嗎？」老頭子說，裝滿另一個水桶。「我看起來軟弱嗎？」

「不會，但我爸說上帝創造動物是給人類使用的，這是自然法則。大人不會幼稚到去違反自然法則，我們要不吃了牠們，要不殺了牠們才能活下去。」

「天知道你是爲了活下去。」老頭子輕聲說。

「你同意他？」農場長大的我聽不出弦外之音。

「什麼？」他心不在焉地說。

「你同意我爸說的？」

「這個嘛……」他遞給我第二個水桶。「我說過我們都是獅子。獅子永遠只能是獅子，我們都是。再說了，不管你或你爸想不想，你就是喜歡動物。」他抬頭望著長頸鹿。「寶貝們知道。牠們也清楚那個混蛋厄爾，所以才對付他，不是嗎？」

長頸鹿小小踱步，催促我們快點給水。我提水時，老頭子就坐在駕駛室旁的側踏板上，重新點燃香菸，再次打量我，彷彿一頭山獅在潘漢德地區平原上對我虎視眈眈，我不由得背脊發涼。他盯著我良久，我開始後悔找他聊天。

他終於開口。「你聽過屠宰場嗎？我的第一份工作就是在屠宰場。我當時很小，不到十二歲，其實不能去那種地方。他們買下需要被處理的老馬，槍殺後剝皮拿去賣錢，肉拿去餵動物。管理員負責把一群動物餵養得白白胖胖，而老馬肉就是牠們的主食。他們帶著剁刀，割下需要的肉餵給肉食性動物——老虎和獅子。」

「在聖地牙哥動物園？」

「你有在認真聽我說話嗎？不是動物園。我負責當一隻猶大山羊(注1)，引導馬匹乖乖去被宰殺。很快地，我變成必須拿刀割肉去餵食動物的人。我實在做不來，馬是多麼高貴的動物，但我只是個孩子，哪有什麼資格說要辭職，所以我只好換個想法，把這當作是牠們高貴的生命裡最後一項光榮任務。偷偷告訴你，早期我會感謝每一隻馬……就像鷹眼一樣。」

我不明所以地看著他。

他則不可思議地回看我。「鷹眼啊！《最後一個摩希根人》、《獵鹿人》……老天，孩子，這些都是菲尼莫爾．庫柏(注2)先生寫的小說！你在學校都沒讀過嗎？我沒讀過多少書，但我都看完了呢！」他兩眼發亮，拿菸的手在空中比劃。「還記得那句話嗎？沒有一個地方可以任人恣意掠奪(注3)。」

注1　猶大山羊經過訓練，可以與綿羊或牛群交往，將牠們引向特定目的地。在牲畜飼養場，一隻猶大山羊會導致綿羊被宰殺，自己卻得以倖免。猶大山羊也被用來將其他動物帶到特定的圍欄和卡車上。

我知道他在引述書裡的句子，但我這輩子只聽過《聖經》。

他傾身過來。「鷹眼是殖民時代的土著，一個肩負獵槍的傳奇人物，他可以在百步外擊中飛越的公鹿。那個時候……」他拿菸的手劃過天空。「滿天蔽日的旅鴿，每個人都在拿槍射擊，有人拿來當作運動，有人拿牠們來當愚蠢的帽子羽飾，拚命地打，打到鴿群消失殆盡（注4）。但鷹眼不是這種衣冠禽獸，他不會毫無理由地殺生，當他獵殺公鹿果腹之前，一定會先感謝牠的犧牲拯救了他的性命。」

老頭子往後一靠。「這對一個屠宰場的小孩意義重大。我開始仿效鷹眼，即使到了現在也是一樣。其他人做禱告，我呢，則會感謝食物，是牠們的命救了我的命。」他停頓片刻，出神地揉揉自己畸形的手。「很快地，我也會回報這份恩德，而回報的對象可能是隻小小的蛆蟲。人死了，也是肉，這是自然法則，我既然不再使用這具皮囊，又何必在意這身肉去了哪？」他站起身。「但有人感謝一下也是不錯啦。」

說著，他吸了最後一口菸，踩熄菸屁股。不知是因爲還滿腦子鷹眼，還是因爲信任我，他逕自坐上了車，雜活全丟給我。我猜是前者，但我會證明給他看，我是值得信任的。我把水桶擺回桶裝水旁，關上活板門，再次坐回駕駛座，老頭子則緊盯著窗外的馬路。我發動車子時，他總算回答了我自己都快忘了的那個問題。

「任何形式的生命都要尊重，孩子，否則就不配做個人。」他指著馬路。「動作快，別浪費時間。」

我開上馬路，思緒紛亂，老頭子的一席話遠超過我的想像。他跟爸、庫茲以及所有我認識的大人都不一樣，外表看似跟野地人一樣滄桑，實則大有內涵。果真是人不可貌相。當時的我並不知道，往後還有大開眼界的事在等著我。我忙著消化老頭子的話，開了一英里多才想起要確認紅髮女有沒有跟上來。

後頭的路上空空蕩蕩。

我們沉默地開了一陣子，就在接近平交道時，我發現老頭子再次繃緊神經。燈號亮起，柵欄放下，一列火車轟隆行駛而來。這不是一般列車，也不是我偷搭過的篷車，那是一列馬戲團火車，車身是明亮的紅黃相間，就像今早見到的廂型車一樣。馬戲團火車長度不及十二台車輛，在我眼中卻顯得巨大無比。平交道在一望無際的平原上，點綴著零星幾棵樹，遠遠地我就能看到車身上的招牌。等到列車靠

注2 詹姆斯・菲尼莫爾・庫柏（James Fenimore Cooper），是十九世紀最早贏得國際聲譽的美國作家之一。主要作品是以綽號「鷹眼」的獵人拿鐵・本波（Natty Bumppo）爲主角的《皮襪子故事集》（*Leather Stocking Tales*），描述美國十八世紀的邊疆拓荒時代，縱橫美洲大草原的獵人和拓荒者的故事。他在創作時並未照時序寫作，第一本書是系列第三冊《拓荒人》（*The Pathfinder*），接著依序是《最後一個摩希根人》（*The Last of the Mohicans*，曾被翻拍成同名電影《大地英豪》）、《大草原》（*The Prairie*）、《找路人》（*The Pioneers*），最後一本是《獵鹿人》（*The Deerslayer*）。

注3 原文爲「A man can enjoy plunder peaceably nowhere」。

注4 據估計，曾有高達五十億隻旅鴿（passenger pigeon）棲息於美國，但因十九世紀末人類過度獵捕等種種因素，該物種已經滅絕。

近，我們甚至可以跟車上的人和動物對上眼。

但老頭子可不這麼想。「停下——後退。」他指示。

我把車開離樹林附近的馬路，隨即遇上兩台車，一台是掛著紐澤西車牌的奧斯摩比(注)，另一台是破舊的雪弗蘭。我揮手示意對方繼續前進，兩台車緩緩開過，目不轉睛地盯著我們。這時火車鏘啷鏘啷疾駛而來，他們就快可以和馬戲團團員四目相對了。

豪華列車上有塊招牌，上面寫著：**鮑爾斯和沃特斯巡迴馬戲表演**。首先通過的是一個豪華車廂，緊接著是一隻被關在花紋鐵籠裡的獅子，再來是大象和一大群馬，沒有長頸鹿。那時候，非洲以外的人沒什麼機會看到長頸鹿，美國東岸的大型動物園嘗試引進，但寒冷的氣候讓長頸鹿夭折得很快。馬戲團也想如此，但居無定所的日子讓長頸鹿死得更快。我只知道長頸鹿特別，但不明白到底哪裡特別，以至於大家千方百計想要得到牠們。不過我很快就會有答案。

長頸鹿往大型火車伸長脖子，老頭子非常緊張，他開門下車。「快來幫我把長頸鹿的頭縮回去，免得惹禍上身。」

這語氣聽起來不太妙，但現在才要藏起牠們的頭已經太遲，火車通過了。

同一時間，帕卡德車呼嘯而過。

那道綠影在我爬上車廂的同時一閃而過，停在平交道前等待的車輛後面。紅髮女帥氣地下了車，手持相機。她拍了幾張火車和汽車的照片，接著轉頭拍攝我們。她看到我時，詫異地放下相機，和我目光交會。

「快，孩子！」老頭子朝我吶喊。

一名男子從雪弗蘭老車上下來，奔向我們。「見鬼了，是長頸鹿耶！你們也是馬戲團的人嗎？」

我忙著讓丫頭縮頭進去才能關窗，無暇回應。我推了幾次，但那顆大頭就是不肯動，我最後放棄，轉頭看向老頭子，等著準備挨罵。但他只死盯著遠去的火車，頭冒青筋。

奧斯摩比車上的一家人也來湊熱鬧。「我知道你！」母親嚷嚷著，帶著小孩子跑過來。「我看過你的新聞，孩子們，他們要去加州喔！那些是遇到颶風的長頸鹿！牠們要去貝兒．班奇利女士經營的聖地牙哥動物園！我們在影片裡看過她呀，記得嗎？」她滔滔不絕地說。老頭子置若罔聞，他的注意力全在最後一節紅色小車廂上的廣告招牌：**今晚在華盛頓特區**！就在火車即將繞彎消失之際，紅色車廂後門走出一個蓄鬍的大胖子，他直勾勾地盯著我們看。

老頭子低聲咒罵。

平交道柵欄升起，然而，只要我們還在這裡，就沒人想離開。我們必須先繞過他們。長頸鹿對著圍觀群眾搖頭晃腦，我們行駛過鐵軌，繞過同樣的彎道。我盯著側後照鏡裡的紅髮女，直到她從我的視野中消失。我納悶老頭子有沒有注意到她，但他的心思似乎全在那列馬戲團火車上。

注　奧斯摩比（Oldsmobile），美國通用汽車的其中一個品牌，一八九七年創立，二〇〇四年裁撤。

當馬路遠離軌道後，老頭子說：「我們今晚在這附近過夜，明天再去華盛頓特區。」這也太奇怪了，離日落至少還有一個小時呢！但我保持沉默，畢竟他可是想把我丟在華盛頓特區，我需要時間來想辦法讓他改變主意。

開了一英里後，我們來到一個叫「朗德汽車營地」的小地方。說小是眞的小，四棟年久失修的小木屋，幾張藤椅圍繞著院子裡的營火。一位身材豐滿、灰白頭髮挽成小圓髻的女士帶著兩個成年的女兒，跟著老頭子一起來看長頸鹿，三人在圍裙上擦拭雙手，明顯看得出這是家族事業。路邊的板屋既是辦公室也是小型咖啡廳，小到只有一張桌子、六張椅子。母親指著角落一棟離橡樹森林最近的小木屋，那裡十分適合我們的車子停放。我們很快就安頓好，在長頸鹿踢了老頭子一腳、吃掉賄賂用洋蔥、最後啃起樹葉時，三位女士端來肉派、馬鈴薯和椰子蛋糕。我沒想到老頭子是如此紳士的一個人，還以爲他是被狼帶大的，做事橫行霸道，但他對女士說話格外溫柔，像是「朗德太太，太麻煩妳了」或是「讓您費心了，夫人」，言談之間非常有魅力。

她們離去後，他發現我一臉驚奇地看著他，便揮手示意我去小木屋。「你可以先睡。」

「我睡不著。」我不想坦承自己不睡覺。

「那好，幾個小時後換班。」他見我站在原地，兩手插在新褲子口袋中，思索著怎麼打發時間。於是他指著營火。「去坐在藤椅上看守長頸鹿。」

夜幕低垂，我走過去坐下。今晚營地除了我們只有另外一台車，唯一的光源是院裡的小營火。起初我看不太清楚，但定睛一瞧，立刻當下挺直身軀。

是一輛帕卡德車。我看得愈來愈清楚，確實是綠色的。

我調整藤椅位置，好一次看到搬運車和帕卡德車，接著等待。我撫平新衣服，挪挪瘦巴巴的身體，像個貨運司機一樣慵懶地坐好，望著星星一顆顆出現。當北斗七星來到我正上方時，我瞥見小屋的門打開，她來了。

「瘦皮猴，是你啊！」紅髮女呼喊，朝我走來。「我可以加入你嗎？」說著，她坐了下來。在火光的映照下，她一頭火紅的頭髮彷彿熊熊燃燒起來。近看她的臉，才發現她像典型紅髮愛爾蘭女人一樣，連雙頰上都同樣滿是雀斑。一般女人會用濃妝遮掩，但她沒有，而且，雖然身穿名貴的衣服、開著名貴的轎車，但我看得出來她年紀其實沒有大我多少，頂多十九、二十歲吧。年紀輕輕看起來太成熟對她不是好事，對我也是。

「真不敢相信，是你在開車載長頸鹿！另一個人走啦？」她說。

我點點頭。

「我不太會開車，才剛學而已，畢竟我是城市長大的女孩子。你一定很會開車。」她說。

我微微一笑，挺直身軀。我得說點話，不然會被她當作啞巴。於是我清清嗓子，找到自己的聲音：「妳在跟蹤我們？」我說話聲音大了點。

「你不介意吧？」

我搖搖頭。

她看向搬運車，長頸鹿正探出頭來啃食樹葉，她笑得合不攏嘴。「你相信嗎？眞的是長頸鹿耶！」

我聳聳肩，故作姿態。「只不過是動物而已。」

「只不過？」她看我的眼神彷彿我長了兩顆頭。「那樣說的話，帝國大廈也不過是棟建築物罷了。」她的視線飄向我脖子上一塊碩大的紅色胎記。她知道我注意到她的視線，於是舉起手腕——她有一塊鳥形胎記。「胎記是一種幸運象徵。」

「我眞不知道。」在老家時，大家都說這是魔鬼標記，當然，我沒說出口。

「我就覺得你超幸運的。」她說。我們一起看著長頸鹿，頓時陷入尷尬的沉默，接著，她看著前方，頭也不回地說：「你爲什麼要打萊昂？」

我再度挺直身軀。「他抓妳的手。」

「我的事我自己會解決。」她說，但她柔和的表情讓我生起一絲希望——她說不定是喜歡的。

這時，長頸鹿的嘴巴縮回車子裡去反芻。「喔，不！」紅髮女垮下臉。「我還能看到牠們嗎？太晚了嗎？」

我左右爲難。老頭子自己不也一天到晚帶人來看長頸鹿嗎？而且我看過她的筆記本，她想摸長頸鹿——而我有能力做到這點。

我兀自猶豫不決，但她笑靨如花，最後我只能棄械投降。

我聽見老頭子的鼾聲，小心帶著她走過營火陰影，來到車子前。我一腳踩在側踏板上，正準備爬上天窗，長頸鹿便從窗戶伸出牠們的大頭。我聽見紅髮女驚呼出聲，那聲音眞是太悅耳了。我跳下來準備協助她，但她不需要我的幫忙，自己一腳踩著側踏板，另一腳踏著鋼圈，雙手想去摸兩隻長頸鹿，雙腳就這樣跨過來跨過去。我忍不住盯著她的褲子看，結果就像我抓到她在看我的胎記一樣，我也被她逮個正著。「瘦皮猴？」

我感到雙頰滾燙。「我沒看過穿褲子的女人。」

她哈哈大笑。「我不會是最後一個，眞的。」說著，她宛如貓咪般敏捷爬上天窗，跨坐在兩個車廂中間的橫板，笑盈盈地低頭望我，彷彿在說：你還在等什麼？

我轉頭看向老頭子的木屋，裡頭持續傳出如雷的鼾聲，我挺直背脊，跟著往上爬。小心翼翼地坐到她的對面後，長頸鹿從窗戶伸出頭，圍繞著我們，用鼻子撞擊我們的膝蓋。丫頭用力頂我的腳想討洋蔥吃，我不得不抓著牠的頭好穩住自己。紅髮女則摸著小子的角，被小子的舌頭洗禮，換作一般女人早就大呼小叫了，但她毫不在意。

她朗聲大笑，一手抹抹臉，擦擦絲質衣服，另一手先是拍拍小子的大下巴，轉而溫柔地撫摸，模樣輕鬆愜意。「我在摸長頸鹿呢……」她如夢似幻地嘆息，我感覺她彷彿快要飄走。「光是這麼看著就讓人覺得不可思議。遼闊的非洲，大千的世界，等著我們去探索……」她喜不自勝地盯著我，眼看就要吻過來，我卻傻住了。明明在車站的每個晚上，我都幻想著要如何親吻紅髮女奧古絲塔！要不是丫頭不解風情地把我頂到一旁去，我就要美夢成眞了。紅髮女的注意力轉向野小子，憐惜地愛撫牠。「眞是不可思議的動物，對吧？」

看著她愛撫小子，爲了不讓自己想入非非，我得說點什麼才行。「小心點，體型龐大的動物不懂得如何對待體型嬌小的……」一脫口，我才驚覺這不是老頭子說過的話嘛！

小子舔著空氣，任由紅髮女撫摸。「牠們有那麼危險嗎？」她問道。

丫頭再次用牠的大頭撞我。「牠們可是能踢碎獅子的頭呢。」我悶哼一聲，緊抓著牠。

紅髮女愣了一下。「你看過牠們踢人？」

「這隻就有。」我朝丫頭點點頭，牠把鼻子整個埋進我的口袋中。「老頭子被牠踢過，不過沒有要他命的意思——現在還沒有。」

「看樣子牠很活潑呢，很好。」紅髮女伸手去拍拍牠，又回頭看著小子。「但這隻是紳士吧？」小子的回答是把鼻子埋進她的雙腿間，她尷尬地扭來扭去，我開玩笑地打了牠一下，懲罰牠的不禮貌。牠抬起頭，一臉無辜，她見狀噗哧一笑。「好極了，是隻淘氣紳士呢！」她出神地撫過野小子下巴上的菱形斑紋，柔聲說道：「知道嗎？你不是第一個帶長頸鹿橫跨大陸的人。一百年前，埃及的統治者就派人送了一隻給法國國王。先用船運，再步行五百英里到巴黎。很難想像吧？」她的聲音宛如銀鈴般悅耳。「全國上下都沸騰了，女人梳起高高的長頸鹿髮型，男人戴上高高的長頸鹿帽子。據說，有成千上萬名群眾的夾道歡呼，看著皇家騎士隊護送長頸鹿前往皇宮。」她的手往下來到小子的脖子，小子喜悅地輕顫。「再往前回溯一百年，埃及蘇丹也派人送了一隻到佛羅倫斯。城裡廣場、花園濕壁畫和畫作上都看得到喔！甚至還有星座以牠爲名。」她仰望滿天星辰。「聽說墨西哥北方天空看得到，搞不好我們可以在沙漠中目睹。」她再次輕聲嘆息，小到我差點漏聽，而我一點也不想錯過這聲嘆息。

小子開始反芻，丫頭放棄找洋蔥也跟著反芻起來，我的新衣服沾滿牠的口水。我擦掉口水，對紅髮女說：「妳很了解長頸鹿嘛。」

我看著她，紅髮女凝視長頸鹿的神情與老頭子如出一轍。「除了書本之外，牠們充滿太多我沒有做過或見識過的驚奇，就像被颶風帶入地球，從天而降到我面前。當我第一眼看到牠們，就知道自己該怎麼做了。」說著，她最後一次伸手摸撫長頸鹿，接著一躍而下回到地面，我根本來不及出手相助。

我跟著回到地面，卻發現她似乎喘不過氣來。她一手摀著心臟，卻衝著我粲然一笑。「實在是太棒了。」她驚嘆。「喔，瘦皮猴，我——」她一把抱住我，力道之大，使我之前斷掉的肋骨壓到發疼的脊椎。接著，她猛地抽身，彷彿也嚇到了。「抱歉……你都不知道這對我來說多重要。眞是太謝謝你了。」她恢復自制。

但我不急著冷靜，我想要多感受一下和她身體相貼的溫暖。幸好老頭子逼我洗了個澡。

我深吸一口氣，兩人一同走回營火。她嘆了最後一聲，一本正經地撥開臉上的鬈髮，從上衣口袋拿出筆記本，說：「瓊斯先生知道我在跟蹤你們嗎？」

「應該不知道。」

「暫時別告訴他。我想先給他留下好印象，之後你再替我引見，好嗎？」

「當然好，不過，妳怎麼知道他的名字？」

「報紙都有寫，長頸鹿登上各大報。」紅髮女從筆記本裡拿出剪報遞給我，在火光熠熠之中，我拿著當初在檢疫所筆記本裡看到的同一份剪報：**長頸鹿海上遭遇颶風奇蹟生還**，大記者先生萊昂・亞伯拉罕・羅威報導，上面還有老頭子的名字——萊利・瓊斯。

「留著吧！」她嫣然一笑。「這件事登上報紙，載入了歷史，你也會是歷史的一部分。」

我把剪報塞進新衣服口袋，紅髮女仍然興奮地蹦蹦跳跳，臉上雀斑隨之上下抖動。在一個十七歲少年的眼中，她美得不可方物，我感覺雙頰又開始滾燙起來。我別開臉，這次肯定連陰影也藏不住我的滿臉通紅。我把重心移到另一腳，暗自要自己冷靜。

「瘦皮猴，說說你的故事。」她說。

我假意注意營火，含糊其辭地說：「我沒有故事。」

「你一定有，每個人都有故事。」

我回頭看她。「那妳的呢？」

她低下頭，輕盈的腳步變得沉重，笑容莫名地消失。「沒人喜歡聽傷心的故事。」她說：「你的故事應該是個好故事。你就像從黑色風暴照片中走出來的人一樣——你是奧克移民嗎？你是怎麼來到這裡？這會刊登在《生活》雜誌上喔！」

農家子弟多少都會看《生活》雜誌，沒有電視機，至少還能看到世界各地的照片，尤其是全彩的美女照。「妳替《生活》雜誌工作！」

「我在撰寫圖文專欄。」她用手比了個取景框。「國內面臨經濟蕭條，歐洲戰事一觸即發，兩隻長頸鹿從海上颶風死裡逃生，要橫跨大陸前往聖地牙哥動物園，園長貝兒．班奇利女士正等著迎接牠們。這是多麼激勵人心的一件事。」她假裝按下快門。「只有照片能做到這點。沒有照片，就算耶穌再臨，《生活》雜誌也不會刊登。等抵達動物園，我打算做一篇貝兒．班奇利女士的圖文報導。我要成爲下一個瑪格麗特．伯克─懷特。」

「誰？」

「《生活》雜誌的第一位女性攝影師。如果你有看《生活》雜誌，應該看過她的照片，她是世界上最偉大的攝影師。」

我頓時自慚形穢，因爲我對這世界根本一無所知。瞄了一眼陰暗處的帕卡德車，我只能繼續無知下去。當時，沒有一個女人會自己開車上高速公路，絕對沒有。我訥訥地開口：「妳一個人開車上路會害怕嗎？」

她端詳著我的臉。「爲什麼這麼問？」

「畢竟妳是女孩子。」我直言不諱。

她射過來的眼神充滿怒火，彷彿在說：不會吧，瘦皮猴，連你也這樣。

我應該道歉，卻情不自禁受到那雙火熱的淡褐色眼睛吸引，臉頰又開始滾燙。我極力克制自己不要臉紅，囁嚅地說：「我只是想說一個人上路不安全。」

我越描越黑，她也知道。她眼中的怒火逐漸平息，瞧了眼搬運車，對我微微一笑。「我現在不是一個人了，不是嗎？」她變回那個好相處的城市女孩，昂首說道：「這樣吧，我有個提議，如果你能協助我完成這篇報導，我就提供你想要的報答。」她伸出手。「如何？」

如她所願，我和她握了手，她的手勁之大跟一個男人差不多。

「我們現在單純是合作關係。」她重申，仍握著我的手。

「好。」

「只是合作。」她強調。

「好。」

「我不需要任何人拯救或保護。」她接著說。

「好。」我申明。

「就這麼說定了。」她再次重申，我們放開了手，或者該說是她放開了我的手。

我們佇立在若隱若現的營火光芒中，我有種強烈的感覺，她就快說再見了。

「我叫伍迪。」我沒說出姓氏，怕她跟老頭子一樣取笑我。

「我叫奧古絲塔。」

「小塔。」我記得那名記者是這麼叫她。

「只有一個人會這麼叫我，通常是爲了激怒我。」她說，抿著嘴微笑。語畢，她朝小木屋走去，一頭鬈髮隨之飄動，我的心彷彿裂成了兩半。「路上見啦，伍迪。」她回頭說。

我得說些話，一些長頸鹿司機會說的話，一些克拉克．蓋博（注1）會說的話。我脫口而出：「我姓尼可（注2）。」

她回首一望。「小心開車，伍迪．尼可。」她並沒有取笑我。

我看著她的身影被黑暗吞沒。添了些柴火後，我坐下來守接下來兩小時的夜，滿腦子都是女人味的褲子、流行雜誌、巴黎、古畫和降落地球的長頸鹿。時間飛逝，我甚至又聽見長頸鹿低鳴，彷彿夢回檢疫所那晚。當我走近聆聽，只聽見風穿樹林的窸窣聲。我回到營火前陷入沉思。

火熄了，徒留餘燼，老頭子從黑暗中現身，不知不覺間已星移斗轉。「該你去睡了，孩子，離開前記得關上天窗。」他說，重新生起火來。

注1　克拉克．蓋博（Clark Gable），美國男演員，主演過經典電影《亂世佳人》。

注2　尼可，原文nickel，五分錢的意思。

5 沉睡

我帶著紅髮女貼著我發疼肋骨上的餘溫走進木屋，恍惚中彷彿重回車站，盡情幻想我們之間火熱的擁吻。我有意保持清醒，卻陷入了沉睡，自從在檢疫所車內那一晚後，這是我第一次沉沉地睡去。我拉著轠繩，像牽著小馬般牽著野丫頭走過法國，接著……

寶寶乖，不要哭，乖乖睡，小寶寶。

當你醒來，你會得到，漂亮的小馬。

「小傢伙，你在跟誰說話啊？」

褐色大眼盯著我看。

「伍迪．尼可，外面發生什麼事了，快說！」

我知道自己又進入那個熟悉的潘漢德惡夢……然後，我聽見遠方的火車聲，我處在一片陽光明媚之中，身旁是玉米田……一隻長頸鹿從枯草梗中衝出來，沒命地向前奔跑，背後是劃破空氣的套索聲……

我掉下床，起身破門而出——

外頭夜色依舊。

老頭子坐在車子側踏板上，見我穿條內褲衝出來，他站起身。我光著腳，雙眼圓瞪，努力不去聯想到碧拉姑婆。我靠在車上，整個人都清醒了。我告訴老頭子我要留下來守夜，他沉著臉說：「那也別只穿著內褲啊！」

我穿好衣服回來後，換老頭子到木屋去睡，距離天亮只剩一、兩個小時，我陪著長頸鹿，同時內心懷抱著玉米田的憂慮，等待黎明。我坐在側踏板上，直勾勾盯著黑濛濛的夜色，我第一次看到如此漆黑的夜晚。當第一道光出現時，我走向營區另一頭，心想會看到一片玉米田和鐵軌，但那裡只有一片松樹林。我這輩子還是第一次這麼開心看到樹林。

這時，我想起紅髮女。我轉頭望向她的木屋，帕卡德車已經不見了。

聖地牙哥自由報
San Diego Free Press

一九三八年十月八日

長頸鹿搭車而來！

萬歲！南加州首批長頸鹿從東岸出發囉！我們敬愛的動物園園長貝兒・班奇利女士說：「我答應讓聖地牙哥的小朋友們看到長頸鹿，我一定說到做到！」

6 前往華盛頓特區

睹物容易思情，聞到的、聽到的、看到的，都能一秒將你帶到世界的另一端、另一個國家或另一個十年；你可能正在親吻一名電眼美女，或被酒鬼痛毆，完全控制不了。即使他們整理過房間，只消一陣風砂吹來，我立即回到潘漢德地區的黑色風暴中；只消瞥一眼粉紅牡丹，我便來到二戰時的法國，佇立在戰地新墓園之中。

當老式警車鈴聲響起的那一刻，我正開著車進入華盛頓特區，緊張到快吐了。

一個小時前，我們照料完長頸鹿準備離開朗德汽車營地，我暗自慶幸老頭子對我昨晚怪異的行爲不發一語。上路後，沿途經過一個接一個指引到華盛頓特區的路牌，當一塊寫著「**華盛頓特區，三英里**」的路牌出現時，城市已然就在眼前。正中央一座尖聳的巨型建物，就是華盛頓紀念碑。其實我並不知道那是什麼，但也不打算問老頭子。原本還在納悶他爲什麼開始調整自己的帽子，下一秒，我便明白了。

我們往前繼續開，路多了左右兩線道，四周車水馬龍，警車鳴笛而至、從路肩呼嘯而過，嚇得我猛地一轉方向盤，老頭子因而撞上儀表板，帽子飛落。他破口大罵，而才剛撿起帽子，長頸鹿又一個搖晃，他便再次撞上車門。我緊握方向盤，意識到自己正載著兩隻巨大的非洲動物闖入大都會交通，當下覺得快吐了。

我嚥下一湧而上的胃酸，在川流的車潮之中力抗長頸鹿的搖晃，努力保持車身平衡。

老頭子一聲不吭地把帽子放在我們之間的椅上，接著用一種接近安撫長頸鹿的口吻說：「放慢速度，穩穩地開，不要去理會周遭。」

前方可見一條河和一大堆的路牌，其中一個指出通過**弗朗西斯．斯科特基橋**前往**國家動物園**。車流量變少，但我依然慢慢地龜速前進，慢到特區重機警察閃著燈開到車旁，老頭子神情自若地朝警察點點頭，警察便又退回到車後去。

我知道他接下來會要我轉彎前往特區動物園，然而當我看向他，他開始喋喋不休地交代：「聽好了，絕不能放長頸鹿出車廂，一旦出去，就無法保證能帶牠們回來，牠們就只有死路一條。不要命令長頸鹿，要用問的。牠們也許喜歡你，但下一刻可就不一定了。牠們不是你的寵物或潘漢德地區的馬，牠們是野生動物，尊重牠們，懂嗎？」

我死命地點頭，牙齒止不住打顫。我就要去加州了！

「那好，你就載我們到曼非斯市去吧。」

我以為我聽錯了。「是加州吧？」我糾正他。

「曼非斯。」老頭子重申。「往曼非斯的路比較平穩，你開得很好，這一路很順利。寶貝們相當脆弱，我們必須分秒必爭，白天還長，能趕路就繼續趕路，曼非斯有另一間動物園，我也可以提前聯絡新司機在那邊等我，這樣一來，就不用多浪費一天時間待在這裡了。」他說同時，大橋的出口已近在眼前。

「我可以開完全程。」我立刻說。

「不要拉倒。」老頭子朝橋梁點點頭。「現在決定。」

我接受了。

老頭子將目光放回路上。「好，保持下去，慢慢、穩穩地開。」

第二名重機警察鳴笛閃燈而至，老頭子比比手勢示意他前進。進入市區後，車子動得更慢了。過了市區，馬路縮回兩線道，重機警察呼嘯而去，長頸鹿探出頭看著他們離開，我則強作鎮定。來到郊外，萬籟俱寂，我查看側後照鏡，期待看到紅髮女，同時也在納悶一件事。「爲什麼警察不帶我們去華盛頓特區動物園？」

「因爲我沒要求。」

我暗忖片刻。「他們怎麼知道我們？」

「園長女士。」

我想了又想。「是班奇利女士？」

「沒錯。」

「聖地牙哥動物園歸一個女人管？」

「沒錯。」他手撐在窗台上。「外表是個奶奶，穿著像個老師，罵人像個船員，但深受傲慢的動物園員工們喜愛。他們可都是接受過高等教育的人！」

「她是怎麼當上園長的？」

「聽說創辦人在一戰後將飼養場改成動物園，因爲窮到連一名員工都請不起，就向政府單位申請一名會計。她來到動物園，從收票到照護生病動物什麼都做，最後接手管理動物園。」

老頭子繼續說：「她開始上廣播節目和電影院的新聞影片(注)，因為講述動物園的故事而出名。老實告訴你，有些事她可從不會在節目上講。」

「比如說？」

「有一次，她走進籠裡，裡頭有隻失控的狒狒。」

「故意的？」

「那女人不笨，孩子。我看過一隻九十磅重的狒狒把一個大男人丟出空地。那隻狒狒當時跑到猴子園區後面拍打籠子，惹得所有猴子尖叫，一圈又一圈地跑，玩得可開心了。我趕到時，五名管理員揮舞著棍棒大吼，想要把牠趕回牠自己的籠子裡。管理員靠得愈近，狒狒愈恐懼瘋狂。一隻發狂的狒狒可不得了，我知道牠就要攻擊我們了，好死不死，園長大人從另一頭出現。她在辦公室聽到騷動，以為我們在趕老鼠，正打算來提醒我們別驚擾遊客。我們大叫著要她快跑，但狒狒已經直接衝向她。」老頭子搖搖頭。「當下我知道完蛋了。園長大人很清楚她有生命危險，狒狒一口就可以咬斷她的脖子。她怎麼辦呢？她沒有跑，也沒有躲，她努力擠出笑容——張開雙臂。那隻狒狒呢？牠跳入她的懷中，哀號得像個寶寶。」

「她怎麼做？」

「還能怎麼做？六個大男人瞠目結舌地看著她把大狒狒抱回圍欄中。我們幾個等著挨罵，但她氣到一整個星期不跟我們說話。」他滔滔不絕地說起園長大人的故事，像是有次她抓起一隻逃跑的響尾蛇，用籃子裝一隻生病的袋鼠寶寶搭電車回家，寄跳蚤給美國東部某個人的跳蚤馬戲團，最後被郵局發現了才停止。

接著，他侃侃而談他在動物園各種驚奇有趣的生命體驗，直到維吉尼亞州的邊界出現在眼前。「往那開，孩子。」他指著一塊路牌：**李公路**。我們總算來到老頭子口中橫貫大陸的南方高速公路。我愈開愈順手，甚至有一種奇妙的感覺，我相信自己到得了加州。如果現在有地圖，我可以看到兩線道高速公路穿過沙漠，一路通往聖地牙哥，而對一個最多只開車到鄰近軋棉機的人來說，這條平坦的水泥道路無異於通往廣大的明天。

我同時也發現一件事——李公路不是向南，這條路本身就在南部了。當我聽到「南方公路」時，在我這個潘漢德地區居民的腦中，南方指的是路易斯安那、德州墨西哥灣沿岸和墨西哥邊界。但只要再一天，李公路就會轉向西走，通往我的老家——德州潘漢德地區。我不想冒險，我有不能告訴老頭子的苦衷。

我從沒想到被丟在曼非斯或許是一種解脫。我開車載著兩隻經歷颶風的長頸鹿，懷抱加州大夢行駛在平坦大道上，感覺自己再次受到神的眷顧，渾然不覺前方危機四伏，賭上的不是兩隻珍貴長頸鹿的命，而是我自己的。

不久，路開始爬——

注 新聞影片（movie newsreel），一種在電影院播出的短紀錄片，流行於一九一〇～一九七〇年代中期，是民眾獲取新聞時事、熱門話題的重要管道。直到電視機普及才被電視新聞取代。

「小可愛，吃午餐囉！」

油頭傢伙把我拉回到現實中。

「你打斷我的寫作了！」我對闖進房間的他大發牢騷。

「可是得吃午餐啦，小可愛，這是一天最棒的時刻。你沒吃早餐，這樣不乖喔！」

「我不是小孩子，別這樣跟我說話，沒用的傢伙！**走開**，沒看到我在忙嗎？」

他握住我的輪椅把手。「走嘛！」

我按住剎車。

他拉起。

我再按，接著，筆從我手中滑落，我的心跳……停止了。

「喂——」油頭傢伙的聲音彷彿從遠方傳來。「喂！該死！你要死了？我去叫護理師！」

他衝出門，我的心臟又開始跳動，嘿嘿。

「呼！」我撫著胸膛，深吸口氣，環顧四周。窗邊的丫頭動了動厚唇。「妳能幫點忙也不錯。」我艱辛地撿起筆，強迫自己專注。

我聽見骨牌接龍的洗牌聲。

我極其緩慢地轉身，坐在床上洗牌的人是蘿西。看起來比較年輕，頭髮也比較長，髮色光亮……沒有一絲白髮。

我眨眨眼。

她還在。

玩一場，說一個故事……她說……「接著你得吃藥。我想再聽一次老頭子萊利·瓊斯的故事好不好？我最愛有祕密的男人了。不然就是你跟某人在駕駛室裡過夜的那段！等等，高山的故事也很有趣，我最喜歡聽這一段。」

然後她就消失了。

「妳也看到她了嗎？」我問丫頭。

丫頭的大鼻子點了點。

我深吸另一口氣。「那就好，我還擔心自己出現幻覺了。」我轉身埋首在字裡行間，往高山前進。

7 翻越藍嶺山脈

不久，路開始爬升。

我可以感覺到路越來越陡，必須加足馬力才能往前開。老頭子說什麼曼非斯的路比較平坦好開，我們和平坦的田納西州之間可是隔著一座山耶！我沒看過山，更別說開車上山——車上還載著兩噸重的長頸鹿。

我只能自我安慰，至少山裡沒有玉米田。

途中，我們稍作休息，在路邊讓長頸鹿吃點樹葉、伸展脖子，還有檢查夾板狀況，順便讓丫頭踢個幾腳。上午十點左右，我們來到一座貌似歷史悠久的石橋，搞不好喬治．華盛頓自己都走過。過橋後，坡度開始爬升，這下毫無疑問要爬山了。

來到桑頓峽，兩線道公路變窄，我們繞過一個又一個山頭，我降檔、升檔再降檔，熱氣同樣在我的脖子上起起伏伏。長頸鹿跟著車子左搖右晃，就連老頭子都不得不抓著門框。

路牌出現了。

第一個寫著：**進入藍嶺山脈和仙納度國家公園**。

第二個寫著：**第一個路口左轉優美天際線道**。

換作其他時候，我一定會以為天際線道是什麼值得一看的觀光勝地，但我現在沒有那種心情。

接著出現第三個路牌：**直走李公路**。

我精神爲之一振。

「跟著那塊路牌走。」老頭子說：「我採勘過，那條路不難走，翻越過去後，就能安穩地回到公路。」

我整個來勁了，直到我們看到最大一塊告示牌，橫亙在天際線道和李公路的交叉口，上面一個碩大的「**改道**」箭頭，指向天際線道。

「搞什麼——」老頭子嘀咕。

順著改道箭頭行駛約五十英尺後，出現一條貫穿山脈、長約一座足球場的隧道。告示牌清清楚楚地標明：**前方即將進入瑪麗岩隧道，請開大燈**。

我停車，老頭子跳下車，快步走到告示牌前方的彎路探個究竟，氣得飆髒話、摔帽子。他撿起帽子戴上，帽沿壓得低低的，在車旁走來走去，長頸鹿的頭也跟著他的腳步來回擺動。最後，他停下腳步望向來時路。他在考慮回頭。一旦回頭，我的駕駛生涯也將告終。

他回到駕駛室。「欄杆沒了。」他喃喃地說：「可能是山崩或車子撞上導致的。」他挪挪帽子，直勾勾盯著我看。「孩子，老實說，你沒開過山路吧？」

我不想明目張膽地說謊，只能含糊其辭地說：「很少。」

他瞪著天際線道，整個人像洩了氣的皮球。他脫掉帽子扔在座位上，我已經明白這個動作意味著他不想思考。「看樣子，我們只能回到華盛頓特區去等，可能得讓長頸鹿下車，這樣一來要花不少天……也有可能更糟。」他轉頭端詳我的表情。

「你有什麼想法嗎？」

老頭子舉棋不定，他很想繼續前進，但又不想鋌而走險。我只要說句「交給我」就行了，然而看著隧道，我不由自主脫口而出——

「我們一定得通過那條隧道？」

他愣了一下，我想答案是肯定的。「隧道夠高，過去不是問題，麻煩的是後面。」他說。

「後面……？」

「在返回平地接上李公路前，會有很多會車、髮夾彎、懸崖峭壁……」

「還有多遠？」

「你現在該擔心的不是這個。」他說。

我不喜歡他的口吻。

「一上路就不能回頭，也沒有第二次機會。」他接著說：「我們可以返回華盛頓特區，不用覺得丟臉，我還是會替你買到紐約的車票。我本來有機會再找一個經驗豐富的司機，不過，我們這一路很順暢，寶貝們也都喜歡你，所以我沒有換司機，這都要怪我。」他自言自語地繼續說：「當然，萬一墜崖了也是我的錯，只是到時也沒法追究了。」

我在想，他要不就是誤信我這個人很會開車，要不就是他語帶保留，而我總覺得是後者。然而，當時我年輕氣盛，打從離開港口碼頭，我心裡只有一個念頭——

加州！

我挺直背脊，心高氣傲又義無反顧地說：「我做得到。」

「老天保佑我不會後悔才好。」老頭子喃喃地說，咬緊牙關。「仔細聽好了，開進隧道時要非常非常慢，不能驚動到我們的乘客，或讓牠們撞到頭。你只要專注地貼著山壁開，但你看不到隧道兩側，所以要跟著中間的黃線走，車身保持在正中間。如果你做不到，就必須收起牠們的頭，那樣一來，會有好一陣子沒地方可以放牠們的頭出來，萬一牠們開始躁動，問題就大了。過了隧道，進入平地前一路都是彎道，牠們會什麼也看不到。我們得決定怎麼做——把兩隻兩噸重的動物塞在車廂裡，或是打開窗戶，讓牠們注意四周，協助我們保持車身平衡。」

我怔怔地盯著他，然後回頭看看長頸鹿。光是坐在這裡，就能感覺到兩隻長頸鹿已經動得相當厲害。

「打開或關上？」他逼問。

我伸手探入口袋想去搓搓庫茲的幸運兔腳。不見了……！之前我把兔腳跟老頭子的錢一起收在我的舊褲子口袋裡。我差點說漏嘴，趕緊閉上嘴巴。與其讓他知道我把希望寄託在一隻兔腳上，不如快點離開眼前的山。我說：「打開。」

就這樣，在失去幸運兔腳的保佑下，我開著車進入天際線道。來到隧道口，我深吸一口氣，心想自己恐怕得靠這口氣撐到最後。打開車大燈後，我們進入漆黑的隧道，眼前唯一可見的是盡頭的一點亮光。我平穩地以最低車速進入黑暗，緊沿中線前進，長頸鹿在黑暗中異常地乖順。隧道另一頭駛入一台車，大燈一開，突如其來的光芒驚嚇到長頸鹿，我感覺到車身震動，前方車燈愈來愈亮……最後呼嘯而過。不是我幻聽，我和老頭子真的不約而同鬆了口氣。

終於離開隧道，還來不及開心，就像老頭子預警那般，前方來了一個急轉彎。偏偏我們又在外車道，和山谷之間僅隔著一道原木護欄。我緊抓方向盤，多想坦承自己是個天殺的大騙子，只有笨蛋才會相信我。

但爲時已晚，我們已經沒有退路，而我這才見識到何謂髮夾彎——我們繞著顛簸的山路一路不停地左彎右繞。我死命保持在中線上，努力不去注意掛在路肩的十字架，每一個十字架都代表命喪此處的亡魂。我敢打賭，祂們生前沒有一個人車上載著兩隻躁動的長頸鹿。每次轉彎，我都感覺到車身傾斜，畢竟，要怎樣才能讓沉重的車體順利彎過去？你得側向一邊。長頸鹿當然也是。牠們傾斜得愈厲害，我就愈拚命換檔穩住車身，有種下個彎道就要飛出去的感覺，耳邊盡是老頭子懊惱的尖叫聲。

最終我放慢車速，限速十五英里，這是政府認爲可以安全過彎的速度，而我們甚至沒超過時速十英里。我不斷嘗試換檔，總算找到一個適合的檔位，而且成功了——我們順利繞過下一個髮夾彎，然後又流暢地過了另一個。我簡直可以想像我們下山之後老頭子會多麼激賞我，但突然間，後頭傳來一陣引擎聲。

我還沒回過神，一台車就出現在我的側後照鏡中……是綠色帕卡德車。

車速不可能有十五英里。

但肯定快過十英里。

接著……

砰！

帕卡德車撞上我們的車尾，車子往前晃動，兩隻長頸鹿被甩到錯誤的一邊——靠山谷的那側。從老頭子那側的後照鏡中，可以看到長頸鹿的頭直直伸向懸崖，整台車傾斜到接近翻車的邊緣。

「**停車！停車！**」老頭子大叫。

我緊急剎車，勉強把長頸鹿拉回一點，但還不夠，兩隻長頸鹿開始驚慌，車廂搖搖欲墜，崖邊只有擋車用的圍欄。

紅髮女在我們後頭開門想要下車。

「妳想**害死**我們所有人嗎？待在車上！」老頭子朝她怒吼，把我推出車門。

「爬上去把長頸鹿喊到你身邊，我來開車！」他喝斥道，坐上駕駛座。

「可是你才應該……」

「動作快！你也知道母鹿對我不爽！你往山壁靠，把牠們引過去！下一個彎路有會車空間，我們就快到了，但你得讓長頸鹿站回去，否則我們撐不到那裡。」

這是我第一次看到老頭子露出害怕的神情，我立刻行動，爬上搖搖欲墜的車廂，盡可能往山壁後仰，在沒有半顆洋蔥的幫助下，試圖呼喚長頸鹿。我空出一隻手招呼牠們過來，在老頭子加速前進的時候，嘗試用我知道的動物叫聲溫情喊話，像是雞叫馬鳴之類的。但車廂持續晃動，長頸鹿依然驚慌——大眼睛裡充滿了恐懼，本能地想要逃跑。我有意模仿老頭子安撫長頸鹿的聲音，但我的聲音沙啞。老頭子猛踩油門，我差點失手滑落，長頸鹿眼中的恐懼如今變成我的。我不再安撫，而是卑微地哀求——拜託，拜託，相信我，喔，拜託嘛！**到我這邊來！**求求你們！

「**過來！**」

牠們來了。

幾噸重的身軀重量轉移，車身頓時扶正，我們得以脫離墜崖的危險。

若不是我雙手必須抓著車廂，我會一把抱住那兩顆大頭。但我現在只能攀附車廂上，隨著老頭子開車繞過髮夾彎，一路前進。

接著，我們來到一處車子勉強進得去的觀景平台。老頭子停好車，踉蹌地下車，平緩呼吸。我一踩到地面，立刻朝觀景台狂奔，我的膀胱脹早已滿到極限。解放完畢，我正費力扣上新牛仔褲的鈕釦時，帕卡德車緩緩開來。

我和紅髮女目光交會，直到她又離開了我的視線。

「走吧！」老頭子早已回到副駕駛座上。「我得檢查一下夾板，但不能在這裡。」

我匆匆坐上駕駛座，小心翼翼開車上路。然而事情還沒結束，路不但愈來愈陡，甚至飄起雨來了。

老頭子劈里啪啦地說：「山谷間有塊空地，那裡有休息站和停車場，再過兩、三個髮夾彎就到了……」

我緩慢地開在濕滑的路面上，順利過了第一個、第二個髮夾彎之後，終於瞥見空地了。

到了下一個彎道，兩旁狹窄的路肩站了成排手持鐽子的工人，老頭子一看到他們，啪的一聲打在儀表板上，那聲音嚇了我一大跳。他居然在笑！「我的天，是平民保育團的人！動物園可以說是公共事業振興署打造出來的。」

根據老頭子的說法，持鐽工人隸屬於平民保育團，是羅斯福總統在經濟大蕭條時期推動的一項方案，類似公共事業振興署讓失業男性到全國各地工作。道路施作工人負責鋪設石頭和圓木、拓寬休息站外的道路兩側；另一組人馬則清理樹木、塡平地面。陽光穿透雲層灑落林間空地，照得鐽子閃閃發光。另一頭爲了施工已經封路，負責指揮交通的人卻盯著長頸鹿出了神，隨即所有工人都停下來看。當他們瞥見我們車上的貨物，手中揮舞的鐽子接連停在半空中，男孩們用肘戳戳隔壁的人，驚嘆聲起此彼落。

我開著車緩緩繞過他們，駛入休息站的停車場。嶄新的建築物和圓木野餐桌椅飄散出一股清新的木頭味。長頸鹿抬高鼻子嗅個不停。

我把車停在休息站附近一棵大樹下，雨勢逐漸增強，烏雲密布。工人們朝我們走來。我連忙去檢查車子，老頭子則迅速查看了一下丫頭的夾板。我覺得一切比想像中順利，畢竟剛走完一段非常崎嶇的山路，但老頭子臉上卻不見一絲笑意。

說時遲那時快，車子被一臉黝黑、骨瘦如柴的工人們團團包圍，有人穿著卡其褲、有人是牛仔褲，一些人裸著上身、一些人戴著帽子。他們手裡或拿鐽子、或拿鋤子，不然就是榔頭。老頭子比劃著示意我去打開天窗，讓平民保育團工人觀賞長頸鹿吃樹葉的畫面。我爬上去正要打開天窗，眼前的景色讓我停下了動作。放眼望去，沐浴在陽光底下的仙納度山谷盡收眼底。一輩子生活在潘漢德地區，我從未看過如此壯觀蒼鬱的美景，對生活在黑色風暴底下的農夫來說，這裡宛如世外仙境，宛如加州。

「天窗，孩子！」老頭子大喊。

我連忙收回視線，打開天窗打算安撫一下長頸鹿，但長頸鹿不需要我的安撫，也許是死裡逃生的關係，牠們正可愛地上下晃動脖子。

群眾爆出歡呼，我看見閃光燈閃爍。紅髮女也來了。她打開閃光燈照亮陰暗的天色，再俐落地取下燈泡，從肩上的相機包裡取出新的換上。

啪擦、啪擦、啪擦。

年輕的工人們看見一名紅髮尤物出現紛紛靠攏過來，我認爲他們貼得太近，於是跳出來張開雙臂擋在中間。原以爲會被一群男孩抗議，不料出聲的卻是紅髮女。

「你在幹嘛？」她不滿地低聲說。

「妳說妳需要我的幫忙。」我說。

她氣到滿臉像頭髮一樣火紅。「我不是那樣說的，我不要任何人救我。」

「隨便妳。」我往後退，蜂擁而上的工人迅速吞沒她的身影。我哪還管她怎麼說，連忙擠進去想救她，但就在這時，警笛響起，一名重機警察騎著掛有馬鞍包的摩托車抵達現場。警察頭戴騎警帽，腳踩高筒長靴，停在群眾旁下了車。大夥兒紛紛讓路，他逕直地走向老頭子，瞄也不瞄長頸鹿一眼，經過紅髮女身旁時，她閃得那叫一個退避三舍。這有點奇怪，至少拍張騎警帽的照片也還算值得吧？

老頭子跟警察說話時，揮手示意我去車子那裡。我回頭看了眼紅髮女，她已消失在人群之中。我本能地望向馬路，正好看見駛離的帕卡德車。

不久，我們重新啓程回到天際線道，警察八成受到老頭子的請託，一路開著大燈尾隨在後。我們通過幾個髮夾彎，脫離山區的綿綿細雨。我仍保持全神戒備，但總算可以稍微鬆一口氣。下坡離開山區，我們來到一座名叫盧雷的河谷小鎮。警察親切地揮手道別，轉頭騎回天際線道。

路邊第一間小商店出現時，我們便停下車。那是一棟小板屋，設有一座加油機。店前一個衣衫襤褸、頭戴樹葉帽子的山地人正在拴緊自己的馱騾。我開車繞過他們，商店紗門砰的一聲打開，一個蓄著聖誕老人鬍的男人走出來。我還沒看過哪個人的工作服比他更新、更藍、更筆挺。後頭跟著一個淡黃色頭髮的孩子，同樣一身筆挺的工作服。

「我的老天，天下眞是無奇不有！」男人拍拍自己的膝蓋。「我的店前有活生生的長頸鹿！」他跑回店內拿了一台小型紙相機，快速拍了一張照片。「我要把這張照片掛在牆壁正中央。」他摟著老頭子進入屋內，孩子則大步跑來替我們的車加油。

我坐在車子側踏板上平復心情，看到老頭子在屋內拿了東西放在櫃檯上，正要掏錢，老闆揮手拒絕。老頭子握握鬍子男的手，在明信片上寫了些東西後遞給老闆，腋下各夾著一袋洋蔥，一手拎著汽水，一手拎著啤酒走出來。

「這罐沙士給你。」他說：「你得開車，但我不用，謝天謝地。」他放下麻袋坐到我身旁，把帽子往後一推，喝起他的第一口啤酒。

我沒有馬上喝，擔心被老頭子看出我在發抖，我試著閒話家常。「你剛去寄明信片？」

他點點頭。

「給誰？」

「園長大人。」

「你應該是報喜不報憂吧？」

「除非我忍不住。」他喝完啤酒後，拿起一袋洋蔥爬上梯子，扯開袋子放在長頸鹿中間，彷彿在賠罪和道歉，不停低聲安撫長頸鹿。長頸鹿津津有味地吃起來，他爬下來，從活板門打量了一下丫頭的夾板後，又坐回到我身旁。

「牠的腳還好嗎？」我問道。

他沒有正面回答。「你做得不錯，孩子，我沒惡意，不過這都是我的錯，我不該強求你。我沒想到會遇到該死的改道……要是當時就回頭的話……」他打住。「總之，我會在曼非斯找一名經驗老道的司機接手。」

儘管止不住發抖，我也想大聲抗議。並不是我害大家差點翻落山谷——是紅髮女和她的帕卡德車，要不是她撞上來，我一直開得很好。不過，就算是老頭子，經歷過生死關頭，如今大概也只記得恐懼了。

他會改變主意的。我告訴自己，望著走出店門的山地人。我深吸一口氣。畢竟還有什麼會比墜崖更糟的事呢？

然而彷彿是在嘲笑我的天真，我們聽見山地人突然怒吼——

「還我帽子！」

他在對丫頭叫囂。丫頭的脖子伸出窗外，扭曲得很詭異，喉嚨發出異音，那聲音至今依然讓我全身起雞皮疙瘩——牠噎到了。

帽子卡在牠的喉嚨中。

老頭子跳起身的同時，店主也衝出門。「該死的，菲尼，牠把你的葉子帽當成樹了！」

我立刻站起來，難以置信地瞪著那轉個不停的脖子。牠掙扎著想要呼吸，脖子亂揮亂打，就是沒辦法縮回窗戶裡伸直。

老頭子抓起加油機的水管，水流轉到最強，迅速爬到丫頭身旁，將水管對準牠的喉嚨。「抓穩水管！」他朝下方大喊。我緊抓水管末端，老頭子把管子塞進牠的嘴巴——強勁的水流沖入牠巨大的胃裡，像噴泉般將所有東西沖刷出來，帽子也在其中。

丫頭打了個巨大的噴嚏，轉頭繼續反芻。

山地人撿起被吐出來的帽子，走向他的騾子。

老頭子爬下來，店主關掉水流。

而我——還死死抓著水管，跌坐在側踏板上，渾身濕透，猛吞口水。

「哈！」店主的眼睛掃過地上的一片狼藉。「任誰都會以爲東西是會下去，而不是出來呢，對吧？」

老頭子撲通一聲坐到我身旁，嘆了一大口氣，接著又站起來。我也跟著起身，以為要出發了，結果他一步一步走向店家。

「你去把寶貝安頓好。」他咕噥道：「我得再去買罐啤酒。」

開了幾英里路後，我們再次回到李公路。接下來一個小時，沿途盡是秀麗風景，我多希望能有心情好好欣賞。一側是鬱鬱蒼蒼的森林，一邊是壯麗遼闊的山谷，但我仍止不住地發抖，幸好老頭子要我在路旁林中一處木屋營地停車。這裡人煙稀少，看樣子是被我們包場了。營主喜孜孜地前來迎接，之後我們開始例行的照料，只是這次不太一樣，老頭子盯著丫頭的夾板看了好一會兒，他在商店那裡都沒看這麼久。我這才發現，傷口包紮處滲著血，顛簸的路途讓傷口惡化了。

老頭子筋疲力盡地咕噥：「去拿洋蔥吧！」他自己則拿出駕駛室裡的黑色急救包。我踩在側梯上，從窗戶餵食丫頭洋蔥。牠一開始不肯吃，好不容易吃了，但也只吃了一顆，我還得一直把洋蔥湊過去。老頭子溫柔地拆下包紮的夾板，將玻璃罐裡的藥粉輕拍在傷口上，接著再次包好夾板。丫頭看也不看一眼，乖乖讓他療傷。我終於想通他在進入隧道前沒告訴我的事。丫頭的腳傷遠比想像中的嚴重。

收好急救包後，老頭子戴回帽子，眼神空洞地望向日落。「孩子，接下來就交給你了，可以吧？」說完，他拖著沉重的腳步，一言不發地走向木屋。

我爬上側梯，打開天窗。看一眼安然無恙待在車廂裡的長頸鹿，應該能撫平我心中的不安。然而，當牠們朝我靠近時，崖邊驚險的那一幕瞬間浮上腦海……我在髮夾彎……紅髮女撞上來，長頸鹿倒向崖邊……我掛在車邊，苦苦哀求牠們聽我的話……相信我……

走向我……

免於墜落的命運……

我穩穩地攀在車廂上，但雙腳依然抖個不停，想起不久前的瀕死瞬間，差點墜崖的恐懼再次深深震懾我。我強迫自己呼吸，鬆開緊抓的手，但沒有往下爬，相反地，我爬上了天窗。不可否認，我需要呼吸，需要天空，需要陪伴。就像那晚和紅髮女在一起那樣，我跨坐在中間的橫板上。這次長頸鹿沒來頂撞我討洋蔥，牠們像在檢疫所第一晚彼此依偎那樣盡可能貼近我，彷彿想要守護我。被兩隻龐然大物包圍，我沒有感到渺小害怕，牠們巨大的存在讓我感到一股難以言喻又難以抗拒的平靜與安全。我知道不該這樣，卻又克制不住自己對牠們的感情。

牠們只是畜生。我聽見爸的怒吼。你也不是穿內褲的小鬼了。

但在山上的時候牠們朝我靠過來了！我不由得想。牠們真的過來了——我們沒有死！

今天是接近秋分的滿月，月光將夜晚照亮得有如白日，我凝望著探頭去吃周圍枝葉的長頸鹿，聆聽牠們緩慢咬葉子和細細咀嚼的聲音。我在兩個車廂中間的橫板上躺下，包覆在天地之中感到昏昏欲睡。長頸鹿近在咫尺，平靜祥和，林間窸窣，透過枝葉可見一輪皎潔明月。我盯著月亮，內心平靜，沒想到就這樣睡著了。

木板裂掉的聲音將我驚醒，我在黑暗中彈坐起來——長頸鹿死命地踢，都快把車廂踢破了。有東西來了，牠們想要保護自己。

我鼓起勇氣湊過去看，底下有隻熊正在聞車子的輪胎，聞著聞著倏地立起身體，揮著厚實的熊掌拍打搬運車。

長頸鹿被激怒，ㄚ頭踢得特別猛烈，搞不好已經把木板踢出一個洞了，但大熊不為所動。我瞇起眼睛，在黑暗中搜索可以用來當武器的東西，想跳下車去嚇走大熊。但有鑑於這是我生平第一次看到熊，我沒有膽量硬上，正打算用吼聲趕走牠，免得長頸鹿真的踢壞了車子，這時，出現一道閃光——所有一切籠罩在白燦燦的光芒之中。

一瞬間，我什麼也看不到，熊也一樣。只聽見牠撞倒營地垃圾桶後，便慌張地逃跑了。我緊抓住車子免得掉下去。我眨眨眼睛，恢復視力後，只見紅髮女從月光之中走出來，喀的一聲取下相機上的燈泡，在手中拋上拋下，直到燈泡冷卻。不知情的人還以為她剛參加完某場午茶派對。

我眨著眼，小心翼翼爬下車檢查。木板果然破了一個洞，這下老頭子要瘋了。為了躲開紅髮女，我又重新爬回到車頂的橫板上。

「牠是為了踢那隻熊！」紅髮女低聲喊道：「牠們沒事吧？」

長頸鹿又一次貼近我，我默不作聲。

「很抱歉在山上的時候撞到你。」紅髮女說。

她不提還好，這一提起，白天經歷的恐懼讓我瞬間火冒三丈，我一股腦朝她發火：「妳差點害死我們！我本來開得好好的！」我怒吼。

「別兇我！」她低語。

「我沒有！」我回道。

「你明明就有！」她輕聲回應。

我們倆同時望向老頭子的木屋。

她嘆道：「你是對的，我活該被罵。」她喃喃地說：「我眞的眞的很抱歉，伍迪。你和長頸鹿……你們很棒。我可以上去嗎？」

不等回答，她放下相機爬上車，像前晚一樣跨坐在我對面，但我往後和她拉開距離。長頸鹿們硬擠過來，毛皮摩擦著我們懸掛的雙腳。我隔著牛仔褲都能感受牠們毛皮的溫暖，相信穿著膝褲的紅髮女也是如此。我的氣漸漸消了。「我剛剛睡著了。」我坦言：「我不睡覺的。」

她皺眉。「什麼意思？你總得睡覺。」

我當然不能說出惡夢的事，只是聳聳肩。

「我喜歡睡覺。」她說：「只有一件事比睡覺更好，那就是醒著，完完全全地清醒。」

我們默默地對坐了一會兒，小子微微後退，牠發現之前沒注意到的枝葉。紅髮女挪動身體，我以為她要爬下車。

結果她兩腳一晃，直接跳進小子的車廂裡！她這一腳像踩在我的腦袋上一樣，砰的一聲踩上鋪有軟墊的地板。我驚呆了。她雙腳深陷在小子腳蹄附近的泥炭土裡，木板開口的另一側，咫尺之遠就是丫頭受傷的腳。老頭子的叮嚀猶如煙火般在我腦中炸開……體型龐大的動物不懂得如何對待體型嬌小的動物……就算牠把你當媽媽一樣愛你，也會無預警地弄斷你一隻手腳……

「看看這些軟墊，連牆上也有耶！」紅髮女低語：「比我的小木屋還舒服。」

「妳在做什麼？」我低吼。

「我只是想看看裡面長什麼樣子，好寫出來呀——我知道牠不會介意的。」

小子拖著腳避開紅髮女，丫頭則開始搖頭晃腦，牠在踢老頭子之前也會這樣，紅髮女馬上就要嘗到苦頭了。我試圖警告她，卻一個字也說不出來。

紅髮女伸手穿過開口，左手撫著丫頭側面的倒心型斑紋，就是我上次在檢疫所摸到的那一塊。接著，她伸出右手去摸小子，同時拍拍兩隻長頸鹿。丫頭停止搖晃脖子，小子則愉悅地打顫。

「總有一天我要到非洲去。」紅髮女輕拍著。「等著看吧，這次的照片可以幫我達成夢想。」她抬頭望我。「我要怎麼出去？喔，等等。」

她打開活板門，小心翼翼回到地上，笑盈盈地看著我，彷彿剛剛她摸的是兩隻小狗。我爬下車，馬上關上活板門。我得慎重警告她絕對不能有第二次，但她剛剛的行爲已經證明這種警告是沒意義的。

「伍迪，我撞上你們的車時，你有告訴瓊斯先生我是誰嗎？」

我差點沒聽清楚。「什麼？沒有。」

「那就好，之後再介紹我比較好……你知道，有很多的考量。再讓我跟久一點。」語畢，她親了一下我的臉頰，我瞬間凍結，她自己則拿起相機走進木屋。

還不到老頭子接班的時候，但沒過多久，他拖著腳步緩緩走來，身穿吊帶褲，在月光之下瞇起眼。「我剛醒了，就再也睡不著。寶貝們還好吧？我好像有聽到聲音。」

「來了隻熊。」我擋住車子的木板裂縫不讓他看見。「牠跑了。」

「一隻熊？」說著，他拿出一包Lucky Strike香菸，坐在車子側踏板上。「牠不會回來了，去睡吧，天亮時我再叫你。」

我走向木屋，並告訴自己，要是他沒發現那道裂縫，我明天會再告訴他。今天已經過得夠糟了。

我閉上眼睛，但願今晚不再有惡夢。眼皮底下有一閃而過的熊影，臉頰殘留紅髮女的唇溫，我不禁納悶哪一種會比較危險，是熊？長頸鹿？還是揹著相機、穿著及膝褲子的紅髮女孩。

POSTCARD

航空郵件
一九三八年十月八日

平安順利通過山脈，途中長頸鹿停止反芻，一下山就又恢復了。

萊利・瓊斯

收件人：
貝兒・班奇利女士
聖地牙哥動物園
加州聖地牙哥

「……尼可先生？」

蘿西、油頭傢伙和護理師站在門口。

「我們可以進去嗎？」護理師問道。

「好好問就可以。」我放下筆說。

「剛才他的心臟明明停止了。」油頭傢伙說。

「達羅說你好像發病了，你還好嗎？」

「我的身體好得很，一點問題也沒有。」我望向野丫頭，牠正在朝油頭傢伙吐舌頭嘲笑他。

油頭傢伙兩手一攤，離開了。護理師走過來測量我的脈搏、聽聽我的心跳之後，也跟著離開。

蘿西沒有走。「親愛的，怎麼回事？我不會說出去的。」

我沒有出聲，重新埋首到筆記本裡。不一會兒，她嘆了口氣，緊捏了一下我的肩頭，也跟著離開房間。

接著我聽到骨牌的聲音，一轉頭，年輕的蘿西正坐在床邊洗牌。一場遊戲換一個故事，她說。「接下來呢？我知道了，摩西要出場了，對不對？」

我心頭一揪。

「喔，親愛的……為什麼要這麼勉強自己？」

妳曾經害怕來不及把故事告訴某個人嗎？我揉揉胸口。

你告訴我了呀，她說。

不一樣，妳不是她。「我得告訴她。」我大聲說，然而，我面對的是一間空蕩蕩的房間。我回頭瞄了一眼丫頭，牠還在，安安靜靜地舔著空氣。於是我舔舔筆尖，繼續啓程。

巴爾的摩美國人報
Baltimore American

一九三八年十月九日

橋太低了！

8 進入田納西州

破曉時分，我穿上靴子，搖搖晃晃走出木屋，一眼就看到老頭子正在檢查丫頭踹破的裂痕，他兩手一攤，只說：「出發吧！」

我瞇起眼看向遠方的陰影處，帕卡德車還在。啓程時，我瞥見木屋門口的紅髮女正望著我，不過老頭子並沒有發現。

我們停在路邊第一間商店加油順便採購。我一邊查看長頸鹿的狀況，一邊尋找紅髮女的身影，然後發現商店掛著「西聯電報」的牌子。老頭子該不會說到做到，當眞發電報到曼非斯找新司機吧！我心頭一沉，默默坐回駕駛座。

老頭子隨即從店裡走出來，把一袋食物和一份報紙丟在我們兩人中間的位子上，吃起他的臘腸當早餐。我瞄了眼報紙，斗大的標題寫著「**希特勒入侵捷克斯洛伐克：『我們的大日耳曼國就此開始』**」。我沒有放在心上，滿腦子只繞著電報打轉。老頭子到底有沒有送出去？

老頭子遞出臘腸。「要來一口嗎？」

我搖頭。

我開車上路後，老頭子大口一咬，嘴裡塞滿臘腸，說：「對了，我發電報找新司機了。」

來了。

「等我們到了那裡，我會幫你買張車票，看你想去哪裡——」

我打斷他的話，把在山上商店裡沙盤推演過的台詞搬出來。「我會開山路，如果不是因爲被撞，我開得很好！我可以開長途，我可以開到加州，我發誓，我眞的可以！」

老頭子呵呵一笑。「耳朵洗乾淨點，孩子，我說我可以幫你買車票，任何地方都行。」

「任何地方？」

「這是你的報酬。」他呑下最後一口臘腸。「如果你篤定要去加州，那就去加州吧。」

「眞的？」

「對，你還會比我們早一步到呢。」

成功了，我就快前進加州了。到了曼非斯之後，下一站就是直達富饒之地。

我整個人喜出望外。

接下來的路我已沒什麼印象，自從老頭子投下震撼彈，我就一路樂陶陶暈暈然，沒把車子開進溝渠簡直是奇蹟。我甚至沒去尋找紅髮女的身影。一直到進入田納西州爲止，我基本上記不得任何一件事。車子沿著一條平坦的小路前進，途經大煙山，背後是陡峻起伏的地勢。

如同旅程第一天，接下來一路順暢，只是我的心境已大不相同。我不再是騎著飆車奮力追趕，也不用汲汲營營苦思下一步。我愉快地開著車，時間飛逝，風景如畫，樹林輕舞婆娑。途經一座馬場，馬兒們沿著牧場的白色長籬追著我們奔跑，馬尾颼颼舞動，鬃毛高高飛揚。到最後，野小子甚至躺了下來。到了下一個休息站，我打開天窗，發現牠又慵懶地躺在地板上，冗長的脖子有違常理地垂掛在背後。

這次我沒去呼喚老頭子，而是傾身低語：「嗨——」

小子伸長脖子，宛如長頸鹿界中的王子般優雅起身，彷彿在說：什麼事？接著，牠掠過我，跟丫頭一起探頭尋找新樹枝……我心裡頓時百感交集。重新上路後，我看著側後照鏡，在鏡中，長頸鹿探出鼻子迎風而上……我內心有種說不出的苦澀。我強迫自己直視前方，幻想自己坐上前往加州的火車，希望的火苗重新在心中燃起。

一整個早上一路順風，最有趣的就是沿途那一連串詼諧的 Burma-Shave（注）刮鬍膏廣告看板。

安全守則第一條
別找藉口
行車沒有例外

注 Burma-Shave，美國刮鬍膏品牌，以在公路旁張貼幽默押韻詩而聞名。

例外的都是瘋子
BURMA-SHAVE
/
他點燃火柴去測試瓦斯桶
所以人稱無皮怪物
BURMA-SHAVE

我對最後一條標語印象深刻，因爲老頭子被逗得哈哈大笑。下午停靠休息時，大家心情都好得不得了，就連丫頭也沒在老頭子檢查傷勢時乘機踢他一腳。

當我們再次上路時，可以聽見遠方的火車聲，老頭子瞬間神經緊繃。林後的火車聲響愈漸響亮，前方再度出現鐵軌。我們睜大眼睛在林間尋找，當看到紅黃相間的顏色時，老頭子低聲咒罵。

「這是哪門子的馬戲團，跑這麼快一路跟著我們?」我說。

「連夜趕路的廉價馬戲團。」他說。

行經樹林稀疏處，我瞥見列車上有一群大象，象耳頹然低垂。「牠們看起來不開心。」

「待那種地方沒什麼好開心的。」老頭子嘀咕，往窗外吐了口痰。如今回想起來，他不是爲了清掉口中的唾沫，而是在抒發不滿，因爲他緊接著說：「別理那些騙子。要是你知道他們是怎麼對待動物，你會希望他們遭天譴。」

又過了一英里，樹林對邊的列車逐漸超前，隱約可見林後那塊紅色嶄新看板：**今晚在查塔努加市！**接著列車哐鐺哐鐺漸行漸遠，消失在我們的視線之外。

這下好心情沒了，出了樹林，眼前是一片遼闊的牧場。我不時透過側後照鏡觀察長頸鹿，牠們的車廂看起來比貨運列車好太多了。我發現老頭子也在注意後方，但不是長頸鹿。開了好幾英里路，他始終在留意馬路狀況。馬戲團火車已經駛遠，我有些困惑，以爲他是注意到綠色帕卡德車，於是瞄了眼側後照鏡，但路上一台車也沒有。

接著，他手一比。「轉彎。」

我開上一條穿越高聳樹林的碎石路。

「開進樹林。」他語氣怪異地說：「把長頸鹿的頭關在裡面。」

我照著他的話做，奇怪的是，長頸鹿居然有乖乖聽話。

我們就這樣呆坐著過了五分鐘，然後是十分鐘，我開始希望有輛車經過也好，就不會這麼無聊了。這時，我瞥見顏色閃過……黃色……和紅色。

我不解地看向老頭子，只見他一臉鐵青，我識相地沒開口煩他。一路的好心情這下是真的全沒了。

我們再次打開長頸鹿的窗戶，繼續往前開了兩個小時，順著連綿不絕的公路經過一座又一座的小鎮，沿路盡是琳瑯滿目的廣告看板，像是「**爲了駱駝香菸**（注）**我可以走上一英里**」，以及「**午前十點、午後兩點和四點來口 DR. PEPPER 可樂**」。就

注 駱駝香菸（Camel），美國香菸品牌，創於一九一三年。

連鎮民打趣地喊「上面空氣怎麼樣啊？」的時候，也沒能讓我們打起精神。到了傍晚，天氣變得寒冷，我們關上車窗，長頸鹿也縮頭躲回車廂。老頭子說再開兩個小時就能到今晚落腳的地方，也好，這樣能趕在天氣和心情愈變愈差之前抵達。

這時，眼前出現高架道路。

正確來說是高架道路的殘骸。

有個比長頸鹿的頭還硬的東西沒能穿越過去，硬生生把正中央給撞斷了，幾塊水泥和外露的鋼筋就這樣懸掛在半空中。底下的道路中央立了一塊大型的「**改道**」告示牌。

老頭子哀號：「搞什麼啊！」

我放慢車速，長頸鹿好奇地探出頭。改道箭頭指向一條荒煙蔓草的小路，看似有望可以接回公路。水泥路面龜裂，沒有路名或編號，只有一塊自製路牌，上面寫著：**有色人種專用小屋**，並標上指路箭頭。

「怎麼辦？」我說。

老頭子氣呼呼地說：「走那條路。」

順利開了一百英尺後，一轉彎，我不得不踩剎車。前方是條舊型的鐵路地下道，馬路不是繞過鐵軌，而是往下從鐵軌底下直接穿過。地下道非常低矮。

我沒開玩笑，是眞的非常低。

光目測就可以看出地下道不但低，還非常窄，我們的車要通過太勉強了。

如果有路肩可以倒車，我會掉頭回去，但路傾斜向下通過鐵軌高架橋下方，我不得不停在馬路中央，而這一停，我立刻感受到四周投射過來的目光。一開始我以爲是長頸鹿，後來瞥見鐵路旁一棟狹長的白色小屋，屋簷下的窗戶裡坐著一名年約四、五歲的黑人小女孩。我們之間的距離近到我可以看見她目瞪口呆的表情。

老頭子說話了：「快去量高度，免得哪個白目又追撞我們的車子。」他從座位底下拿出一個金屬大捲尺塞給我。我拿起捲尺跑到地下道入口，一刻也不敢耽擱。

「高十二英尺八英吋。」我大喊。

搬運車剛好就是十二英尺八英吋——如果這一路過來輪胎沒消氣，原本會更高的。

我回到車子旁，老頭子正站在前擋泥板附近檢視輪胎的狀況。「我原本希望不會走到這一步。」說著，他拔掉輪胎洩氣閥的蓋子。搬運車前輪是單輪胎，爲了乘載長頸鹿的重量，後輪是雙輪胎，萬一其中一個爆胎，車子依然可以繼續行駛。一次次細微的嘶嘶聲響起，轉眼間他已經把每顆輪胎都洩掉一點氣，來到最後一個右後輪時，其中一個雙輪胎卡了一根釘子，老頭子迫不得已把氣也洩掉，結果整顆輪胎全消了氣。老頭子劈里啪啦罵了一頓，然後深吸一口氣。至少還有一顆輪胎撐著，可以開到今晚落腳處，路上也有加油站——只要我們能通過這條地下道。

我再測量一次，高度依然很勉強，他得讓每個輪胎再多洩一點氣。

老頭子手捏著洩氣閥口，而就在快要大功告成之際，彎道衝出一輛雙座敞篷車，閃過我們的車，飛快地通過地下道。因爲之前被追撞過一次，我瞬間整個人嚇壞，像隻牛蛙一樣驚跳起來，腳步一個踉蹌撞上老頭子。老頭子正捏著洩氣閥噴嘴，一失手便把噴嘴扯歪……原本微弱的嘶嘶聲轉為猛烈的咻咻咻咻。

輪胎的氣體就這樣一直洩氣個沒完，右後方整顆雙輪胎就快變得全塌掉了。

一瞬間，我倆面面相覷，老頭子怒吼：「現在得先想辦法離開馬路！把牠們的頭塞進去！」

我試了整整一分鐘，但這次就連乖順的小子也不聽話，遑論丫頭。

「算了！」老頭子喊著，跑向彎道，光看他跑步的模樣就挺嚇人的。「沒有危險！快走！」

我跳上駕駛座，仍聽得到細微的輪胎洩氣聲。

「動作要快，但得慢慢從中間開下去。輪胎就快撐不住，但牠們又需要時間縮頭進去。」老頭子嘀咕。

長頸鹿噴氣、踱腳，我發動車子，一點一點前進，但願長頸鹿懂得自保……謝天謝地，牠們縮頭了！車子緩緩地擠進生鏽的鐵路高架橋，車頂刮過橋體發出尖銳摩擦聲，足以讓人牙齒打顫。

就快通過了，只差那麼一點點，然而右後方的輪胎卻在此刻噗咻一聲——完全沒氣了。車子動彈不得，就這樣堵住地下道。

我跳下車，從車子和地下道壁面之間擠出去，和老頭子一起盯著眼前悽慘的一幕。右後的雙輪胎完全沒氣，而且一眼就可以看出，罪魁禍首就是長頸鹿。就在車子快要通過地下道時，長頸鹿可以重新伸出脖子，而牠們還真的立刻就這麼做，而且是同時間且待同一邊——多餘的重量使得原本就只剩一邊支撐著的輪胎負荷不了，原本嘶嘶漏氣的輪胎，這下靜悄悄毫無動靜。

老頭子把無辜的帽子扔到地上踩，口裡飆出一連串不堪入耳的髒話，換作其他時候，我肯定佩服得不得了。我知道他一定感覺被狠狠打臉了，因爲我也想踢自己一腳。當長頸鹿不讓我關上這一側的窗時，我應該想辦法引誘牠們，讓我能關上不同側的窗戶，丫頭一邊，小子另一邊，好讓車身保持平衡撐過最後幾秒鐘。

現在說什麼都太晚了，我拴上所有窗戶把長頸鹿關在裡面，讓車身恢復平衡，等著老頭子停止飆罵，同時思索下一步該怎麼做。被困在這個地方就跟墜崖那一刻同樣危險。

我馬不停蹄跑回彎道，總得有人守在那裡，免得有車衝出來把我們撞成重傷。

老頭子叫住我：「快回來！」

我轉過身，發現他正在幹一件蠢事。

他把一個隨車的巨大千斤頂安裝在後軸，他是要我去打氣。那台車上可是裝有一個備胎、兩個爆胎和兩隻長頸鹿耶！更別說還有兩到三英吋的車身卡在地下道內。用膝蓋想也知道，這麼做是沒用的。沒有一個男人有辦法光憑一個千斤頂就抬起一輛裝有兩隻長頸鹿、輪胎還爆了兩顆的車子。不管長頸鹿站在哪，都改變不了牠們重達足足兩噸的事實。

老頭子自己也明白，但他狗急跳牆，衝過來一把將我推向千斤頂，命令我打氣。我只能照做，埋頭死命壓個不停，直到聽到老頭子驚恐的低語聲，而那聲音至今回想起來仍讓我渾身起雞皮疙瘩。

「呃……孩子……」

我順著他的目光看過去，一個身穿藍色工作服的黑人正站在鐵軌上，身高足足超過六英尺半。

我嚇得跳起身，不是因爲看到這個男人，而是看到他手中一把可怕的長柄大鐮刀。自從平原改種棉花、引進曳引機後，鐮刀早被扔進穀倉角落等著生鏽。但眼前的鐮刀不但沒有生鏽，還銳利得發光，簡直就像鬼故事裡穿著斗篷的死神手拿的鐮刀。

男人緩緩走到車前，彷彿手拿摩西之杖，啪的一聲將鐮刀柄插在地上，直勾勾地盯著我們看了好久，久到我和老頭子心裡發毛。

「我們一直在注意你們。」他開口說。

我環顧四周，沒看到他口裡的「我們」，也不希望真的看到。

野丫頭聽見低沉的陌生聲音，抬頭猛撞窗戶，栓鎖鬆了，窗戶應聲而開。

摩西眉頭一皺。「你們帶了什麼玩意？」

老頭子還沒說話，另一邊的窗戶也被撞了開來，野小子想要看看外面，結果兩隻又站到了同一邊，車體傾斜，昂貴的千斤頂啪嚓一聲，就此壽終正寢。

摩西盯著千斤頂。

接著瞄了一眼地下道。

再看向輪胎。

目光最後落向我們。「你們被困住了。」

「是的。」老頭子說。

「爲了通過地下道把輪胎洩氣。」

「是的。」老頭子說。

「結果被卡在這裡。」摩西接著說。

「是——」老頭子惱羞成怒，這情況再明顯不過了好嘛！

摩西用頭比比長頸鹿。「那幾個大傢伙應該是不能出來吧？」

「沒錯。」老頭子猛搖頭。摩西想從長頸鹿下手，但這不是運送馬匹的拖車，就算我們想，除非離開地下道，否則無法開啓整個側門讓長頸鹿下車。

摩西暗忖片刻，說：「先把麻煩解決掉，再來處理其他事。」

我不曉得老頭子怎麼想，但那口吻聽起來就很不妙。

摩西兩根指頭抵在唇上，吹出一道哨音，宛如一隻被殺的烏鴉，也像是被求愛的知更鳥。轉眼間，接連出現六名年輕力壯的男人，他們身穿工作服，有些只有一個袖子，有的是兩個，有的穿著襯衫，有的沒有，全部的人都戴寬大的手套，拿著各式農具。

他們走近車子，其中兩個人甚至不用踩任何東西，伸手就能碰到長頸鹿。別以爲他們就像普通人一樣，看到長頸鹿就指指點點，相反地，他們沉默如風，點頭、扠腰、挑眉，沒有半句廢話，像摩西一樣打量輪胎、地下道和車子後面面相覷。

接著看著我們。

老頭子始終留意著那些人手裡的農具，看得出來他在擔心接下來會發生的事。

他的眼神掃向駕駛室槍架上的獵槍。「跟緊我。」他低語，說得好像一旦出事，我能有所作爲似的。

「最好把叔叔們也叫來。」摩西說，手指再次抵著唇，這次的哨音更貼近鳥類的瀕死鳴叫。六名更加魁梧的男人不知從哪冒了出來，年紀比第一批人更大，除了髮量濃密程度不同，容貌幾乎如出一轍。他們湊了過來，同樣花了很久的時間評估狀況，看得老頭子和我心驚膽跳。

接著所有人都轉向鐵軌，另一個男人出現了。這次來的人不一樣，他把鋤頭當拐杖，留著白鬍鬚、一身筆挺的工作服配上熨燙過的藍色襯衫。來者站到摩西身邊，眼睛始終盯著長頸鹿。

我聽過農村世家，自己也認識幾戶，但這一家子可眞是不得了。一眼看過去，我猜測白鬍子男人就是家族大佬，那些叔叔是他的兄弟，其他人是兒子，而摩西是當中的老大。

大佬前後打量長頸鹿，摩西朝年紀最小、渾身肌肉但個子不高的男人點點頭。後者走向彎道守著，充當人肉路障。

大佬說話了：「我們知道該爲這些來自伊甸園的偉大生物做些什麼。」接著，大佬和摩西不發一語。老頭子快氣炸了，我也好不到哪去，眞不曉得他爲什麼不跳出來抗議，從這些陌生人手中取回主控權。答案顯而易見。現在唯一能做的，就是移動車子。要移動車子就得有機器，沒有機器要怎麼做到？更何況兩隻長頸鹿都還留在車上。只靠我和他根本束手無策。

摩西說話了：「發動車子。」

我和老頭子目光交會，他心不甘情不願地對我點頭。我坐上駕駛座發動車子，突然有感而發：不管長頸鹿去哪，我就去哪。這個念頭震驚了我，而當我看著側後照鏡時更加驚訝了。

彎道口，一輛綠色帕卡德車就停在路邊，試圖要突破人肉路障。紅髮女穿著一件男人的大衣，手拿相機，手臂被人肉路障緊緊抓著。

「準備好了嗎？」

摩西的聲音將我拉回來。

我點點頭。

「踩油門。」

搬運車在爆胎之前差一點就能完全離開地下道，現在僅僅只卡住幾英吋。而這就是大佬一家的打算——把車子直接推出地下道，停在路肩。哪怕車上多了一個我——反正我輕如鴻毛——也不管有兩顆輪胎已經完全消氣、路面開始爬升，還有兩隻不安分的長頸鹿不時從同一邊探頭探腦。我腳踩油門，大佬一家開始使勁地將載有兩隻長頸鹿、消氣了兩顆輪胎的車子往前推。眾人費了九牛二虎之力，總算將車子推出地下道，前進到狹小的路肩。

我關掉引擎，摩西吹起知更鳥求愛的哨音，站在彎道的兒子退到一旁，讓四台車緩緩通過地下道，然後放開紅髮女。紅髮女沒有返回車上，她舉起相機，逕直朝我們狂奔而來。我一下車，老頭子罕見地愣在原地，瞠目結舌，紅髮女則瘋狂地著拍照。

老頭子怔怔地看著她。「妳是誰?」

紅髮女放下相機。「哈囉，瓊斯先生。我正在替《生活》雜誌撰寫你的故事，伍迪可以替我擔保，對吧?」

「我的老天……」老頭子驚呼。「就是妳這個女人差點害我們摔進山谷!滾!」他扭頭就走，但她沒有打退堂鼓，轉身將相機對準叔姪們，就在這時，人肉路障回來了，一手遮住她的鏡頭。

紅髮女吞了口口水。

「小姐，阿七是想說，拍照前先詢問一下才有禮貌。」大佬轉達。

紅髮女愣了一下，盯著阿七擋住鏡頭的大手，這才會意過來。「哦，很抱歉，請問我可以拍照嗎?」阿七聞言滿意地放下手。

在此同時，摩西查看了一下洩氣的後輪胎。「你只有一個備胎。但你需要兩個。」他說。

這還用你說!老頭子忍著沒發作。「你有這種大小的輪胎可以賣給我們嗎?」

摩西搖搖頭。

「有電動千斤頂可以借我們裝備胎嗎?」老頭子不死心。「我們得在天黑前上路。」

摩西再次搖頭。

老頭子一籌莫展地看向我，情況不太妙。

「大傢伙們確定不能下車？」摩西說。

老頭子語帶保留。「不能的話有辦法嗎？」

大佬和摩西交換眼神，摩西極其緩慢地點頭之後，整個家族轉身投入救援。我們其他人只能乾瞪眼地等著。老頭子心急如焚，長頸鹿鼻子噴氣，紅髮女只顧著調整快門、光圈，把豪華名車扔在路旁不管。接著，她一抬頭，摩西回來了，手裡抱著一顆卡車輪胎，胎紋跟他的腦袋一樣光禿，而在他身後跟著其他手足，一組人馬扛著裂成兩半的長條圓木，圓木直徑和男人胸膛差不多寬。另一組人馬拖著長鋼條，第三組則推來一塊巨石放在車後幾英尺遠處，平的一面向下，圓的一面朝天，上面有個和木頭一樣大的凹槽。

眾人熟練地操作，顯然不是第一回這麼做了。他們用圓木夾著鋼條，一端撐住後軸，另一端卡進巨石的凹槽內，形成一座從未見過、外型怪異的蹺蹺板。

家族齊力爬上翹起的一端，鋼條承受重量，圓木裂開，車子嘎吱一聲往上抬高了兩英吋，給予摩西足夠的空間取下兩顆消氣的輪胎，裝上備胎和他自己那顆胎紋已磨平的輪胎。

最後摩西擦擦手，父子叔姪們接連離開翹翹板，車子連同長頸鹿一起落地，輪胎彈跳了一下後穩穩地停在地面。接著，男人們不發一語，神情肅穆地將各自搬來的東西又一一搬了回去。

老頭子和我瞠目結舌，看著他們大膽無畏地完成這項艱鉅的任務。

阿七拍拍老頭子的肩膀，遞出老頭子的帽子，在老頭子接下後，自己也消失在鐵軌的另一頭。

老頭子出神地拍掉帽上的灰塵，轉身對大佬說：「我們該怎麼報答您？」

大佬轉轉鋤頭，我感覺這是一個彰顯家族榮耀的動作。「不要你的錢。」

「那麼我們該如何感謝您？」老頭子問道。

阿七回來了，肩上坐著白色小屋裡的那名小女孩，大佬笑逐顏開。

「小蜜蜂想要見見這些動物，如果你同意的話。」

小蜜蜂在大佬耳邊竊竊私語。

「小蜜蜂想知道牠們的名字。」大佬補充道。

看得出來老頭子被小女孩融化了。他瞄了我一眼，說：「這個嘛，蜜蜂小小姐，牠們沒有告訴我們名字，不如妳就叫這隻丫頭，叫那隻小子，好嗎？」

小蜜蜂找到了自己的聽眾，阿七將她高高舉起，兩隻長頸鹿熱情地對她噴氣。

大佬對老頭子說：「這顆舊輪胎撐不了多久，明天我們可以修好你們那兩顆輪胎。天快黑了，我們安排你們過夜，我們家的汽車旅館有日漸茂密的麻煩。」他指著前方三十英尺左右的一條通往松樹林的泥土路，路旁立了一塊看板：**有色人種專用小屋**。「再說，小蜜蜂希望你們留下，大家都會滿足小蜜蜂的願望，對吧，小蜜蜂？」

小女孩點點頭。

「各位對我們有恩，我們當然樂意接受你們的熱情款待。」說著，老頭子伸出手，大佬笑盈盈地回握。老頭子變回彬彬有禮的瓊斯先生，和大佬、摩西並肩走向泥土路。上次看到這樣的他，還是在朗德汽車營地跟女士說話的時候呢！

「妳也一起來吧，小姐。」大佬回頭說，阿七和小蜜蜂朝紅髮女走去。

紅髮女的視線在**有色人種專用小屋**看板和阿七之間游移。「呃，這個……謝謝你，不用了……」

但大佬和老頭子已經自顧自有說有笑地走遠了，而在小蜜蜂格格的笑聲中，我發動車子，開上泥土路。阿七空出一隻手拎起兩顆扁平的輪胎，趕著紅髮女往同一個方向走，紅髮女的大風衣在地上拖行。

我們來到三間小屋，小屋坐落在成排枝葉繁茂的楓樹前，再往後便是大片森林——這就是大佬剛提到茂密的麻煩。我們經過第一間小屋，屋前停了一台亮藍色奧斯摩比爾汽車，保險桿上綁著一雙舊鞋。小屋內走出一對盛裝打扮的夫妻，呆呆地盯著我們一行人看。

到了第二間小屋，摩西把帶著相機的紅髮女留在小門廊上。

更遠處是第三間小屋。我們經過一處岔路，其中一條小徑通往一棟兩層樓的白色屋子，屋旁的穀倉比屋子足足大了兩倍。老頭子示意我留下來等待，其他人則趕上他們的腳步。不一會兒，摩西和老頭子回來了，我開著車前往第三間小屋，老頭子踩著側踏板，開門坐進副駕駛座，劈頭就說：「我剛想起，有些德州農家子弟不喜歡在這些好心人的汽車旅館過夜，會感到被冒犯，你是那種人嗎？」

我搖搖頭。

「是的話就說一聲。」

我再次搖搖頭。

「很好，我也希望你不是，我還需要你守著車子。那些兒子們會輪流守夜，我當然不會拒絕。他派阿二過來値第一班，但你得跟著長頸鹿，我跟他們說這是你的職責。」

「所以才會有個人帶著鐮刀站在那裡？」我一邊停車，一邊用頭比比大楓樹旁的人，我猜那就是阿二。

「沒錯。」老頭子下了車。「你可以睡在駕駛室裡，好好待著，一步也別離開，萬一出了差錯，我是百口莫辯，也沒辦法對園長大人交代。米茲·安妮·梅和媳婦們正在準備我從沒看過的大餐。」他用頭比比大屋。「這是我們的獎勵。我在那裡享用，你在這裡。」

我在第三間小屋旁停好車，打開天窗，才剛餵完長頸鹿喝水，老頭子就回來了，同行還有阿七，他手裡端著一盤米茲的料理。小蜜蜂仍坐在他的肩頭上。他把盤子放在引擎蓋上，走去接紅髮女。

在紅髮女忙著拍小蜜蜂餵食長頸鹿吃煎餅的照片時，我開始大快朵頤。食物實在是太美味了，不得不說這一趟被困在這裡眞是値得。這是獎勵無誤。紅髮女放下相機也跟著狼吞虎嚥，吃得比我還急，我們兩人幾乎掃光整盤食物。長頸鹿啃起樹葉，小蜜蜂把最後一塊煎餅遞給我，說來難爲情，我仍舊兩、三口就嗑光了。日落時分，小蜜蜂和阿七離開時，順路護送紅髮女回到第二間小屋。長頸鹿心滿意足地反芻，老頭子剔著牙，帶著心滿意足的神情漫步回到小屋睡覺。

夜色深沉，我和長頸鹿就處在荒郊野嶺的有色人種汽車旅館。我瞄了站在樹蔭底下的阿二最後一眼，關上天窗，跟丫頭和小子道晚安。儘管只能窩在車上，附近還有個男人帶把鐮刀守著，但肚皮飽飽眼、皮鬆鬆的情況下，我開始昏昏欲睡。我關上車窗抵禦寒風，伸了個懶腰躺在駕駛室的長椅上，舒服地正要進入夢鄉之際，副駕駛座的門把突然喀喀作響。

我驚坐起身，看著門把轉動，車門開了。

紅髮女坐到我身旁，身上仍是那件大風衣。

她氣喘吁吁地關上門，一手撫著心臟。「我想來看你和長頸鹿……可以嗎？」她環顧四周，大概是看老頭子在不在。「你會在這裡待一陣子，對吧？」

「一整晚。」我說。

她精神爲之一振。「一整晚？」

我點點頭。

她拍拍胸口，目光飄向月光下帶著鐮刀守在外邊的二兒子，接著傾身過來關上我這邊的車門。「我……沒遇過這麼多黑人，你呢？」

我看著阿二，一時不知如何回答。事實上，在偷渡火車去找庫茲之前，我在潘漢德地區一個黑人也沒見過，就算有，我也不知道他們躲在哪，而從這一點來看，他們比我認識的白人要聰明多了。不過，他們沒有因此受歡迎，在經濟蕭條的年代，太多失業的人須要看到有人過得比他們更慘。

紅髮女猛拍胸口的聲音將我拉回現實……她努力想要平緩呼吸。

「妳會怕？」我說。

她不悅地搖頭，呼吸依然紊亂。我以為是自己說錯話惹她生氣，正打算道歉，但見她開始喘不過氣、緊抓胸口、呼吸平淺短促。那種聲音我只在媽媽和妹妹罹患肺病時聽過。我嚇得不知所措，以為這輩子再也不會聽到那種聲音。

好在不久後，她的呼吸逐漸趨緩，不再喘個不停。她把臉上的頭髮撥到一旁，長長舒了口氣，倒臥在椅子上。

我目瞪口呆看著她。

「我有時候會有點喘不過氣來。」

我兩眼圓睜，仍然心有餘悸。

紅髮女嘆道：「我的心碎了。」

我知道她不是指失戀的那種心碎，不由得擔心起來。「什麼意思？」

「就是心臟壞了的意思。」

我退開來。「這不有趣。」

「還用你說嘛。」她嘀咕。

我怔怔地看著她，不知道該做何反應，她一定是看出來了，於是抓起我的手放在自己的心臟上。我的手隔著一層絲滑的衣服，覆蓋在她柔軟圓潤的胸部上。

「我小時候得了風濕熱。」她說道：「心跳比較類似啪啪啪啪，而不是撲通撲通，感覺得到嗎？」

我哪裡感覺得到她的心跳。「什麼？」我含糊地說。

「我的心臟，感覺得到嗎？」

我強迫自己專注去感覺。但沒感覺到。我這下沒有別的心思了，全神貫注等著心跳出現……總算感覺到了，然而卻是……咚、咚、咚……咚、咚、咚……停頓……咚……停頓……停頓……停頓……停頓……咚。

我嚇壞了，差點沒捏緊她的胸部，好像這麼做就可以導正她的心跳。「妳是說心臟會停掉？」我幾乎說不出話來。「妳會死？」

「也許吧！」她抿著嘴笑了。「但不會是今晚啦。」

頓時我沒由來地一陣憤怒，抽出手。「那妳還在這種地方幹嘛？」

她歪著頭輕聲說：「伍迪，難道你沒有那種不顧一切也想完成的事嗎？」

我有，不到兩天前，我也是一模一樣的心情。

但這是兩碼子的事。

她望向車廂。「你知道野生長頸鹿最多只有二十五年的壽命嗎？應該是心臟太操累的關係吧，得把血液上上下下輸送過脖子，幸好牠們自己不知道。不過，那雙高高在上的眼睛可以看見全世界呢！」

她心臟的雜音仍然縈繞於耳，她說什麼我都聽不進去。「什麼？」

「我是說，昨天我們在山上遇到的是志工團吧？」她話鋒一轉，彷彿剛才提到她快死的事只是一般的閒話家常。「眞有趣，有一大群伍迪耶！我覺得自己好像眞的變成瑪格麗特．伯克—懷特了。你看過她拍的黑色風暴照片嗎？瘦皮猴，你這張臉就跟照片中的人差不多。」說著，她捧起我的臉。我以爲她就要吻我了，結果只是在掃視我的臉，像在用眼睛替我拍照。我一時呆若木雞，月光燦燦之下，被人死盯著看還是第一次。如今的我明白那是對人類一視同仁的熱愛，但當時的我太過青澀，再加上情愫暗生，誤解成她對我有意。酥麻感從被捧起的臉頰一路往下鑽進肚子，腦袋一團混亂，滿臉通紅。謝天謝地車內一片黑暗，她什麼都看不見。

「伍迪，你是怎麼來到這裡的？」她輕聲低語。「你是怎麼撐過黑色風暴和颶風，變成運送長頸鹿的司機？」我不發一語，她笑吟吟地放下手。「幸好你撐過來了，不然這一路上，除了你，伍迪．尼可，我還眞不知道要相信誰。」她看著長頸鹿。「看來今晚是不能去找牠們了，我好想牠們。」她頭枕在窗戶上，嘆息著閉上眼。

我坐在駕駛座上，從她那側的窗戶望出去。月光透過葉縫灑落，除了阿二的身影，什麼也看不到。藉著夜色掩護，我得以好好觀察紅髮女。我凝視她良久，正要開口呼喚她，這才驚覺我從沒叫她的本名，差點脫口而出：紅髮女？

「奧古絲塔？」我輕語，親口說出她名字的感覺格外奇特。

回應我的是她緩慢平穩的氣息，她睡著了。這一刻，我想吻她。我想擁她入懷，雙手探入火紅的鬈髮內，像個成熟男人一樣地吻她，把車站那日以來的所有幻想都化爲這完美的一吻。然而，紅髮女突然像隻死蟲子一樣蜷縮起來，長長的紅鬈髮垂落在我的腳上。我不敢發出半點聲響，豎耳傾聽她的呼吸，沒有呼吸聲。我伸出一根手指去探測她的氣息，還是沒有。我慌了，連忙用指頭摸進她髮間的脖子尋找脈搏，仍然沒有，沒有跳動……有了，然後又沒了。只要她心跳停止，我就跟著無法呼吸，直到我再次感覺到脈動。我一動也不動，一直等著她的脈動出現又消失。最後，我一定是累到昏睡了過去，因爲我不再緊盯著紅髮女下一次的呼吸，而是聽到媽對我說話的聲音——

「小傢伙，你在跟誰說話啊？」

……現在是白天，我衝過老爸荒蕪的農田，跑進玉米田。

……我看見長頸鹿從玉米稈裡探出頭。

……我聽見湍急的水流聲。

……我聽見槍聲——是我的槍。槍聲迴盪繚繞，緊接著是一個小女孩的笑聲。

我驚醒過來，阿七和小蜜蜂正隔著窗戶看我。天亮了，紅髮女已不見人影。我的心撲通狂跳，踉蹌下車。阿七瞄了紅髮女的木屋一眼，別有深意地衝著我笑。我從兩人身旁擠過去，打開活板門照料長頸鹿，牠們踩起腳，大概在納悶我跑哪去了。我把水桶裝滿水後從活板門塞進去，再爬上去打開天窗讓牠們吃樹葉。

我心事重重地攀在車廂上，玉米田惡夢之外又多添了紅髮女的事讓我心煩意亂。不是因爲一個紅髮尤物拉著我的手放在她豐滿的胸部上，而是那顆不正常跳動的心臟。她喘氣的模樣跟罹患肺病、瀕死前的老媽幾乎一模一樣，唯一會憐愛注視我的一雙眼眸，就這樣逐漸失去生命的光彩。

直到紅髮女奧古絲塔的出現。

正當我陷入憂傷難以自拔時，底下有人呼喚我。

「下來，孩子。」

老頭子手拿麻袋站在底下。

「餵寶貝們吃東西。」他喊道：「他們在修輪胎，天都亮了，如果你在找那女孩，她已經走了。」

我羞紅了臉，但仍強迫自己把紅髮女拋在腦後，回到地上。

「來吃點米茲準備的香腸、玉米粥和肉汁。」他說，其中一個兒子把裝有食物的盤子放在引擎蓋上。「我已經感謝過他們讓我們有地方舒服地過夜，你有機會的話也說一聲吧，要有禮貌。」他打開車門，把袋子扔進去。「傑克森先生從園子摘了些洋蔥給這兩隻來自伊甸園的偉大生物。」

「傑克森先生？」我說。

「旅館主人的名字。孩子，你看起來不太妙，吃點東西會好一點。」

我吃著米茲的食物，心情平靜了下來。

長頸鹿啃著樹葉，大佬一家都來了，摩西拎著兩顆狀態完好的輪胎，重新架起翹翹板，迅速俐落地換上輪胎，甚至沒驚動到在吃早餐的長頸鹿。

小蜜蜂的叔叔們裝好輪胎後，我感覺到她的視線，低頭一看，她就站在我旁邊，笑嘻嘻地抓著我細瘦的雙腳。

老頭子大笑著拍拍我的背。「她把你當長頸鹿了，你的脖子也有塊斑。」他指著我的胎記。「對吧，小蜜蜂？」小蜜蜂點點頭，接著阿七舉起她，讓她向真正的長頸鹿道別。

接著，我和老頭子各自上了車，長頸鹿從窗戶探出頭，在大佬一家老小的目送下往替代道路出發。

車子漸行漸遠，後照鏡裡的一幕從此深印在我的腦海裡許多年——長頸鹿們伸長脖子，望著坐在阿七肩膀上揮手道別的小蜜蜂，在大佬和所有兒子們的列隊護送下，我們的車子平安上路。

……我快睜不開眼。

筆愈寫愈短。然而我不能停筆。

我瞄了眼窗戶尋找野丫頭。

老天保佑，牠還在。長頸鹿湊過來，用大鼻子推推我。「好、好。」我削尖鉛筆，深吸口氣後繼續寫……同時不由得納悶。

妳正在看這些字嗎？妳會喜歡這個故事嗎？

我這顆老心臟倏地揪緊，腦袋變得無法思考。

我知道問這些問題沒有意義，但在相隔了近乎九十年後的今天，我竭盡全力寫下這個故事的同時也感到好奇。活了一整個世紀，我什麼下流可恥的事都幹過，而現在我老了，老到可以毫不猶豫全寫出來。儘管跟戰爭相比，這些頂多只能算是雞毛蒜皮的小事，然而和長頸鹿同行的那些日子讓我刻骨銘心。

紅髮女是心臟出了問題，我卻是一個沒心沒肺的人，就連靈魂都粗鄙不堪。只能說，當一個人和「來自伊甸園的偉大生物」在一起，就能逐漸察覺到自我的腐敗吧，就算有心彌補，也將一輩子耿耿於懷。

我瞄了眼窗外的大可愛，嘆了口氣。

對不起，丫頭。

我真心誠意地感到抱歉。

9 穿越田納西州

我們在查塔努加市的路上平安無事地行駛了兩、三個小時，停留在一間被鮮嫩樹群環繞的德士古加油站（注）。不出老頭子所料，輪胎撐過來了，加油站員工穿著德士古星星圖案的制服，過來看了眼長頸鹿，替車子加滿油。我把車子開到樹下讓長頸鹿吃東西，自己爬回駕駛室。不久，老頭子從店裡買了臘腸、汽水回來，往座位之間扔了一份報紙。

希特勒宣戰，報紙頭條以斗大的標題刊登，而我的目光落在日期——十月十日。

明天是我的生日。

我要滿十八歲了。

一輛警車鳴笛驟然出現，驚動了長頸鹿，而我再次繃緊神經。

「哎呀呀，眞想不到。」帶著啤酒肚的警察下車，提了提褲子。「公告要我們注意有個女人開綠色帕卡德車，跟著一台載有非洲漂亮生物的卡車，我還以爲是假

注 美國一家石油公司，於一九〇一年成立於德州，後來成爲第一家在美國各州均有銷售活動的大公司。

消息，沒想到還眞的來了。」

我的心顫抖了一下。

「公告？」老頭子說。

「是啊！」警察來到我的窗邊，一腳踩在側踏板上。「從紐約市一路到這邊，我收到的公告可多了，就屬這一個最勁爆。說有個逃妻開著贓車在追長頸鹿。」

「逃妻？」老頭子說。

我猛地一顫，大事不妙了。

「沒錯，她偷了她先生的帕卡德車。」

聞言，我的拳頭頓時繃起，緊緊抓著方向盤。

「她連駕照都沒有呢！」警察接著說：「跟老公吵個架就跑了大半個美國，這就算了，哪種女人居然會自己一個人開車上路，光想就很可疑，搞不好是跟另一個男人偷情。」他不屑地哼了一聲。「小夥子，根據現行的《曼恩法》(注)，禁止男女有跨越州界的不正當行爲。」他靠得太近，我都可以聞到他嘴裡的菸味。「我可是把錢壓在她身上，賭她一定還有一個金主爸爸，都是這樣的啦！尤其是美人兒，聽起來是個大美人，一個紅髮蕩婦。」

「她不是蕩婦！」我克制不了自己這張蠢嘴。

警察往後吐了口菸草汁，用袖子擦擦嘴。「喔！」他不懷好意地覷了我一眼。「看樣子你認識她喔！」

我垂下眼，這個舉動跟說錯話一樣蠢。

「應該說是看過她，對吧，孩子？」老頭子說。

我聳聳肩，默不作聲。

「她一個人？」警察問。

「看起來是。」老頭子說：「她在拍照，說是替《生活》雜誌工作。」他頓了一下。「孩子，對吧？」

我再次聳肩，警察的目光仍停在我身上，誰曉得他在打什麼主意。

「孩子，你叫什麼名字？」警察又問。

老頭子打岔。「警察先生，他叫伍羅．威爾森．尼可。」

「這名字很耳熟，我們見過嗎？伍羅．威爾森．尼可先生？」

我搖搖頭，他八成也看過潘漢德地區的公告。

「那是總統的名字，很常聽到。」老頭子再次打岔。「警察先生，這幾天他都在替我開車，他做得很好。」

「話雖如此，我還是得看一下他的駕照，孩子，拿出來吧！」

緊要關頭之際，我看到一台綠色帕卡德車疾駛而來，方向盤後是一頭紅髮。我努力別開眼，天知道我真的努力了，但終究還是忍不住瞄了一眼，而警察順著我的目光看了過去。

注 《曼恩法》（Mann Act），在州際或對外貿易中，禁止以賣淫或淫亂等非法或不道德目的販運婦女或少女，並確定其爲犯罪行爲。

「搞什麼……是那個蕩婦嗎？」啤酒肚老警察看著呼嘯而過、消失在轉彎處的帕卡德車，一轉身差點跌了個狗吃屎。「你們兩個待在這裡，誰也不准走！」他撂下話，跌跌撞撞跑回警車，開車追著紅髮女而去。

「想得美。」老頭子說：「我們走。」我催起油門上路，老頭子眼窩凹陷的眼睛盯著我。「你應該有話要說吧！那個女的是誰？」

說實話我並不了解紅髮女，我之所以看起來心虛，是因爲事關自己。就算她搶過銀行又怎樣，我自己也差點就走上歧路。我也不在意她是否逃家，如果爸媽尚在人世，我也會逃家。但妻子是怎回事？我在意得不得了，程度更勝那顆垂死的心臟。但我只是輕描淡寫地說：「要是她出現，你打算舉報她嗎？」

「我被不少漂亮女人沖昏過頭，所以我懂你的心情。但我們自己的麻煩就夠多了，所以，沒錯，我會舉報她。要是那女孩夠老實，她不會有事。萬一她說謊，我們——」話音未落，老頭子突然話鋒一轉，劈里啪啦飆出一堆髒話，差點沒把我嚇死。他直勾勾盯著我的身後，我們正行經一座機廠。在公路和鐵軌之間的空地上，馬戲團結束在查塔努加的表演，正在收拾行李。這時要藏起長頸鹿不讓人看見簡直是天方夜譚。在相隔僅不到三十碼(注)的距離外，兩個男人正忙著在最後一節紅色車廂掛上新看板：**今晚在馬斯爾肖爾斯市！**

老頭子的注意力全在馬戲團身上，我的視線則離不開機廠。在投靠庫茲的路上，我花光老媽密封罐裡的錢後，就是在這個地方跳上篷車。當時，我在車站附近到處乞討食物，前途茫茫，碰上幾個和我差不多年紀的偷渡客。那個時候，數以千計這樣的人會跟著流浪漢跳上篷車，而他們的呼喊仍言猶在耳：自由在等著我們！兄弟！只有笨蛋才會去犁田養牛！所以我也跳上車，親身感受那種感覺：自由。

現在我們馬戲團近在咫尺，就算不願意也會聽到那些令人不悅的聲音——動物的嚎叫和哀鳴，男人的怒吼和鞭打聲。

「加速！」老頭子喝道。

我踩下油門，啤酒肚警察去而復返朝我們過來，示意我們停車。

我把車開向路肩，老頭子肯定要抓狂了。我們正面對著那一團令人作嘔的混亂，大象車廂近在眼前。

警車呼嘯而至，警察大吼：「你們看見她了嗎？那蕩婦不會又繞回來了吧？」

我們搖搖頭。

「這次給我待著！哪也不准去！」他掉頭再次離去。

我們只好乖乖留在原地，慘絕人寰的哀鳴與鞭打聲不絕於耳，老頭子終於崩潰大吼：「看那些王八蛋是怎麼對待大象的！」

我一點也不想看，但還是看了，而且難以別開眼。大象們正可憐兮兮地大聲哀叫，被工人們拿著尖刺不斷戳趕上車。

「你知道馬戲團的傢伙是怎麼稱呼那些珍貴的生物嗎？他們說牠們是橡膠牛！」老頭子氣憤填膺地說：「看到他們拿什麼來戳『橡膠牛』了沒？那叫牛鉤，

注　一碼約爲一公尺。

頂端是一個三英吋長的尖刺。拿牛鉤去刺大象身上的某些部位，會讓牠們非常非常痛。像這種寒酸的馬戲團，就會有那種卑鄙小人以找出這些部位爲樂。」他陰沉地低語：「大象如果是獅子的話，就可以撕裂那種人……可惜牠們不是獅子……任何一個有良心的人都會看不過那種卑鄙小人爲所欲爲，遲早有人會讓他嘗嘗牛鉤打在他自己背上的滋味。」我沒來得及細想他的弦外之音，他接著說：「不行，那種不正當的馬戲團搞不好正在打這兩隻長頸鹿的主意。去他的警察，我們快走！」

愚蠢的我這才恍然大悟。老頭子肯定以前在馬戲團工作過，不然怎麼會如此了解？搞不好是因爲小時候逃家。一定是。我快速駛離機廠，抱著滿腹疑問，但老頭子死盯著大象，而他心中在想什麼我不想聽，馬戲團的事我也不想知道。惡夢、心臟病和逃妻已經遠遠超過我的負荷。前方幾個流浪漢和偷渡客正追著一列緩緩前進的火車，我也好想跟著他們一起跳上車，只要能逃離這裡，去哪都好。

自由啊，兄弟！

就在這時，一個揹著湯鍋的流浪漢跌倒在鐵軌上，他慌忙地想躲開火車，我看見了他的臉……一張所有流浪漢都有的臉……滄桑、污穢、愁苦……就像那個被搶了鞋、丟下火車等死的乞丐。

不堪的回憶瞬間湧上，我一時不慎差點把車開出路面，長頸鹿和老頭子被甩出去，老頭子重重撞上儀表板，力道比上次在華盛頓特區還大。我以爲會被他罵個狗血淋頭，結果他只是哀叫了一聲，馬戲團的陰影仍在他腦海中揮之不去。

就這樣開了五英里，我總算能好好地開車，又過了五英里，才擺脫腦中流浪漢的臉龐。過了查塔努加市，我們再度被田園風光環繞，沿途都是銷售果醬、果凍、高粱、蘋果酒、皇冠可樂和JAX啤酒的廣告看板。

在我這一側，並行的公路和鐵軌之間僅隔著一排松樹。一路上，老頭子始終緊盯著松樹，我不想知道箇中原因。我們聽見火車的聲音，緊接著，對向一列貨運火車轟隆隆疾駛而來，被驚動的兩隻長頸鹿猛力探頭，車子差點翻車。我側身傾向另一邊，想要避免車子倒向樹群。老頭子也做了同樣的動作，只見他大聲嚷嚷，試圖壓過火車噪音，要我靠邊停車。我猛踩剎車，緊急停在路肩。列車愈來愈接近，老頭子拿起大佬給的麻布袋，爬上背對火車的另一面，把洋蔥一一從窗戶扔進去，試圖要讓長頸鹿縮頭——他成功了。雖然栓鎖對長頸鹿沒有用，他依舊拴好窗戶。冗長的列車行駛而過後，老頭子和我的耳朵依然嗡嗡作響，我倆坐在車內，誰也不想動，等著耳中的餘音散去。

「還得開多久才能擺脫這條鐵路啊？」我鼓起勇氣問。

「一整天。」老頭子回答。

接下來一個小時，我們時刻留意鐵軌和側後照鏡。長頸鹿安靜地待在車廂內，陰沉的天空彷彿呼應著我們的心情。我不斷來回搜尋紅髮女的身影。路上車水馬龍，唯獨不見綠色帕卡德車。我知道她會回來。如果她正在車流裡，那眞的躲得很好，因爲我們和警察都找不到她。

另一列火車從後方呼嘯而來，側後照鏡裡閃過紅黃相間的顏色，馬戲團來了。運貨列車上載著大象、馬匹和獅子，外掛著小丑和戴高帽團長的海報，朝我們愈發逼近，最後和我們並肩同行。

這一次沒有路肩可以停靠，我不得不繼續往前行駛。老頭子氣極敗壞地想要找條小路，可惜我們並不走運。

火車靠得太近，彷彿獅子就在我們身邊，而不幸中的大幸是長頸鹿靜靜地待在車廂裡，沒有被看見。

「拜託，寶貝……乖乖待著。」老頭子不斷喃喃自語，不時回頭瞄一眼拴上的窗戶。「不要亂動。」

偏偏這時其中一隻大貓大吼起來，長頸鹿聞聲探頭出來找獅子。好樣的，這下子曝光了。火車車窗旁一個長有鬍子的女性率先注意到。接著，一個臉上蓄有八字鬍、挺著啤酒肚的男人拉起窗戶探出身體來看。他就是我在馬里蘭州看到那個站在最後一節紅色車廂的傢伙。

我以為老頭子要原地爆炸了，他嚷嚷著指著前方一條鄉間小路，我一個急轉彎，車子一側的輪胎騰空而起，我不停地開，直到最後一節紅色車廂駛離，新的宣傳看板迎風飄揚：**今晚在馬斯爾肖爾斯市**。

我們費了好一陣子才從迂迴蜿蜒的小路出來，重新回到公路。鐵軌已經往其他方向延伸而去，馬戲團想當然是直奔馬斯爾肖爾斯去了。

接下來，我們一路順風地在李公路上奔馳了二十英里，整趟旅程下來，我們有過很多不說話的時刻，但這一段無疑是最漫長的一段。天色越來越陰沉，車子進入低窪地區，風雨欲來，濃霧瀰漫，後頭的車流彷彿憑空消失了一般。

有十分鐘的時間，我們只能在霧中緩緩前進，但願其他人也是一樣。朦朧之中，一塊看板一閃而過。

葉勒時尚露營區
往前三百英尺

「停在那裡。」老頭子指示：「明天趁他們忙著裝卸時，我們抓準時機，想辦法擺脫那台火車，前往曼非斯。只要搶先過了他們的往返點，一切就沒事了。」

「他們還有往返點？」

「他們是南方巡迴馬戲團，除非情況有變，但不會有那種情況。」

過了一百碼，看板再度映入眼簾。

你已經來到
葉勒時尚露營區

我們一眼就看到松樹環抱的入口，高大的樹幹被漆上亮黃色，我開車繞了進去，在林間中央，彷彿霧燈般閃著一塊紅色霓虹招牌：**營本部**。

這是一處專為拖車設置的營地，不是一般的汽車旅館。除了營主自己的拖車，以及一些出租的拖車外，整座營區似乎就只有我們這一台車。但這也難說，畢竟霧氣太濃了。營主葉勒先花了點時間和長頸鹿相見歡，並在自己的拖車上備好食物，而當我們狼吞虎嚥完食物後，他點燃了提燈。

「幸好你們在一片濃霧中看到我們的招牌！不然載著那兩隻你們可怎麼辦才好。」葉勒的頭朝長頸鹿點了點。「我們是馬斯爾肖爾斯這一帶唯一的營區。」

他拎著燈在前方帶路，我們跟著他走了三十碼，來到今晚過夜的拖車。他示意我將車停在營區邊緣一排茂盛的大樹底下。在濃霧繚繞之中，環繞四周的刷黃樹幹彷彿圍起了全世界。葉勒將提燈掛在其中一棵樹上，揮手道別，朝營本部的霓虹招牌走去。

薄暮悄悄降臨，在我們照料長頸鹿的同時，天色由陰轉暗，最後一片漆黑，荒涼的營地只剩提燈發出慘淡的光芒。老頭子一如往常表示要先睡第一輪，接著就走進拖車。

但我反常地沒有爬上車廂，沒有跨坐在兩隻長頸鹿之間的橫板上仰望星辰。今晚看不到任何星星，這不是濃霧的錯，早在長頸鹿開始反芻時，我就關上牠們的窗戶和天窗，同時也關上自己的心門，不讓牠們有機會靠近我。我身心俱疲地坐在側踏板上，腦中千頭萬緒，想的都是被殺的流浪漢、橡膠牛和逃妻。我提醒自己，明天就抵達曼非斯了。*再過一天，我就能踏上前往加州的路，一切就與我無關了。*在不斷自我催眠之下，我很快就陷入美好的幻想之中——我搭上豪華火車包廂，前往牛奶和蜂蜜的富饒之地，過著有如國王般的生活，可以肆意摘取樹上的水果、藤蔓上的葡萄，飲用清澈冰涼的河水。

我現在要做的，就是熬過明天。

我守著漫漫長夜，東張西望等著紅髮女出現，隨即卻想到，自己應該沒那麼想要見到她。但我仍不由得期盼她的到來。所以當一發現附近有風吹草動，我立刻站起身，準備面對紅髮女奧古絲塔。

結果，黑暗中走出一個身形高大的男人，他踩著輕鬆愉快的步伐，彷彿正在林中散步。他來到我眼前，濃霧之中首先露出八字鬍，接著才看清楚他的臉。是火車上那個啤酒肚男。他身穿黃色禮服，脖繫紅色領結，腳踩及膝長靴，宛如從火車海報上走出來，是活生生的團長本人。他甚至戴著高帽子。我注意到他手裡拿了個東西，是象牙柄拐杖。聽說那種拐杖都藏有武器，我眞該把老頭子的獵槍帶在身上。

「在下是帕西瓦里．鮑爾斯，請多指教。」他抬了抬頭上那頂高帽。「敢問閣下大名？」

「我沒必要告訴你吧。」我緊盯著拐杖。

他兩手握住杖頭。「你看起來人不錯，也許你看過我們的馬戲團火車，我們是鮑爾斯與沃特斯巡迴馬戲團。」他咧嘴一笑，笑得讓人發毛。

「看見了。」

他用粗肥的手指敲了敲杖頭。「你話不多呀？聰明人都是這樣。孩子，你喜歡馬戲團嗎？」

「別叫我孩子。」

「啊，是個聰明又講究的人，我欣賞你。」他接著說：「我們在同一條路上，今晚有兩場演出，你應該看得出來，我正在回去的路上。」他展示一身的服裝，接著從胸前口袋中拿出幾張票。「如果你想看，這是幾張免費的票，團長的特別招待。」

「我不要。」

團長露出狡猾的笑容。「不怪你，你自己也有一個馬戲團，對吧？」

他把票放回胸前口袋，敞開的外套底下，一把手槍赫然插在他的腰間槍套內。他知道我看到了。

「噢！」他指著槍。「我剛沒提到我也是獅子馴獸師嗎？難保有必須制伏動物的時候。」他兩手交疊，看向我身後的車子。「你有一份不錯的工作。」

「不是工作，只是開車。」我說。

「那麼，我可以提供你一份工作。我正考慮多聘一些人手，再過不久我應該也會有自己的長頸鹿。」

我脊背瞬間寒毛直豎。那種感覺就像在潘漢德地區灌木叢裡打獵時，被一隻野生動物的眼睛盯著看。我瞇眼掃視四周的迷霧，馬戲團團長一手夾住拐杖，另一手從胸前口袋撈出另一樣東西，攤開手遞給我。我有生以來第一次親眼見到二十美元雙鷹金幣，金幣在提燈光芒下散發耀眼的光芒。

「接好！」他丟給我。

我接住金幣，但不敢握緊它。

「感覺不錯吧？」他說著，伸手拿走我掌中的金幣。「你喜歡賭博嗎？五十比五十的機率很不錯吧？喜歡這枚雙鷹金幣嗎？猜猜是正面或反面，贏了就是你的。」他將金幣往上一拋，蓋在手背上。「猜吧。」

我不發一語，他歪著頭。「快呀，年輕人，哪一面？正面還是反面？要是你猜贏了，也可以不拿走，好玩而已嘛。」

我愣了一下。「正面。」

他揭曉答案，是反面。他的唇都快咧到耳邊，笑得讓人噁心。他把金幣翻轉過來……另一面也是反面。

我倒退三步。「你到底想做什麼！」

「很有用的伎倆，你不覺得嗎？屢試不爽，從沒一個人會猜反面。」他遞出金幣。「這是你的了，像你這樣的聰明人會知道怎麼使用。」

「我不要。我不喜歡這種把戲。」我嘀咕。

「啊，還是個老實人呢！」他甩了一下手，掌心上的金幣變成兩個，再甩一下，金幣又變回一個。「小夥子，我保證絕對沒有耍你，只是秀了一手而已。這枚是貨真價實的二十美元雙鷹金幣，你可以檢查一下。」

我把他手上的金幣轉過來看，正反面都有。

「你只要讓我看一眼逃過颶風的長頸鹿就好。」他說，朝車廂點點頭。

「你怎麼知道？」

「小夥子，你們可是風雲人物啊！你們這趟行程上遍了各大報。我猜你們會走李公路，我想得沒錯。怎麼樣，讓我看一眼，這枚金幣就是你的了。」

我沒拿，他用食指和拇指捏住金幣遞到我面前，金幣在燈光照耀下閃閃發光。

一枚眞正的金幣在我眼前晃呀晃，我忘記剛剛僞幣的事，忘記老頭子在鐵路旁對馬戲團發飆的事，我把一切都拋諸腦後。在當時，五分錢就能買一條熱狗和一瓶汽水，一枚二十美元的金幣簡直等於跟約翰．洛克斐勒(注)一樣有錢。我不光是想要，我確實需要這枚金幣。我是經濟蕭條年代下三餐不繼的男孩，這誘惑對我來說太大了。我靠風滾草熬湯充飢，飢腸轆轆的流浪漢用鐵桶烤浣熊肉，看得我垂涎三尺。直到我入伍當兵之後，我才不用害怕明天沒有食物。

抵達曼非斯之後，我又得自立自強了，不是嗎？我死盯著金幣不放。就算有直達加州的車票，但我身無分文，很快就又得餓肚子了，不是嗎？愚蠢的我開始盤算如何拿到金幣，又不會傷到長頸鹿或老頭子。我太過盲目，渾然沒有得到教訓。天下沒有白吃的午餐，凡事都要付出代價。

我伸手去拿雙鷹金幣。

團長合起手掌。「先讓我看一眼。」

我踩在擋泥板上打開長頸鹿的窗戶。丫頭和小子聽到我靠近，主動探出頭來。

「喔喔喔喔喔。」團長惺惺作態地驚呼，兩眼一亮。「眞是美呆了！而且如此年幼！好極了，太完美了。」

長頸鹿們只瞄了他一眼便縮頭回去。

他不滿地說：「不行這樣，叫牠們出來！」

我早就清楚不可能任意指使長頸鹿，但他顯然並不知道。這件事到此爲止。

「你看到了，說好的事不能反悔。」我盯著他緊握的拳頭。

「再讓我多看一眼。」他攤開握有金幣的掌心。「再一眼，它就是你的了，我說話算話。」

我來回看著金幣和車廂，思忖怎麼做才能得到金幣。既然他看過牠們的頭，我就打開活板門，露出長頸鹿的下半身，但願這樣就夠了。

顯然不行。

「拜託，不只這樣吧！」

我能想到的另一個辦法就是打開天窗，由上往下看。我率先爬上側梯，等著那位胖嘟嘟團長跟上來。

「小夥子！」他朝著我喊，搓搓自己的大肚子。「一定還有其他方法吧！」見我沒有反應，他再次揮揮手中的金幣。我實在想不到其他方法了。金幣輝映著燈光，在他手中一上一下地跳躍，閃閃發光的雙鷹金幣在等著我。「這是你的，孩子！你不想要嗎？」

我把目光從金幣上移開，環顧四周，突然看見手邊有個厚重的大夾鉗，大夾鉗一共四個，是用來鎖住整個側門。也許我可以把門降下來一點——就一點點，我心想。我沒去想自己根本沒用過大夾鉗，也不知道這道門會有多重。開一半就好。我

注 約翰．洛克斐洛（John D. Rockefeller），一八七〇年創立標準石油公司，全盛期壟斷全美石油市場，是歷史上第一位億萬富豪與全球首富。

如此告訴自己，讓誘惑沖昏了頭。

我先打開天窗，然後動手解開夾鉗。老頭子把夾鉗卡得死緊，我必須想辦法鬆開。你以爲我會這樣就打退堂鼓嗎？不，金幣蒙蔽了我的雙眼，我自以爲能贏過那隻狡猾的胖貓。我打開最後一個夾鉗，緊抓著門中央，算好距離，一腳踩在擋泥板上，開始放下側門。

自從長頸鹿進入車廂以來，這是車廂第一次門戶完全大開。帕西瓦里．鮑爾斯正看著我的每一個動作，我無異於在親身示範給他看。這麼做很蠢，不只蠢，還很自私且危險。我當下就後悔了，因爲當我一腳踩上被霧氣潤濕的擋泥板時，腳底頓時一滑，整個人直接後仰倒在泥巴地上——啪的一聲，車廂側門重重打在我的胸前。

一瞬間，長頸鹿和我們之間再也沒有任何阻礙。牠們立刻躁動起來，搖晃車廂，作勢要踢飛任何接近牠們的人，而首當其衝的人就是我。我緊盯著牠們，那兩雙信任我的銅鈴大眼裡充滿了恐懼與困惑，我的內心彷彿被人撕裂了一般。如同我看見牠們的心性，牠們彷彿也能看穿我的不堪。長頸鹿抬起纖細的腳摩擦牆面，企圖逃離我。在牠們眼中，我成了獅子，牠們隨時會衝出車廂，狠狠踢死我。

如果不趕緊想個辦法，我們全都會沒命。我慌忙爬起來，使勁全力把木板往上推，跳到擋泥板上，關起頭頂上那道沉重的門，拚了命地鎖上夾鉗——天窗和側門終於再度牢牢固定住。

我回到地面緊盯著窗戶，祈禱長頸鹿能露面，然而卻只聽到這輩子再也不想聽到的聲音。牠們驚恐地悲鳴——就像那夜遇到小混混一樣。我爬上側梯，隔著木板，像老頭子那樣低喃安撫牠們。我害怕極了，害怕牠們再也不會信任我。然而出乎意料的是，在我的安撫之下，牠們的聲音開始變得柔和。我又加把勁，不久後，長頸鹿便安靜了下來，既往不咎地再次湊近我。

那一刻，牠們的眼神中透露出對我的信任，和我的母馬如出一轍的眼神讓我內心崩潰——之前我懷抱愧疚，落荒而逃跑去投靠庫茲，如今我只想對長頸鹿大吼：別原諒我——絕對不要！但我沒有。我跪倒在地差點昏厥，同時很清楚自己剛剛逃過一劫。

「冷靜點，小夥子。」我聽見鮑爾斯說：「牠們不過是畜生罷了。」聽到老爸的話從他的口裡吐出來，我想直衝過去揍扁他這隻豬頭，但之所以忍住，是因為我依然感覺得到濃霧之中有道目光。「你得提醒牠們誰才是老大。」他接著說：「好，再試一次吧！」

我挺直腰桿，別開眼睛不去看他緊握在手裡的金幣。「你如果想再看一眼，該問的人不是我。」

團長陷入沉思，燈光映照在他身上，活脫脫是惡魔化身。「那要問誰？」

「瓊斯先生。」我低語。

「瓊斯先生在什麼地方？」

「我不想吵醒他。」

「好吧。」他咧嘴一笑，又是那個不懷好意的笑容。「這枚二十美元金幣還是你的，我們那裡多的是金幣。小夥子，我們生活在一個充滿機會的年代，記住，天底下沒有不勞而獲的事。這份工作等著你，帕西瓦里．鮑爾斯會是你的好朋友。」他看了一眼車廂。「眞是太可惜了，不是嗎？千辛萬苦才到手的動物，卻死得這麼快，而且一直到死也不會交配繁殖。至少在牠們活著的時候要能賺一大筆才對。拿去吧。」

我只聽進去那句「這枚二十美元金幣還是你的」，沒意識到他的話及弦外之音。這時，他攤開掌心，上面躺著我的雙鷹金幣。我一把搶了過來，迅速左右張望了一下，然後塞進口袋，以免他臨時改變心意。

「我明早會再來找瓊斯先生談談。」他輕觸了下那頂可笑的帽子，走入濃霧之中。那畫面看起來格外陰森，更別說是看著一個身著黃色西裝、高帽和黑色靴子的男人被濃霧吞沒。

我坐在側踏板上，拿出金幣就著燈光凝視它。不知過了多久，當我盯著金幣看得出神時，老頭子從濃霧中走出來跟我換班，我匆匆將金幣塞回口袋。

「一切都還好吧？」老頭子說。

我點點頭，匆匆和他擦肩而過。回到拖車內，我躺在床上凝視黑暗，把玩著手中的金幣，想著即將到手的加州車票，等待漫漫長夜過去。

最後我一定是睡著了，天濛濛亮之際，恍惚中，我彷彿遠遠地再次聽到長頸鹿驚恐的鳴叫。

我驚坐起身，豎耳聆聽，那聲音好像是……紅髮女。

「伍迪！伍——迪！」

我穿著內褲和靴子衝出拖車，瀰漫林間的霧氣慢慢散去，定睛一瞧，寒意直竄進我的骨子裡。

是玉米田。

「伍迪！」

三十碼外，紅髮女站在車廂旁，車廂門大開，直接通向整片玉米田。她仰頭看著車廂裡面。

我跑過滿地的碎石和松果，順著她的目光看過去，嚇得差點膝蓋癱軟、跪倒在地。小子幾乎掛在車廂邊緣，只要一個重心不穩就會隨時掉出車廂。

而丫頭不見了。

身後再次傳來驚恐的悲鳴——嘹亮而冗長。我旋即轉身，遠遠地望見玉米田另一頭出現的騷動。玉米稈被撞得東倒西歪，丫頭從乾枯的玉米稈叢伸出長長的脖子，兩個男人正在接近她，其中一個拉扯著套在牠脖子上的套索，另一個揮舞著另一個套索。牠踢個不停……在抵抗獅子們。

可怕的不止如此，老頭子站在他們和我之間，搖搖晃晃地彷彿喝醉酒一般，高舉獵槍瞄準他們。要是他在那種狀態下開槍，打中丫頭比打中那些壞蛋的機率還高。我必須阻止他。

然而，小子在我背後跺腳，我轉過去，牠正在踩放下的門板，牠要去找丫頭。再一次，我頂著門板，使出九牛二虎之力把門板推上去，紅髮女也來助我一臂之力。接著，我從駕駛室取出步槍，拔腿奔向老頭子。

跑到一半就聽到槍聲響起。

我整個人呆若木雞，腳步一個踉蹌，步槍掉落到玉米稈上，準備面對現實。

老頭子幸好射偏了，他跪倒在地。

男人知道老頭子阻止不了他們，繼續將注意力放回玉米田。其中一個人拉扯套在野丫頭脖子上的繩子，像隻小狗一樣被丫頭甩來甩去，但當丫頭用後腿站立時，第二人手中的套索找到了目標——牠的前腳。他縮緊繩子，硬是把丫頭的腳分開來，兩人朝丫頭步步進逼。

我看著眼前這一幕，耳邊盡是如雷的心跳聲。我撿起地上的步槍，站穩腳步，瞄準，發射。

那個套住丫頭腳的傢伙倒在散落滿地的玉米稈上。另一個跑去躲藏起來。我的耳邊迴盪著那惡夢般的槍聲……因爲這不是我第一次開槍射人。

兩個傢伙溜出玉米田，不一會兒，某個紅黃相間的東西離開玉米田。

聽到卡車急速駛離的聲音，我望著眼前令人心痛的畫面。丫頭緩緩走在玉米稈叢之間，脖間垂掛著一條繩子。

老頭子掙扎起身，蹣跚地走向牠。我驚恐地想起他在華盛頓特區說的話。

絕不能放長頸鹿出車廂，一旦出去了，就無法保證能帶牠們回來，牠們就只有死路一條。

老頭子再次倒下，我朝他跑過去，只見他滿臉鮮血，掙扎著想站起來。我拉著他一隻手臂扶他起身，紅髮女跑過來，脖間掛著相機，攙扶著他另一隻手。

「去開車。」他喘著氣說，在我們的攙扶下站起來。

我跑到車子旁邊，把鬆脫的電線重新接回並啓動馬達、發動車子，載著小子進入玉米田，所到之處玉米稈紛飛四落。

我把車停在老頭子身後，他蹲坐著，輕聲安撫仍在二十碼外的丫頭。丫頭抖動纖細的長腳，腳上的繩子隨之晃動，蓄勢待發，準備迎戰更多獅子。

「讓牠看看小子。」老頭子回頭說。

我打開野小子的窗戶，小子伸出頭，一看到丫頭，牠便開始撞擊車廂，想要加入丫頭。

「冷靜……冷靜，丫頭。」老頭子不斷安撫，同時低聲指示我。「把門降下——得讓牠回到車上。」

「但不能讓小子也出去吧？」

「除非牠掉出車子。就算牠想，牠也不會自己踏出來，不過萬一丫頭走開，那就難說了，但肯定不妙。」

小子的頭仍掛在窗外，身體拚命撞車廂，車廂晃個不停。

丫頭看到牠，慢慢停止晃動，打住腳步不再往前。老頭子低聲咒罵，我看到了原因——包裹傷口的夾板鬆落，鮮血直流。牠努力依靠其餘三隻腳保持平衡。

老頭子湊上前，丫頭有氣無力地踢了一腳，繃帶整個鬆開，再一腳可能就會讓牠就此倒地不起。

「洋蔥——」老頭子氣若游絲地說，我立刻抓起一顆洋蔥塞到老頭子手中，然後往後退了一步。

丫頭聞到味道，老頭子嘗試再次靠近牠，遞出洋蔥，但牠沒有吃，而是虛弱地準備踢出一腳——也可能是牠的最後一腳。

老頭子連忙後退，垂下拿著洋蔥的手。

我靠過去想探個究竟，丫頭的脖子跟著我移動，老頭子看見了。

「靠近點。」老頭子低聲對我說。

我往前跨了一步。

牠前後晃動脖子，上下打量我。

「再近點！」老頭子壓低聲音說。

我勉爲其難再走一步，這個距離已經足以被牠踢到。老頭子再次遞出洋蔥，但這次是給我。我遲遲伸不出去手，滿腦子只想逃出這片玉米田。長頸鹿嚇壞了，老頭子不能指望我成爲他最後的救星。

「拿去！」老頭子喝斥。見我一動也不動，他乾脆爬過來，將洋蔥塞進我的口袋，然後把我推出去。

丫頭鼻翼扇動，左搖右晃地接近我，近到我可以碰到牠脖子上那條無用的繩子。就像在檢疫所的第一晚一樣，牠彎下脖子嗅了嗅我的洋蔥。我從口袋拿出洋蔥高高舉起。牠立刻伸出舌頭捲走洋蔥，仰頭吞下。

老頭子悄悄走到我身旁，將大佬給的麻布袋丟在我腳邊。「餵牠！」他低語。

當我從麻布袋裡拿出第一顆洋蔥餵牠時，背後傳來砰的一聲，老頭子已經乘機放下了車廂側門，小子面前沒有任何阻礙。接著，老頭子從車底抽出一塊又長又寬的木板，替丫頭搭起通往車廂的橋。我都不知道有那玩意。

他示意我過去。

我開始一步步倒退，一手拿著麻布袋，每隔幾步就塞一顆洋蔥到口袋裡，等著丫頭來討要。牠走得很慢，但總算有在前進，而每當牠靠近一點，我便給出一顆洋蔥，牠用舌頭捲走洋蔥吞進肚裡後，我就再塞一顆到口袋裡。

我踏上木板，接著是門板，最後走進車廂。

丫頭這時止步不前。

小子吸吸鼻子，腳蹄在泥炭土上踩來踩去，而丫頭搖頭晃腦地看著我，彷彿正在評估值不值得爲了一顆洋蔥踏進來。

袋裡的洋蔥幾乎快沒了，我踏出牠的車廂，揮舞著手中的麻布袋，接著退回車廂。

牠做出了決定。

一步、兩步、三步，牠踩著受傷的腳勉強站上了木板。我實在不忍繼續看下去。但牠最終還是走上門板，整個身體呈現奇怪的角度……牠下一刻如果不是往前，就會往後摔落，沒人救得了牠。

我把剩下的洋蔥丟進泥炭土，忙不迭爬上去坐在車廂間的木板上，手裡拿著最後一顆洋蔥。

牠往前彎下脖子，伸出長長的舌頭一顆接一顆捲走地上的洋蔥，接著頭一仰，聞到我手中最後一顆洋蔥，循著氣味踏上泥炭土。

野丫頭進來了。

老頭子賭上老命，飛快地關上側門、鎖好夾鉗，隨即氣喘吁吁地倒坐在側踏板上。我想過去加入他，卻無法動彈，因爲丫頭碩大的頭橫越我的腿，而當側門關上後，牠湊過去聞小子，顫抖的身軀靠著車廂，龐大的口鼻依偎在我的腿上，然後閉上眼睛，鼻子噴出如雷的氣息聲。我輕撫牠發抖的頭，緊閉的內心噴發出遺忘已久的情感，那是翻山越嶺那一晚我曾短暫感受過的情感。那是幼年時的我所擁有的情感。如今，丫頭甜甜地將頭枕在我的腿上，我內心澎湃，盈滿暖意，那是種遺忘許久的感覺，我迷失在這令人屏息的柔情蜜意之中。

丫頭睜開眼睛，瞪大和我的馬一樣的銅鈴大眼，激起我深藏在惡夢中的痛楚。我拿下牠脖上的套索，一把扔進玉米稈叢裡。

在那之後，我們費了一番工夫才有辦法繼續上路。車子停在玉米田中央，出乎意料的是，車子看起來沒什麼大礙。我看向拖車營地，尋找紅髮女身影，她果然不見了。我呆愣在原地，身上僅著一件內褲和靴子，看著老頭子鑽進活板門，用僅剩的磺胺劑治療丫頭傷口。鮮血直流的傷口已經感染化膿，丫頭精疲力盡，乖乖靠在牆上讓他治療。他竭盡全力重新包上夾板，而在我們兩人屏氣凝神的注視下，牠微微搖晃，踩著四隻腳重新站了起來。

老頭子關上活板門，跌坐在側踏板上，這才抬起一隻手檢查自己的傷勢。他頭上的傷口已經止血，但又紅又腫，他肯定火大到不行。帕西瓦里．鮑爾斯的事重重壓在我的心頭，口袋裡的金幣有如燙手山芋，我很愧疚自己沒能早點對老頭子示警。再不坦承，我感覺自己就像潘漢德地區的猶大，是個叛徒。但告訴他又有什麼用？還沒到曼非斯他就會把我丟在路邊。我提醒自己。

我得說點話才行，所以我開口了：「我幫你清理傷口好嗎？」

他沒有回答，看著自己畸形的手和無法彎曲的手指破口大罵，接著按著裂開的太陽穴繼續罵。不管我剛剛抵達前出了什麼事，他應該都沒打算說。

我把重心從一隻腳挪到另一隻腳，試著再開口：「丫頭會沒事吧？」

聞言，他站起身。「幸好不用埋一隻死長頸鹿在這片該死的玉米田裡，祈禱我們來得及找到更多磺胺劑，不然早晚還是得埋。」

接下來他一定會去報警，我硬著頭皮等待他盤問，但老頭子將兩把槍重新裝上子彈，放回槍架，說：「如果有人問起，孩子，就說是我開的槍。你差點殺了人，還好你沒射中。」

我眉頭一皺，感覺自己的槍法被質疑了。「我是故意射偏的，如果我有心射殺他，他已經死了。」

老頭子的濃眉高高一揚，似乎無法評斷我說的話，別有深意地凝視我良久。「去穿上衣服和褲子，愈快愈好，我們得出發了。」

「你……不報警嗎？」

「沒聽到我說的嗎?我們得快點趕到曼非斯。快!」他說。

我很不希望再看到鮑爾斯,但事與願違。回到公路上,遠遠地就可以看見逐漸接近的鐵軌,而進入馬斯爾肖爾斯後,公路再一次和鐵路交會,我們將無可避免地行經車站——那裡正好是馬戲團收拾準備離開的地方。

在城鎮另一側十英里遠外,鐵軌再次與公路並行,路邊有家商店,門廊上坐著一群老人家。昨晚吃過葉勒準備的食物後,我們就再也沒進食過,油箱也見底。沒食物就算了,但沒油可不行,我們非停車不可。

我把車停在加油機旁,門廊上的老人家步履蹣跚地走過來湊熱鬧看長頸鹿,老頭子戴上帽子,壓低帽沿遮住傷口。「我知道你心裡有疑問。當務之急是先送你和長頸鹿到曼非斯。」他緊張地回頭瞄了眼馬路,然後下車,在長頸鹿的目送下快步走進商店。

員工一邊盯著長頸鹿,一邊龜速地替車子加油,這時一台廂型車停在加油機對側——一台紅黃相間的廂型車。鮑爾斯走出副駕駛座,少了帽子、靴子和那身團長裝扮,滿臉鬍鬚顯得不修邊幅,醜陋的模樣活脫脫就是惡魔本人。

他是來拆穿我的。我心想,並回頭找了一下老頭子,依依不捨地看了最後一眼長頸鹿後,目光掃過鐵軌,想要找個適合跳上火車的地方。這時,我握緊口袋裡的金幣,走向鮑爾斯和他的司機。我得想個說法封住他們的嘴,逼不得已時,我甚至可以退還金幣,只求一切到此爲止。

但一枚雙鷹金幣在鮑爾斯眼裡根本算不了什麼,在司機的陪同下,他朝我走來，從胸前口袋掏出一疊錢。那是厚厚的一疊百元大鈔，幾乎有他粗肥的拳頭那麼大，只用一條橡皮筋綑綁住。

如果說一枚金幣就能讓我這個孤兒有變成洛克斐洛的錯覺，那疊鈔票便能讓我感覺坐擁了一整座金庫。一枚雙鷹金幣可以糊弄一個傻小子……但這一疊可是能夠賄賂一個大男人。普通人都會立刻攜款潛逃，不去管長頸鹿的價值遠超過千倍不止，也會忘了今天早上他的手下企圖綁架長頸鹿。如果鮑爾斯以為他可以收買老頭子，那他打錯如意算盤了，萊利．瓊斯先生可不像我這種窮途潦倒的笨蛋。

幾十年過去，我仍記憶猶新。鮑爾斯設下騙局，狡辯這是一個「充滿機會的時代」。時至今日，你也許會想，有誰會笨到以為可以偷走兩隻長頸鹿而不被發現，畢竟巨大的長頸鹿可不是說藏就可以藏的東西。但老頭子說他們是連夜趕路的馬戲團不是沒有原因。那個年代充斥著賣藥郎、神棍及各式各樣的騙子，這種人總是趁著夜色遁逃，其中就包括一站只演出一場的巡迴馬戲團。

想要在戰火中生存下去，就必須不擇手段，想要什麼就去要，想做什麼就去做。在經濟蕭條的年代，善良的人也會被逼上絕路。鮑爾斯靠這一點，操控每一個人心中的貪婪和慾望。

「又見面了，小夥子。」他說，亮出手中一疊鈔票，身材壯碩的司機繞過車子站到他身邊。「我有事來找強森先生商量，但你也得聽仔細了。萬一他不夠聰明，沒有接受我的提議，那麼機會可能就是你的了。你也知道，老闆才是贏家，而你只是個開車的。」他拿起鈔票在我眼前晃了晃。「明白我的意思吧？」

我才剛回復的理智，瞬間被閃閃發光的小金庫給掩沒。我只訥訥地說：「瓊斯。」

「嗯？」

「他不叫強森，他叫瓊斯。」我喃喃道：「萊利．瓊斯。」

鮑爾斯頓時連人帶錢倒退一步。「你說他是誰？」

「萊利．瓊斯。」我說。

他的臉色一變，活像看到鬼。但他接下來說的話更讓我錯愕，把鈔票、祕密、賄賂等等的事全拋諸腦後。

「小夥子。」他低語：「你跟著一名殺人犯。」

短短幾個字，就把我死盯著鈔票的目光給拉走。

他看向我的背後。「用誇張的箱子裝這種嬌貴的動物，你開車時最好小心一點。你還是來跟我吧，至少我重視人命勝於動物。」

身後傳來商店紗門關上的聲音，鮑爾斯不由分說把錢硬塞過來，我連忙捧著錢免得錢掉了。我這一輩子都沒摸過這麼多錢，以後也不會有。都說人為財死，這一刻，我懂了。

我昂首挺胸，堅定不移，絲毫不曾動搖，我可是曾開槍阻止他們偷走長頸鹿的人！我很想這麼寫下自己把整疊鈔票丟還給他，用鉛筆尾端擦了又擦，改了又改，但妳也知道這不是事實。雖然我是被硬塞了錢，但我知道帕西瓦里．鮑爾斯期待窮人收了錢就好好辦事。不過要我履行附加條件，他這隻肥貓得等等了。因為當我的手捧起那疊錢的瞬間，這已經無關肥貓、老頭子還是長頸鹿，也無關是非，這是關於一個黑色塵暴孤兒和一大筆錢。就跟妳想的一樣，我把這一筆錢塞進我的右前口袋，連同金幣緊握在手中。

「孩子！」

老頭子站在紗門旁，仍是一身血跡斑斑。他快步走過來，一手拎著一袋洋蔥，另一手是一袋補給品。他把補給品從敞開的窗戶扔進駕駛室，打開副駕駛座旁的門，對肥貓和他的司機視若無睹。「上車去，孩子。」

「等等。」鮑爾斯說，走向老頭子。「我只是想談一談。」

老頭子拿著洋蔥袋扭頭要走，司機一個箭步向前，抓住老頭子的肩膀。下一刻我看傻了眼。老頭子掄起麻布袋狠狠揮向司機的臉，再一拳打中鮑爾斯的雙下巴，鮑爾斯往後跌了個倒栽蔥。

「動作快！」老頭子喝斥。

我們立刻跳上車，開著笨重的大車全速逃離，側後照鏡裡映出散落滿地的洋蔥、老人家們和馬戲團司機，後者正試圖想從泥巴堆裡拉起胖嘟嘟的團長。

問題是，一台載著兩噸重長頸鹿的搬運車，怎麼跑得過一台什麼都沒載的廂型車?不用老頭子指示，我將車子開得飛快，長頸鹿被甩來甩去，頭頻頻撞向窗戶。轉眼間，廂型車還是追上來了。他們緊跟著不放，而過了一英里，鐵軌愈來愈逼近公路，有時甚至相距不到十碼。馬戲團車子不斷開到對向的車道，直到一次抓到空檔，他們開到我們旁邊，看似就要超車，卻不斷前後逼近我的車門。

「他想幹什麼?」老頭子大吼。

鮑爾斯想引起我的注意,他手臂撐在窗台上,手裡抓著另一疊鈔票,用眼神示意我:停車,小夥子,只要你停車……就有錢拿了,很多的錢……只要你停車。

你會想,我已經有一疊鈔票了,不會再輕易動搖了吧?不,怎麼可能足夠呢,我可是四處漂泊的人啊。如果說一疊鈔票可以讓我不再挨餓,那麼另一疊可以讓我從此衣食無虞。我沒想過如果我收下這新一疊的鈔票,老頭子的下場會是如何?長頸鹿又會如何?世界上有許多種救贖是存在於教堂之外,而我現在就需要救贖,免於自我沉淪。那個時候,我驚覺自己的靈魂開始腐敗,同時,我也知道命運不是一成不變,你所做的選擇,以及周圍其他人所做的選擇,都會牽動命運的轉變,讓你走上不同的道路。

選擇就擺在眼前,然而,我的目光不時飄向那一疊新鈔。只要把那隻肥貓的錢收入口袋,我就發財了,未來將一片光明。一個在孤兒眼中,鈔票是無比耀眼奪目的東西。這一刻,我非常清楚,通往那道命運的選擇會毀了我,毀了我們。

接著車子一個顛簸,及時將我拯救出來。

車子駛過坑洞,劇烈的震動使我分了神,注意力從鈔票轉移到鮑爾斯的另一隻手,他正抓著自己座位上某個東西。是槍套裡的槍,一隻老舊的手槍,類似老爸從一戰帶回家的槍。見鮑爾斯一副蓄勢待發的模樣,顯然我不停車,他也打算有所行動。也許是瞄準輪胎,也可能是長頸鹿,或是我,還敢說他自己重視人命呢!

我瞬間清醒過來,意識到我或我們接下來的行動將牽一髮而動全身。我一邊緊盯著鮑爾斯手中的槍，一邊注意到老頭子正拿起槍架上的獵槍，時間一分一秒過去，兩台車並行在空無一人的兩線道上。我必須做出抉擇，選出自己的命運。選擇就像計劃，想必妳已經知道，我非常不懂得計劃。如果我停車，事情會一發不可收拾，如果我不停車，事情也不會好到哪去。

我左右爲難。

我侷促不安地扭動身體，褲子口袋裡的鈔票慢慢地被擠了出來，露出一半的鈔票迎風飄動——老頭子看見了。

他伸手一把抽了出來。

我隨即轉頭，我們彼此四目相對，他的眼神中充滿了失望。他知道這筆錢是怎麼來的。我以爲他會將槍口對準我，但他只是直勾勾地盯著我，反手把錢往外扔出去，鈔票四散在空中。我沒時間哀號，陷入了天人交戰。

左邊是手拿槍和鈔票的惡魔，右邊是佩戴了獵槍和審判的老頭子。我必須做出選擇。

然後，我這輩子唯一做過最正確的選擇，就是不選擇。

肥貓的如意算盤出了差錯。彎道斜坡後冒出一台木材運輸車，廂型車司機踩剎車減速，想退到我們車後面，卻沒發現被另一台車先行卡位。一台轎車從農舍的車道開了出來，在我的側後照鏡中忽隱忽現。是一輛帕卡德車，開車的是一個女人。我盯著那台車，多希望能用自己的念力把開車的人變成紅髮女，可惜那是台褐色的車，開車的人是個帶著針織手套和帽子的老奶奶。她爲了看長頸鹿，車身貼得很近，丫頭從一邊的窗戶伸出頭，小子在另一邊。老奶奶沒意識到事情的嚴重性，而雪上加霜的是，長頸鹿也沒自覺。小子的頭已經伸到馬路外了。

木材運輸車的司機狂按喇叭。

馬戲團司機猛踩剎車。

鮑爾斯的手槍彈飛了出去。

——謝天謝地，野小子把頭縮回去了。

帕卡德奶奶急踩剎車，但馬戲團車已來不及閃躲，木材運輸車迎面而來——鮑爾斯的司機別無選擇，他急忙左轉，車子顛簸行駛過雜草，閃過樹木，隨後重重撞上鐵軌。只聽見強烈的衝擊，四個輪胎砰、砰、砰、砰地爆胎，伴隨著悠長響亮的鳴笛聲。木材運輸車呼嘯而過，揚長而去。

我顫抖地踩住剎車，將車速放到最慢，褐色帕卡德車從旁超了過去，老奶奶蒼白的臉上餘悸猶存，想必我的表情也好不到哪去，幸好和鐵軌的距離已逐漸拉遠。

我振作起精神，回到正常車速，老頭子依然手拿長槍，緊盯著馬路。我不敢正視他。我百口莫辯，要如何說明自己坎坷的身世？我不知道，只能吞吞吐吐地說：「我沒有……我不會……」

「那是全部嗎？」他沒有看著我。

「是的。」我謊稱，但金幣此時還躺在我的口袋裡。

我們默不作聲地開了好幾英里，終於看到一塊指向曼非斯的路牌。槍擱在老頭子腿上，他看也不看我一眼。我必須面對現實，加州的車票是甭想了，我現在只擔心他會把我扭送曼非斯警局，這可不行，我身上還被背負著祕密。

前方出現一塊**「曼非斯市邊界」**的路牌。

我放慢車速。

「繼續開。」老頭子說：「要趕在他們回頭之前，遠遠地甩掉他們。要是寶貝們配合，照這個速度，再過四個小時就可以到達小岩城。」

我都聽糊塗了。「我們不停車？」

他只說了句：「繼續開。」

換句話說，我不會在曼非斯下車，甚至老頭子貴重的貨物依然掌控在我這個騙子手中。*他爲什麼不乘機轟走我？*我納悶。難不成老頭子打算在半路解決我？眼前還有四個小時的路程要走，而我千頭萬緒，想像自己今天和明天可能遇上的各種可怕下場——鮑爾斯曾提起老頭子殺過人啊！

彷彿老天爺嫌我的煩惱還不夠多，當我們經過一個路邊水果攤時，一台綠色帕卡德車駛了出來。

我瞄了一眼老頭子腳邊某個迎風飄動的東西，那是他在查塔努加買的一份昨日報紙。

昨天過了。

今天是我的生日。

我滿十八歲了。

聖地牙哥日報
San Diego Daily Transcript

一九三八年十月十一日

長頸鹿一路順風的旅程

〔十月十一日聖地牙哥特稿〕
一對熱愛動物的夫婦跨越南加州，滿心期待和他們的第一批長頸鹿見面。本週日，在聖地牙哥動物園週年慶上，貝兒．班奇利園長女士指出，她最近收到萊利．瓊斯先生從田納西州發出的電報，兩隻長頸反芻動物正一路順風地橫跨大陸。她很興奮地向世人報告，這趟旅程如期進行，一切順利……

「……老爹？」

我正寫到一半，又有人來敲門，嚇得我魂都飛了。

「不要煩我！」我大吼，拍拍心臟，看護逕直走了進來。

我緩過氣，從曼非斯的馬路回到現實，打量來者。「你是黑人。」

「你沒看錯，老爹。有人要我來看一下你，聽說你整天都沒吃東西。」

「你是誰？」

「天啊，你每晚都問一樣的問題。」

我不是任何人的爹，更不是他的。他讓我想到阿七，所以我沒有兇他。「我在有色人種旅館住過一次。」我告訴他：「還不錯。」

「好喔。」他說。

「長頸鹿也喜歡，是不是啊，丫頭？」我對著窗戶說。

他眉頭一皺。「老爹，你看到舊女友了？」

「不，是我的朋友丫頭。」

「也就是你的女朋友。」

「不，是丫頭。」我指著後頭的牠。

「好吧。」他看牠的眼神彷彿牠並不存在。

「牠是一隻長頸鹿。」我說：「你正看著牠，牠在窗戶旁。」

「老爹——」他難以理解地皺著臉。「這裡是五樓。」

「啊？」我愣住。「對喔！」我看向窗戶。

丫頭不見了。

「聽我說。你最好休息一下。在你這個年紀，什麼事都要慢慢來。」

我的年紀？我低頭瞄了眼我剛寫的東西。

今天是我的生日。

等等，不是今天。

當我想起這個，心臟就開始顫動。

這是很久以前的事。

我已經一百多歲了。

「只要你保證不去打新電視，你就可以去娛樂室，沒必要一直發牢騷，對吧？老爹？」

我瞄了一眼空蕩蕩的窗戶，再次動筆。

我得快一點。

10 進入阿肯色州

我曾認識一個不知道自己生日的男人。他是個幸運兒，每天照常生活，不清楚自己的年紀，當然也就不必每年被生日這一天束縛。我慶祝過不少次生日，所以謝了，不用再幫我過生日了。所謂的生日，就是當你渾渾噩噩地一天接一天活著，不知不覺中長大成人——直到有一天，你開始見識世面。從此以後，隨著時間流逝，無論好壞遭遇都會刻劃在心。日曆上的這一天在逼你面對一個事實——過去你改變不了，未來則虛無飄渺。

這就是我當時的感覺，那個剛滿十八歲的我，那個跟著長頸鹿一起踏上旅程的我。我站在密西西比河河畔，眺望無邊無際的河水，有心想要橫渡卻找不到方向。眼下我前途茫茫，也無暇思索退路，只是一個勁地盲目前行。

擺脫肥貓後不久，我們載著沉重的長頸鹿進入曼非斯市，綠色帕卡德車有時躲了起來，有時等在路的盡頭，我依然感到心煩意亂。一路上，看著一個又一個指向曼非斯動物園的路牌，我哀悼著拿不到的加州車票，並時不時偷瞄幾眼老頭子，一邊祈禱他會改變心意，一邊又擔心他會執行私法正義。然而，他始終緊抓著獵槍，留意車後狀況。終於，一座橋出現在前方，他示意我停在河畔附近。

老頭子將槍夾在腋下，下車檢查車廂，長頸鹿伸出鼻子嗅聞著河水氣味，我則怔怔地望著隱沒在遙遠河面上的橋頭，橋的那一端彷彿塌落在世界盡頭——正如我現在的心情。告示牌上寫著：**哈拉漢大橋**（注），**橋長四千九百七十三英尺**。將近一英里呢。之前投靠庫茲時，我渡橋過一次，但當時我是搭乘夜車穿越橋中央，放眼望去，車子和卡車來往行駛在其中一側的單線道上，那條路堪比一條鋪有木板的鐵軌。

「我得開這台車過去那座橋？」我訥訥地問。

「別無選擇。路面很顛簸，快來幫我把牠們的頭縮進去，並祈禱牠們會乖乖待在裡面。」老頭子說。

什麼叫別無選擇，過橋本身就是一種選擇啊！我不明白為何自己要選擇過橋，我根本就沒有心理準備，也許永遠都不會有。

這時，一隻長頸鹿開始踢起車廂，老頭子一個箭步衝上去拴上窗戶。「走吧。」他在長頸鹿的跺腳聲和噴氣聲中喊道。

我只是討厭過河而已……就像長頸鹿一樣。我不停說服自己地爬回駕駛座，開著車加入過橋的車流內。老頭子往後瞥了最後一眼，將槍放回槍架上。

車子顛簸了一下，我們上橋了。

輪胎接連承受衝擊，我的牙齒格格打顫，車子緩緩前行，我這一側是橋中央的鐵軌，我不敢去想像萬一火車此時正好經過會怎樣。老頭子那側面對一望無際的河水，唯一能阻擋我們連鹿帶車摔落到泥濘的密西西比河中的，是突起的橋欄。

「穩、穩……地……開、開車……」老頭子說。車子顛簸、不斷震動地前進，緊跟在後的車陣似乎愈來愈龐大。

開到一半，赫然出現一塊路牌：**歡迎光臨阿肯色州**。

「穩……穩——」老頭子不停說：「穩、穩一點。」

在骨頭快被搖散的節奏中，我們終於過橋了，車子再一次行駛在平坦的路面，兩隻長頸鹿都穿窗而出，嗅聞大地的芳香。

兩人兩鹿同時望著眼前寬廣遼闊的三角洲平原，老頭子總算放鬆戒備，槍枝妥妥地放在槍架上，也不再時時刻刻回頭張望。他長舒了口氣，取下頭上的帽子放在中間的座位上。沒多久，再也看不到鐵路的影子，我們又能好整以暇地趕路。再也沒有比看到平穩待在原處的帽子更讓人舒心的事了。

我們靜默地開了兩英里路，景色從饒沃的土地變成一望無際的棉花田。一畝又一畝的田裡，工人們彎著腰，揹著萬用袋採集棉花，靠近公路的幾個人直起腰桿時正好目擊到路過的長頸鹿。老頭子臉色蒼白，衣服血跡斑斑，太陽穴上還有一道結痂的傷口。他發現公路旁泥土小路上有間雜貨店，便指示我停車。我繞過一輛農夫駕駛的破舊四輪騾車，將車停在店門前。

老頭子下車打開ㄚ頭的活板門，檢查重新包紮的夾板，ㄚ頭早已累到連踢都踢不動了。

注 哈拉漢大橋（Harahan Bridge），位於密西西比河之上，橫跨阿肯色州和田納西州，橋上有兩條鐵路線。

「餵牠們喝水。」老頭子下令，關上活板門，鐵青著臉走向商店。再回來時，他已經換上新衣服，頭上的傷口也清理乾淨了。他拎了一袋洋蔥，原先那袋拿去砸肥貓的司機了。

「我剛聯絡小岩城。」他在我們都上了車後說：「先到他們的小動物園過夜。我沒忘記我的承諾，孩子，但情況有變，我們今晚再聊。」

我正想伸手到口袋裡，去摸摸雙鷹金幣好讓自己安心，但瞄了老頭子一眼後決定打消念頭，並發動車子。

接下來幾個小時，老頭子一副若有所思的模樣，我不由得提心吊膽，不曉得他在盤算什麼。時值十月，空氣卻十分悶熱，讓人有種現在是八月的錯覺。然而，長頸鹿似乎十分享受這樣的天氣，過橋之後就再也沒有縮頭回車裡。

天色漸暗，我們愈來愈接近小岩城，蜿蜒的公路一路綿延到松樹林，就快要抵達一座普通小鎮，外表跟之前經過的小鎮沒什麼不同……直到我們看到一塊自製看板：

黑鬼，天黑前快滾。

我聽說過所謂的「日落小鎮（注）」，這些小鎮會張貼標語，警告有色人種在天黑前離開。我這下算是親眼見識到了。我光顧著看標語，一時出神，差點撞上相隔不到二十碼外的一台破車。

生鏽的A型車橫停在公路旁，車身被草草漆上幾個字：**販售山核桃**。

一顆帶角的公鹿頭赫然掛在車頭前，散熱器冒出粉色水。我及時閃過卡車，但沒躲過公鹿身體。血淋淋的鹿屍橫躺在公路上，核桃散落一地。我們的車子直接輾壓過去——鹿身血肉模糊，核桃紛紛碎裂。一名頭戴草帽的黑人慌忙跑向林間。

老頭子和我不約而同往後看，我盯著被壓扁的鹿身，老頭子則凝視著樹林。

「停車。」他指示。

我以爲他要去檢查保險桿，然而他卻逕直走向林間。我聽不清楚他在喊什麼，但應該是無人回應，因爲他這次先指著小岩城，然後是標語，最後是落日。核桃男緩緩從樹林裡現身，手中抓著草帽。兩人聊了一會兒，核桃男隨著老頭子回來，眼睛在馬路和兩隻長頸鹿之間徘徊，長頸鹿轉頭打量他。老頭子打開車門，指著他和我之間的長椅，核桃男搖搖頭。

「不，先生。」他說。

老頭子試圖說服他，但核桃男不斷留意馬路狀況，搖了搖頭。

「不用了，先生。」

這時，我們聽到後頭有車靠近的聲音——核桃男連忙一溜煙地躲進樹林。

車子通過後，老頭子一臉不爽地搬出駕駛室和車廂之間的其中一罐桶裝水，放

注 又稱灰色小鎮，是美國種族隔離的一種形式，排除其他人種，只允許白人居住。這個稱呼來自一些有意讓有色人種在日落之時離開小鎮的標語。

到自己座位底下，然後叫核桃男過來，並指指空出來的位置。

核桃男瞄了一眼，戴上草帽，衝向破爛的卡車上，一把抓了好幾個鼓鼓的麻布袋，又匆匆跑回我們車上，擠進駕駛室後方的狹小空間，抱緊懷中的核桃袋。

老頭子隨後也坐上車，腳跨過桶裝水。我發動車子，重新上路，並從車內後照鏡打量起核桃男。丫頭則從窗戶探出頭，伸長舌頭去咬他的草帽，他只能左閃右躲，而此時，另一台車從旁呼嘯而過，核桃男死命壓低帽沿。

記得當我們進入偏僻小鎮時，我頭不斷冒冷汗。我這輩子沒少害怕過，但還是第一次這麼心驚膽跳。我們載著兩隻長頸鹿闖進陌生之地，萬一小鎮裡有人發現核桃男的存在，後果不堪設想。眼看太陽就快完全落下，當老頭子取下架上的槍枝放在腿上時，我一點也不覺得安心。

小鎮中心只有四個街區，街道勉強跟公路一樣寬，當我們緩慢通過時，果不其然，店裡走出五個白人盯著我們看。我往後瞄了一眼核桃男。

他不見了。

「停車！」老頭子大叫，我急踩剎車。

一個紅臉鄉巴佬走到車前，伸手攔下我們的車，他身穿破舊的棕色軍服，腰間插了一把手槍。他打量了一下血跡斑斑的前保險桿後，走到老頭子的窗戶旁，盯著車內的我們。制服上幾個「日落治安官」大字，像是用一支漏墨的藍色鋼筆寫的。他搞不好還有另一套制服，有白色兜帽的那種……要是大佬家族帶著駭人的銳利鐮刀在這裡就好了。

「先生們，你們在製造麻煩。」鄉巴佬沒好氣地說：「車上載了什麼玩意？」

「長頸鹿。」

「啊哈，你們是要辦嘉年華嗎？我們這裡不歡迎派對，太多閒雜人等容易滋事，我們這座小鎮天黑之後非常寧靜。」他敲敲制服上的墨水字。「就快天黑了。」

「我們只是路過，還請你放行。我們得在天黑前趕到小岩城動物園。」老頭子說。

「啊哈。」他打量老頭子頭上的傷口，頭朝車頭點了點。「你們的保險桿上有血。」

「來這裡大概一英里前的路上，我們撞到一頭公鹿。」老頭子說。

「日落治安官」走回保險桿，拂去一塊帶血的鹿毛。這時，我從側後照鏡看見丫頭彎下脖子，去聞剛剛核桃男乘坐的地方。鄉巴佬抬頭望著丫頭。「那隻動物好像怪怪的啊？」

「沒什麼，被鹿激怒了而已。」老頭子說。

邋遢的警官搔了搔自己，一手擱在槍把上，看那架勢，他應該是西部片看多了。他正想靠過去看丫頭在嗅聞的地方時，老頭子把槍口架在窗框上，而那高度只有日落治安官看得到。「警官，如果我是你，我會離那些危險動物遠一點，真的非常危險。」

鄉巴佬愣了一下，來回看著槍管和老頭子的表情，手緩緩鬆開槍把。

「就像我說的，」老頭子接著說：「我們只是路過，要在天黑前趕到小岩城，我們該走了。」

「好吧……我不是有意攔住你們這些善良的白人。」他後退一步，挺起胸膛，揮手示意我們過去。「你們可以走了。」

我們加速前進，回到寬廣的公路上。我聽見風聲拍打在篷布上的聲音。篷布是爲了預防寒冷的夜晚或強烈的風雨所做的準備，至今都收在車內沒派上用場。我看向車內後照鏡，隆起的篷布露出核桃男的臉。他拉出一點點篷布包住自己和核桃，唯一的犧牲是他的破草帽。直到遠離小鎮後，他才掀開篷布坐起來，丫頭湊過來舔他、頂他。

老頭子和我不發一語，沒什麼好說也沒什麼想說，只有不時回頭瞄一下後面的核桃男。核桃男很快就坐直身體，可以搆到丫頭的口鼻，彷彿不確定牠是眞的。

進入小岩城的郊區，核桃男敲敲後車窗，我把車停到一條沙子路旁，他跳下車，拉拉破帽子，抓起核桃袋後抬起下巴，把其中一袋透過窗戶遞給老頭子。老頭子明顯希望核桃男自己留著，但如果對方想清還人情，那他沒有理由拒絕，只能收下。核桃男點點頭致意，瞥了長頸鹿最後一眼，遁入黑暗之中。

我們短暫停留原地，望著吞沒他的黑暗變得更加深沉，長頸鹿也伸長脖子看最後一眼。接著，老頭子把槍放回槍架上，說：「走吧。」

我發動車子，後方傳來轟隆隆的車聲。

我轉頭去看，全身凍結。

是廂型車……一台黃色的廂型車。

車子嗖的一聲開過去，車身標語寫著：**阿肯色晚報送報到家**。

我嚥下口水，放掉離合器，再次上路。

沒多久，我們通過邊界，出現一塊指向**費爾公園動物園**的路牌。順著指示，我們開上一座石橋，經過平交道，進入市立公園，直接來到動物園門口。園裡矗立一棟石砌屋，我在山上也看過類似的建築，這應該同樣是出自公共事業振興署。入口大門設在一處緩坡上，圍繞動物園的公園裡到處是人。不是你想像中的那種熙來攘往，而是窮途潦倒的人們隨意躺在長椅上、臨時搭建出來的棚架裡、隧道中，就像在紐約中央公園裡那些追著長頸鹿跑的人們一樣。

「待在這裡。」老頭子指示完後自己下了車，繞過一名在門口驅趕流浪漢的巡警，逕直走進動物園。

「這裡有長頸鹿！」一個孩子嚷嚷著掙脫母親的手跑向我們。「長頸鹿！長頸鹿！」小男孩雀躍不已。

群眾聚集過來，在一片驚嘆聲中，長頸鹿低下頭任由大家撫摸。經過這一段時日，我看得出長頸鹿習慣了群星拱月的感覺。我不由自主地感到愉快。

老頭子回來了，示意我把車繞到動物園石牆的柵門前。當我開車抵達門口時，他正在和一名矮小的男人說話。那人戴著金屬鏡框眼鏡，西裝筆挺，頭戴一頂圓頂帽，時尚的打扮一點也不像一般的動物園員工。我們進去後，他關上柵門，引導我們來到後方靠牆的一棵茂盛梧桐樹下，這棵樹非常適合當作長頸鹿的大餐。

正如老頭子所說，這是一座小型動物園，從我停車的地方就能將園區一覽無遺。左手邊正門前方有座放置猴籠的長形建築，經由廊道連結到戶外右邊的圍場——水牛在大圍欄裡漫步，乾涸的溝渠裡有烏龜和草原犬鼠，再來就是孔雀、幾隻駱駝、一隻獅子、一隻斑馬和一隻棕熊，就這樣。

老頭子和動物園員工站在車前交談，我打開長頸鹿上方的天窗。當我跳下來時，老頭子招手要我過去。

「不好意思，剛剛在大門那邊出了點問題。」頭戴圓頂帽的男人說，他的聲音像女人一樣高亢。「這些日子裡，就像大部分的城市一樣，我們美麗的公園多了不少有礙觀瞻的遊民，不管我們怎麼努力，每到閉園時間就會聚集很多人。這是哪位啊？」

「他是我的司機，名叫伍羅．威爾森．尼可。今天早上我們在田納西州出了一點狀況，好不容易過了河，希望今天能睡個安穩的覺。臨時來叨擾，感謝你的熱情款待。」老頭子說。

「任何時候都歡迎班奇利女士的朋友來訪。」圓頂帽男說，看向我身後啃起樹葉的長頸鹿。「尼可先生，你家在什麼地方？」

家？我沒有家，就算有也不值一提。

老頭子接話：「我在東部遇見這位年輕的尼可先生，他在危急時幫助了我。」

圓頂帽男似乎心不在焉，他的注意力已被長頸鹿吸引，社交禮儀早拋在腦後。他望著牠們，驚嘆道：「好想要一對長頸鹿啊！真的不能讓牠們多留幾天嗎？」

老頭子甚至懶得回答這問題，而當我一陣茫然時，這兩人竟同時爆笑出聲。

「班奇利女士會把我們兩個塗滿柏油沾羽毛的！」圓頂帽男朗聲大笑。「不管怎樣，我還是先請園裡的獸醫過來一趟檢查母鹿的腳。那人會高興得要命，他應該從沒見過長頸鹿。啊，他來了。」

這位獸醫跟伯朗市動物園的白袍獸醫眞是天差地別，他穿著髒兮兮的卡其衣，渾身肥料味，目瞪口呆的表情跟我第一次見到長頸鹿時有得比。

他設法專注檢查ㄚ頭的腳傷。「你說牠一直待在車廂裡？你們一定出了很大的狀況。牠看起來像跑過一陣子，而且踢得很用力。」

老頭子沒有答話，我則看了一眼ㄚ頭的腳。早知道就不看，我覺得自己快吐了。傷口已經惡化，比在玉米田時更嚴重，整個傷口都在流血化膿，是我的錯，我心想。是我放下側門，是我收了二十美元金幣。我沒有警告老頭子——是我害了ㄚ頭。我頓時呼吸困難，胸口沉重地彷彿帕西瓦里·鮑爾斯的肥屁股就坐在上頭。

「去拿洋蔥。」老頭子說。

我拿來袋子，爬上去盡可能地餵ㄚ頭。獸醫忙著替牠上藥包紮時，我一直餵個不停，直到獸醫完成他的工作。「能做的我都做了。我想你們應該是沒辦法讓牠留到腳傷好了再走吧。」他說。

老頭子搖搖頭。

「好吧，不用我多說，最好盡快讓牠踏到平地上。明早我會趕在你們離開前再來替牠檢查一次，多給你們一些磺胺劑和急救用品。這是我的榮幸。」

圓頂帽男拍拍老頭子的背，彷彿在示意兩人要好好聊聊。「我們去給班奇利女士發封電報吧！」

「我待會去找你。」老頭子回答。等到兩個男人走後，老頭子示意我下來。他推了推帽子，雙手扠腰，等我站到他面前後直視我說：「我答應讓你在曼非斯離開，但我必須先替長頸鹿設想。看樣子，我需要你繼續開車，否則我們就得困在這裡更久，牠的腳會撐不下去。如果一路上沒再碰到麻煩，再三天就可以如你所願抵達加州。」他停頓片刻。「伍迪，你可以嗎？」

這是老頭子第一次喊我伍迪。他沒有要把我扭送警局……我一樣可以去加州。我一時說不出話，只能點頭。

「那好。」他彆扭地拍了拍我的肩膀，也是第一次。「這裡很安全，我們兩個今晚都可以睡個好覺。接下來的路會跟之前非常不一樣，不過我想你已經知道了，畢竟會經過你的老家。」

我如遭晴天霹靂。「什麼？」

「公路接下來會往西，穿越奧克拉荷馬州和德州潘漢德地區。」

「但我們走的是南方路線，」我訥訥地說：「你明明是這樣說的……」

「這就是南方路線呀！」他歪著頭。「我們在阿肯色州，孩子，繼續往南你是打算到紐奧良去嗎？」

沒錯！我想大叫。那才叫南方路線！我這個笨蛋，現在該怎麼辦才好？我不能回潘漢德地區！連靠近都不行——風險太大了！我暗自叫苦連天。我不能告訴老頭子，他會追問原因，但我懷疑他早就知道了。他看到我口袋中的鈔票時沒有轟走我，是因爲他打算把我交給潘漢德地區的警察嗎？

但他不可能知道才對……

我這卑微人生裡首次得到的微小恩惠，居然是來自一個自稱絕不容許說謊的男人。我不曉得這到底算不算是施恩，也不知要不要接受，甚至難以置信。我一輩子都在面對指責。我可以應付指責，但突然其來的仁慈讓我不知所措，甚至感到有點害怕。我沒忘記鮑爾斯的提醒。

老頭子接著說：「你沒去過動物園吧？別跟那個愛漂亮的四眼田雞說，但跟聖地牙哥動物園相比，這座動物園頂多只能算餘興節目。不過動物們看起來都很健康就是了。」他朝前門一揮手。「去逛逛吧，但別讓寶貝們離開你的視線。我得去跟園長大人的矮小夥伴共進晚餐，一小時後，我會替你帶些吃的回來。你今天也可以早點睡，好好補個眠。接下來的路上，誰知道我們還能不能睡個好覺。」

然後他就走了。

我隨即愣住，抬頭望著長頸鹿。離開葉勒營地之後，因爲感到愧疚，我都沒能好好看牠們一眼。丫頭和小子從天窗探出巨大的嘴巴，伸長舌頭去吃梧桐葉，天眞無邪的一幕讓我不禁兩腳一軟，連忙一手撐在擋泥板上免得自己倒下。看著眼前兩隻溫柔寬大的長頸鹿，我簡直羞愧到無地自容……

我何德何能……

我變了，變得快認不得自己。收了鮑爾斯的雙鷹金幣和鈔票？那沒什麼，我想也沒想就收了。爲了保護丫頭對那些小嘍囉開槍？不用多想，那就像在保護自己人一樣。但牠們不是我的，就像紅髮女不屬於我一樣。現在，爲了兩隻不屬於我的動物，我要冒險回到潘漢德地區？我如坐針氈，忐忑惶恐，這一次我非得落跑不可……然而，每看一眼長頸鹿，我便心如刀割。流浪狗的日子不好過，但總比重回潘漢德地區去面對現實好？

就在這時，猶如預兆般，我聽見一台載貨列車駛來的聲音。

我強迫自己別開眼，不去看長頸鹿，朝著動物園正門走去。園內的人們熙熙攘攘地朝出口走去，我鼓足勇氣，直勾勾盯著出口，緊抓著口袋裡的金幣。我可以自己去加州。我告訴自己。我有二十美元金幣……我可以的。長頸鹿不需要我也可以過得很好……牠們不會發現我走了。老頭子呢？他會踩帽子出氣，但圓頂帽那傢伙會替他找到眞正的司機，一樣可以載長頸鹿去找班奇利女士……甚至比我在時更好……

三三兩兩的遊客和我擦身而過走出大門，我一次又一次地深呼吸，邁開腳步走向人群。突然，一隻手抓住我，我旋即轉身，準備大打一架。

是紅髮女，她一手拿著相機，一手勾住我的手。

「瘦皮猴，找到你了！長頸鹿還好嗎？昨天那些可怕的人是誰啊？我差點在大霧裡跟丟你們，然後就目擊那種場面——」

「妳到哪去了？」我打斷她的話。

她露出詫異的神情。

「哪也沒去啊，只是來晚了一點。」

「我還以爲要跟妳說再見了。」

她圈緊我的手臂。「人生無不散的宴席，伍迪，但你和我還不到那時候。快告訴我發生什麼事了？那些人想偷走長頸鹿對不對？你對其中一個開槍——我有看見！你差點殺死他！」

「我沒瞄準他。」我嘀咕，所有人都在質疑我的槍法。「我如果有心射他，他早死了。」

紅髮女似笑非笑的眼神跟老頭子如出一轍。「警方怎麼說？」

「什麼也沒說，他沒報警。」

「瓊斯先生沒報警？爲什麼？快把經過一五一十都告訴我。」

我不想說，肥貓和馬戲團嘍囉是一回事，警方公告和逃妻又是另一回事。我輕描淡寫地說：「妳爲什麼不自己留下來看到最後？」

她愣了一下。「我以爲瓊斯先生會報警，所以不想增添事端。」

「爲什麼？」我追問。

她放開我的手，話鋒一轉。「外面的景象很令人鼻酸吧？」她望向公園出口遠方的胡佛村，也就是臨時搭建出來的貧民窟。「這是入口旁邊的男人給我的，我拍了張他的照片。」她從上衣口袋抽出一張卡片。

國際流動移工工會 Intern'l Itinerant Migratory Workers Union

美國遊民

會員編號 **No. 103299**

謝謝您願意捐助我。
由衷感謝您的大恩大德。
願上帝祝福您。

遊民誓言

我，約翰・雅各・阿斯特，發誓會盡一己之力行善助人，
不佔他人便宜，不行不公不義之事，彼此響應，
努力做一個更好的人，建造一個更好的美國。
願上帝保佑我。

她轉到背面。「背面也有字。」

「不過就是張遊民卡。」我咕噥道。

「乞丐也有證件？」她說。

「遊民不是乞丐，他們以身爲遊民爲榮。」

「真的假的！好吧，是挺有用的，我給了他一分錢，做做好事也不錯。」說著，她將卡片放入白色絲質上衣的口袋裡。我忍不住盯著她的衣服瞧，她那一身衣服和褲子就像電影明星的穿著。

我看著紅髮女替相機換上新燈泡，雀躍地有如一隻天真的小動物。我突然感到一股熊熊怒火，她自己也是亡命天涯，憑什麼只有我一個人備受煎熬，我要她也跟我一樣難過。我再也忍受不了。「查塔努加的警察爲什麼要抓妳？」

她全身一僵。「什麼？」

「妳加速開走，我都看見了。他說妳偷車。」

她臉色大變。「我才沒有偷，我是借的。」

「那我借的東西可多了。」我說：「偷就是偷。妳也跟那台車的車主借錢當旅費了嗎？」

「放尊重點，瘦皮猴。」她厲聲地說說，接著愣了一下。「瓊斯先生也知道了嗎？」

「那還用說。」

這下她的臉垮下，但還不到我希望的程度。

「妳是跑出來偷情嗎？」我開門見山地問。

她詫異到下巴都快掉了。「這是哪門子的問題？」

「警察說妳違反《曼恩法》，身爲有夫之婦卻跟其他男人私奔。是這樣嗎？」

「你很清楚我是自己一個人！」

那妳是有夫之婦嗎？我迫不急待想問，但她手一揮，彷彿這件事無關緊要。

「等我做完工作，就會把車還給萊昂，誰叫他不肯來。」

我錯愕。大記者先生？他年紀那麼大，少說也有三十了吧！

「不管他喜不喜歡，我都要寫這篇報導。」她說：「我們就要出名了！你難道不想嗎？」

「妳不是寫了嗎？」

她翻了個白眼。「我是啊……但必須有照片才行……這可是《生活》雜誌啊！拜託，瘦皮猴，別再說了，你不會懂的。」說著，她走向猴籠。

我是不懂，所以我才要了解。要是那個傢伙眞的很惡劣，或許得有人當面給他一拳。我必須知道，所以我跟著她的腳步，當她舉起相機時，我伸手擋了下來。

「妳家究竟有多糟，讓妳不想留在家裡？」

她的聲音細若蚊蚋，我幾乎聽不見。「不是有得住就叫家，伍迪，想待的地方才是家。」

我等著她說下去，她凝視著籠子裡吱吱叫的猴子。「你有想過牠們再也無法自由了嗎？」

「猴子？」

「所有動物，包括長頸鹿。」她說。

我還在氣頭上，故意要和她唱反調。「說不定牠們喜歡，這樣就不用擔心三餐問題，也不會被獅子追，更沒有黑色風暴摧毀一切。外面搞不好有人還想跟牠們交換位置求得溫飽。」

她眉頭一皺。「我不是這個意思……我是指……一輩子無法展翅高飛的話會怎樣？」

她肯定不是在說猴子或長頸鹿，但無所謂。「長頸鹿沒有翅膀。」

她嘆氣，知道這次沒辦法討我開心。「說好的事不能反悔，對吧？」她伸手想要握手。

我不想。

「拜託，伍迪。」

我緩緩伸出手，她掠過我的手，一把抱住我，頭頂在我的胸口，相機戳進我痛得要命的肋骨。她仰頭，抿著嘴凄然一笑。我突然有股想吻她的衝動，畢竟我幻想這一刻很久了，但我現在還在氣頭上。我多希望從沒見過她，那樣一來我的心就不會如此迷惘和痛苦。她把相機對準我，按下快門，我再一次被閃光燈閃瞎了眼，很好。從我第一次見到她，到後來認識她的這一段時間，我一直是盲目的。這是最後一次，以後我再也見不到她了。這幾乎算是一種解脫。

「我最好繼續跟你們的車，旅途都過一半了呢！喔，還有照片，伍迪，那些照片太精采了。」

我感覺她在我的臉頰上留下一吻，之後她便走了。

我眨眨眼恢復視力，呆愣在原地，直到再一次聽到載貨列車的聲音。我決心要搭上那輛火車。我快步走向出口，穿過人群，公園路燈一盞盞亮起，我不偏不倚撞上一個正在驅趕遊民的巡警。

「抱歉，先生。」巡警對我說，轉頭繼續拉扯遊民的衣領，遊民嬉皮笑臉地一直想塞卡片給他。

我重新站穩腳步，當最後一批遊客魚貫離開公園時，我一看到前方的貧民窟就傻眼了——目光所及，喧鬧嘈雜的環境、燃燒的垃圾桶、紙板搭起來的臨時住所、堆積如山的瀝青油紙。

隱約中，我彷彿聽見長頸鹿的悲鳴。不會的，貧民窟那麼吵，怎麼可能聽得到其他聲音。

我搖搖頭。

接著又聽到了。

我連忙轉身回到公園，經過猴籠，慢慢走向車子。剛剛果然是我幻聽了。

我正要離開，腳下卻嘎吱嘎吱地好像踩到東西。定睛一瞧，好像是燕麥……從水牛區一路延伸到這裡，難道有誰偷了飼料槽裡的飼料然後從這裡溜走？長頸鹿在頻頻跺腳。我抬起頭，看見有東西躲在卡車的陰暗處。早知道就帶把槍在身上了。

我悄悄靠過去，小心提防爪子。

結果是個人。這人拿著洋蔥和核桃袋，仰頭盯著長頸鹿出神，要不是我踩到樹枝，我差點就可以抓到他。

他旋即轉身，將袋子緊緊扣在胸前。

小子和丫頭愈來愈躁動，但我和他都沒有動作。在公園路燈的微弱光芒中，我看到一個衣衫襤褸、光裸著腳的男孩，他和我差不多年紀，但比我消瘦，整個人只剩皮包骨。我的脖子上有塊胎記，而他整個脖子和下巴則有燒燙傷的疤痕，要不就是摔到火燙的鐵軌上，要不就是在流浪漢的火桶旁打架。他可憐兮兮的模樣不像是遊民，年紀太輕也不會是乞丐。他之前八成是個倒楣的火車偷渡客，然後現在改偷動物的飼料。他像隻惡犬般拱著背，眼神中充滿恐懼和飢餓。我心中一凜——他已被逼到走投無路，什麼都幹得出來。

這時，其中一隻長頸鹿猛踹車廂，車廂晃動，我一分神，他便筆直朝我衝來、將我撞倒——就像我在檢疫所撞倒老頭子一樣。我一屁股跌坐在地，新衣服沾染到他身上的惡臭。他像隻貓俐落地翻過石牆，我只來得及看到一閃而逝的麻布袋。

我躺在滿地的髒燕麥片上，瞪著男孩消失的背影，一時動彈不得。在往後幾年，我有時莫名會在鏡中看見他的臉龐。

車子搖晃的聲音把我拉回現實，輪軸嘎吱嘎吱地彷彿就要斷了。我忙不迭爬起身，踢到一顆掉落的洋蔥，撿起來後爬上車廂，跨坐在兩隻寶貝間的橫板上。我還以爲再也不會坐上來了。丫頭和小子湊過來，車子又平靜下來。我摸摸牠們巨大的下巴，溫言軟語地安撫，一層層地剝著洋蔥餵食。兩顆大頭環繞著年少的我，將我團團包圍，我的內心盈滿孩提時的天眞，有一種難以言喻的輕飄感，安詳燦爛。過了好久，兩隻才又探頭去吃梧桐葉，只有抖動的鼻子顯示剛躲過一劫。

我躺在板子上，仰望星辰之下的長頸鹿，聆聽牠們細微的咀嚼聲，和漸行漸遠的載貨列車聲。

然後我聽到有人嘶吼。

「孩子，你又爬上去？小心跌斷你的脖子。」老頭子大喊。

我一時有種自己在移動列車上的錯覺，趕緊抓住底下的板子。夜空星移斗轉，長頸鹿依然在我周圍。我坐起身，感覺無比平靜。

「快下來！」老頭子喝道：「飯菜都涼啦，但還是很好吃。吃完後，去四眼田雞辦公室那張舒服的行軍床睡個覺，有需要時我再去叫醒你。」

我回到地上，靴底還有那衣衫襤褸男孩的燕麥。我狼吞虎嚥地吃完晚餐，但沒有馬上離開，而是看著老頭子。他坐在側踏板上，從上衣口袋取出香菸和打火機。

「有事嗎？」他問，點燃香菸。

「我收下別人的錢，爲什麼不趕我走？」

他闔上打火機，吐了口菸霧，看向我。「你以爲我沒挨餓過？」他凝視我良久，憐憫的神情跟長頸鹿在我爲了金幣而打開車廂門時如出一轍——我肚子彷彿被人打了一拳。

他也寬恕我了。

「快去睡吧。」他揮手要我離開，長頸鹿平靜地反芻著。

我望著牠們，內心感到充實，思緒突然清晰起來。就像紅髮女說的，不是有得住就叫家，而是你渴望待的那個地方才是家。所以，比起我曾經的家，車子、老頭子和長頸鹿更像是我的歸屬、我的家人。我是一個四處流浪的孤兒，無論前方的路上有什麼等著我，這個家絕對值得我用雙手緊緊抓牢，愈久愈好。

我瞥了一眼剛剛男孩翻越而去的石牆，再望向潘漢德地區的方向，收起心中所有的畏懼，走向圓頂帽男的辦公室。我要留下來——不計代價。

待在這間小小的動物園辦公室，儘管心意已決，我內心依舊久久無法平復。我躺在床上，睜大雙眼凝視黑暗，耳邊淨是猴子的吱吱叫聲，無比惦記著長頸鹿的祥和寧靜，就這樣昏沉地睡著了。我發現自己站在一顆炙熱的火紅太陽底下……

……我聽見媽媽說：「小寶貝，你在跟誰說話？」

……我看見籠子裡的動物，有熊、浣熊、山獅和響尾蛇。

……我看見長頸鹿在湍急的河水中載浮載沉。

……我看見一把雙管獵槍瞄準之後射擊。

……當子彈砰砰砰射中辦公室牆壁——我彈坐起來，連人帶床摔成一團。

我揉揉撞到地板的腦袋，回想載浮載沉的長頸鹿和籠裡的動物。我記不起來大部分的內容，唯一的畫面是那把槍——然後我想起來了。在我的惡夢裡，那是一把步槍，而剛剛的夢境是一把雙管獵槍。我不記得自己曾看過這樣的槍。

我推開壓在身上的行軍床，衝出辦公室，腳不停歇地趕往車子、爬上車廂，看到長頸鹿安然無恙才鬆了口氣。往下一瞧，老頭子正在地面看著我，神情就像在朗德汽車營地看到我穿內褲跑向車子那時一樣。

我忐忑不安地開口問道：「你們在聖地牙哥有關在籠裡的熊嗎？」

「有熊，但是在完善的大熊坑中。」

「山獅？」

「沒有。」

「浣熊？」

「誰會想要隻浣熊？」

「響尾蛇？」

「這倒有，我們在園裡的山坡挖到好幾千隻，分送給其他動物園，連澳洲都給了幾隻。」

「河流呢？有湍急的河流嗎？」

「這個嘛，我們有海洋。怎麼回事？這座小動物園激起你的熱誠了嗎？」

我聳聳肩，我也只剩聳肩這點力氣了。

他指示：「坐下。」

我坐到他身旁。

「我來告訴你我們要去的那個地方。你覺得草原犬鼠住的那條乾涸溝渠算好嗎？在聖地牙哥，你和非洲獅之間只隔著一條溝渠。有時園長大人一時興起，會在天氣晴朗時讓人在巴爾波公園築起圍籬，放動物在公園裡漫步。欄杆也許有生鏽，營收總是入不敷出，卻是動物與人類一起生活最棒的地方。我有跟你說過企鵝嗎？」

我背靠在車門上，聽著老頭子侃侃而談。我很想跟他聊聊自己剛做的惡夢，還有碧拉姑婆的事，但又有什麼用？

我只能凝視著前方的道路。往西。

西聯電報

（WESTERN UNION）

一九三八年十月十一日 下午七點零二分

致：貝兒・班奇利女士
聖地牙哥動物園
加州聖地牙哥

在小岩城過夜。取消曼菲斯司機。長頸鹿很好。到奧克拉荷馬州再聯絡。

萊利・瓊斯

西聯電報

（WESTERN UNION）

一九三八年十月十二日 上午七點十分

致：萊利・瓊斯
西聯電報辦公室

[內容]
全國各地報導超過五百則，
《生活》雜誌將在抵達當天採訪報導。
會派攝影師搭機趕來。
盡快發電報通知我預計抵達時間。

貝兒・班奇利

……「親愛的！」

我躺在地板上。我怎麼會躺在這裡？「我的筆……我的筆在哪？」

「我先扶你起來，再來找你的筆。」

我感覺紅髮看護抓著我的腋下，將我扶回到輪椅上。「親愛的，你撞到頭了，會留下疤痕的。發生什麼事情了？」

我不打算告訴她剛才我的心臟一度停止跳動。我東張西望地找丫頭，窗戶敞開著，但牠不在那裡。

我記得原因。

蘿西伸手要去關窗戶。「你的身體好冰，最好把窗戶關上。」

「丫頭可能會回來。」我轉動輪椅想去阻止，不甚撞到床架，眼看又要摔倒。

蘿西一把抓住我。「我去叫護理師。」

「不！不！不要！護理師會逼我吃藥，我不能停，我要寫完！我就快沒時間了，妳知道的。接下來才是對她最重要的部分，如果我不寫完，她永遠不會明白——妳得讓我寫完！」

蘿西嘆口氣，看著我剛寫完的最後一句。

穿越奧克拉荷馬州。

「我不記得奧克拉荷馬州這段，親愛的。仔細想想，我好像都沒聽過阿肯色州以後的故事，你能告訴我嗎？」

「好。」我敷衍地說。

「這樣吧……」她將一縷白髮撥到耳後。「你先躺一會兒，我就不去叫護理師來，如何？」

我點點頭。

「那好。」她說著，便撐扶我離開輪椅，躺到床上。「你一直趴在桌前，一整天沒吃東西，所以才會昏倒吧。」

其實，我是因為心跳停拍。「我的筆……我的筆呢？」

她撿起地毯上的筆，放到桌上。「等你好好睡了一覺之後，再繼續你的旅程。先休息好嗎？」

我再次點頭。

她離開了。

我爬回輪椅上，拿起筆，深吸一口氣，一手撫著自己的心臟，接著開始動筆。

接下來，我開始希望——

11 穿越奧克拉荷馬州

接下來，我開始希望——

希望能跳過這一段，希望能直接進到結尾，不要再經歷一次經濟大蕭條時期的奧克拉荷馬州和德州潘漢德地區。

即便你遺忘所有事，也絕忘不了這塊養育你的土地。不管在這片土地上遇到的是好事或壞事，就算變成揮之不去的夢魘，遠遠逃離之後再也不打算回來，一旦你再度踏上返鄉之路，你能做的，就是全神貫注，保持冷靜。但願自己能逢凶化吉，在另一個地方展開新生活。

但就像格言說的：如果夢想都能成眞，乞丐早就變富翁。話雖如此，乞丐還是不會停止許願。

從黑色風暴之地前往加州的路有兩條，最著名的一條就是美國六六號國道公路，從芝加哥開始，一路貫穿奧克拉荷馬州，連接到洛杉磯。另一條是「南方國道」，橫越德州潘漢德地區最遠的一端，也就是我住的那一端，通往聖地牙哥。當地人沒人稱它爲「李公路」，它就是一條往西的馬路。不管我喜不喜歡，我們現在正行駛在這條路上。

從阿肯色州進入奧克拉荷馬州沒多久，綠意盎然的大地開始褪色，隨著車子深入這片土地，蔚藍的天空也開始變色，逐漸黯淡朦朧。老媽以前常提起她和爸在潘漢德地區定居時，天空有多麼清澈美麗。我只覺得她在說天方夜譚。我從小到大看到的天空總是隱晦不明，之後更是黑濛濛一片。妳也許聽過黑色星期天，那是最慘烈的一天，整片天空都被沙塵暴蒙蔽。一九三五年四月，駭人的烏雲籠罩天際，風暴侵襲北美大平原，捲起三億噸表土沙塵，重創德州、阿肯色州、奧克拉荷馬州和堪薩斯州。天空晦暗無光，伸手不見五指；空氣中充滿靜電，稍微一碰觸就火花四射，引燃黑色火焰。沙塵暴沒有就此停息，一路向東猛烈席捲，遮蔽了華盛頓特區的天空，即便是國會議員也必須關上窗戶抵擋沙塵。

對大多數的人來說，那一天是歷史性的一刻，對我們全家人來說，卻是再也回不到過去的日子。媽和妹妹整日咳個不停，最終死於肺塵病。不分男女老少，好多人都死了。大家都在懷疑要到何年何月才會停止。空氣中瀰漫著飛揚的沙塵，恍如《聖經》記載的災難降臨、蝗蟲過境、天降泥雨。即使空氣清澈了，憂慮也不曾消停。沙塵暴逐年愈演愈烈，滯留時間愈來愈長，染上肺病的人愈來愈多，所有人都在祈禱能下場真正的雨，自耕農和佃農一批批地離開。

我們開車來到時，當地人看到來自地球另一端的兩隻長頸鹿並沒有大驚小怪。因爲那天起風了，揚起的沙塵喚醒人們的恐懼。

越過奧克拉荷馬邊界不到一小時，猛烈的強風已吹得車子搖搖晃晃。我們停在一小片樹林裡，檢查丫頭傷勢的同時，順便讓長頸鹿咬咬樹葉稍作休息。就我所知，下次要再看到樹林會是很久以後的事了，再往前走樹木將愈來愈稀疏。重新上路前，我們試過各種方式想讓長頸鹿縮回脖子，以便拴上窗戶，但都徒勞無功。

「你知道這陣風還要颳多久嗎？」老頭子抓著帽子。

我也非常想知道，但一個窮苦的農家子弟能懂什麼。

兩個小時過去，風勢愈來愈強，地勢愈來愈平緩，我們開得比往常都要更慢。進入科曼奇郡開了幾英里，我們停在一處叫洛可的十字路口，主幹道兩側各立了一棟建築物，其中一棟是有著兩座加油機的加油站，紅黑相間，外表閃亮，懸掛著一塊嶄新的德士古招牌。另一棟是可以代辦郵政的雜貨店，店面搖搖欲墜，彷彿一推就垮。木屋密密麻麻掛了一大堆大型金屬廣告看板，有可口可樂、百利美髮乳和卡特養肝丸。老頭子看著覺得新奇，我卻司空見慣。金屬看板可以遮風擋沙，要知道，夾帶柏油的風可是會灌進木屋的裂縫裡。

我把車停進小型加油站，一個缺了顆牙、脖打領結的加油站員工上前迎接我們，長頸鹿也湊頭過去迎接他。

「眞不敢相信！」他一直說著。

加油機另一側，遠遠地有台貨車正駛入往北的鄉間小路，司機一看到長頸鹿，便用西班牙語直嚷嚷。

「是移工。」加油站員工解釋道，壓著快被風吹走的帽子。「一到採櫻桃的季節，整個禮拜就會陸續有人經過，要前往密西根州。要是沙塵暴又變嚴重了，我自己都得去了。」

老頭子餵長頸鹿喝水，順便快速檢查ㄚ頭的傷勢，同時派我去到馬路對面的商店買食物和一袋洋蔥。

一個骨瘦如柴的男人站在櫃檯後面，他的脖子腫了一個像玉米穗那樣大的包。他往嘴裡塞了塊餅乾。「你車上載了啥？」他用袖子擦擦嘴，透過紗窗往外看。

「長頸鹿。」

「看這天氣，你最好動作快。」

我點點頭，拿了些補給品放在櫃檯上。

男人哼了一聲。「我是說眞的，風愈來愈大了。天空如果轉成棕色，有那種長喉嚨的動物可就不妙了。今天一早醒來就吹起這該死的風沙，已經好幾個月沒這樣了。要知道，整個州還沒從一九三五那年恢復過來。」

「我知道。」我說。

「三四年和三七年的風暴跟那年比起來，簡直小巫見大巫。」

「我知道。」我說。

「感覺就快下雨了。」他說。

我心中一凜——我對這句話太熟悉了，就像揮之不去的陰霾。老爸每次說完這句話，後頭準沒好事。我立刻轉身去拿另一樣東西——一罐凡士林乳霜。我把東西全留在櫃檯，等著老頭子過來結帳，自己則跑去使用店內廁所。

經過一大桶蘋果時，我下意識想摸走一顆藏到口袋。從廁所出來後，我瞥見有個人站在蘋果旁，不是別人，正是紅髮女奧古絲塔。我當下心中五味雜陳，我以爲小岩城一別，就再也看不到她了。她在動物園說了那麼多好聽的話，還是無法平息我的怒火，我也不想再多聽，於是躲回門後想等她離開，卻無意間看見她的行爲。她瞄了一眼店員，見店員的注意力還在長頸鹿身上，壓下一聲咳嗽，動作比我還嫻熟地摸了一顆蘋果放到自己的褲子口袋裡，接著走出後門回到帕卡德車上。

那瞬間我看得傻眼，不敢相信自己的眼睛，腦袋一時轉不過來。我匆忙走過馬路，一邊回頭尋找紅髮女，再轉過頭時，只差一秒就要撞上加油機旁的柱子。

「哇啊！」加油站員工驚呼。「好險啊！」

「走路看路，走那麼快，撞上柱子可不得了。」老頭子說著，關上活板門。

「那家店有掛西聯電報的牌子，我去看看有沒有園長大人發來的電報。要買的東西都放櫃檯上了嗎？」

我點點頭，眼睛繼續搜索紅髮女的身影。她來了，頂著強風，拿著相機，走過馬路朝我們而來。

老頭子臉色一沉。「眞是陰魂不散。」他嘀咕，刻意繞遠路躲開她。

老頭子之前說要舉報她，他八成會去報警。我差點出聲想要警告她，但我忍住了，冷眼旁觀她拍攝加油站員工和長頸鹿的照片。她抬起頭朝我嫣然一笑。這時，我彷彿聽見了歌聲。我拍拍頭，以爲自己出現幻聽，結果看到遠處有頂帳篷，四周停滿卡車、福特T型車和農用手推車。歌聲是從帳篷裡飄出來。那八成是宗教復興會之類的活動，我以前每年都會被拖去參加，有慷慨激昂的布道者和跪倒在聖壇前呼喚耶穌的信徒。我一點也不想深入了解。

顯然紅髮女不這麼想。「那邊在做什麼?」

「就是聚在一起唱一整天的歌。」加油站員工說:「大部分是狂熱的教徒。我比較希望那是浸信會，至少他們唱歌時不會拿吵得要命的搖鈴。」

紅髮女被逗笑了。

這時，天空飄起毛毛細雨。

帳篷入口的一名女子高呼:「下雨了!」一半的人跑出來看。

「感謝耶穌!」

「老天保佑!」

一名女高音朗聲感謝上蒼。

這時，入口那名女子看見我們。「弟兄姊妹們——看呀!」

所有人跑出帳篷來看長頸鹿，歌聲戛然而止，只剩下風聲和微微的搖鈴聲。大雨開始稀里嘩啦傾盆而下。

「這是個預兆!」有人大喊。

兩組人馬分唱不同歌曲，某人唱起一首膾炙人口的福音之歌。「我回天家，噢，我主榮耀，我飛回天家……」第二組人不甘示弱:「來到山林教堂……」就像一堆喵喵嗚嗚的貓咪聲中夾雜著搖鈴聲，現場一片鬧哄哄。指揮焦頭爛額地想統一曲子。長頸鹿彎下脖子，抖動耳朵應和搖鈴。

一群人手舞足蹈對著長頸鹿唱歌，張大了嘴巴可能是要接雨吧，不然就是要讓上帝聽見他們。老頭子走出商店，懷抱著滿滿的補給品經過馬路，一臉「這又是在搞什麼鬼」的表情，匆匆走向我們。

「要不要我讓長頸鹿縮頭回去？」我扯開嗓子大喊，試圖蓋過這一片嘈雜聲。

「你覺得他們一群人在那邊鬼吼鬼叫的，會肯讓長頸鹿縮頭回去？」

我們跳上車關上窗戶，唱歌的群眾紛紛聚集過來。整個過程，紅髮女都在一旁拍照。老頭子一看到她，臉色比黑色星期天的天空還要陰沉。

「你報警了嗎？」我說。

他一臉如夢初醒，看樣子他忙著處理其他事，根本忘了。

我愣了一下。「你收到電報了。」

他指著前方道路。「待會兒再說，出發吧。」

我發動車子，在引擎的轟隆聲中，指揮的人揮舞雙手吶喊：「第三百五十一頁，弟兄姊妹們，替他們送行！」

歌聲和鈴聲都靜止了，氛圍變得溫馨明亮，完美的四部和聲共同吟唱出美妙的歌曲。那是我聽了一輩子的歌，但直到這一刻，我才明白了箇中道理：

眞神所造萬物生靈
大家齊來高聲合唱
哈利路亞
哈利路亞

我不得不說，眞的很悅耳。

老頭子和我默不作聲開了一英里，長頸鹿不停往後看，彷彿還在沉浸在剛才的歌聲裡。雨刷啪啪啪地擺動，時間一分一秒地流逝。又開了一英里，側後照鏡裡出現綠色帕卡德車。我全身緊繃，在過了科曼奇郡後，她總算減慢車速，再度離開我的視線。

五英里過去，雨勢停了，我們拉下車窗。

再過五英里，已經完全感覺不到雨的存在。大地再次揚塵，風沙打在我的皮膚留下痕跡，我不得不收回靠窗的手肘，長頸鹿的眼睛和口鼻肯定也遭殃了。得想辦法讓牠們縮頭進去才行。我們停在一處寬廣的十字路口，在停止標誌底下，一台鏽跡斑斑的T型車裡坐著一位滿臉皺紋的老人家。

「你們在那玩意裡裝了長頸鹿！」他大笑。「因爲風沙的關係，要讓牠們縮頭進去嗎？」

我點點頭並開始動作，而長頸鹿受不了風沙，這次很快就乖乖躲回車廂裡。

老人家兀自喋喋不休。「好一陣子沒吹沙了，可能會變得嚴重，之後才會好轉。」

駛離時，他又大喊：「感覺就快下雨了！」

我們緩慢而平穩地前進，就這樣開了幾英里後，風勢略微減弱，但瀰漫在空中的沙塵反而更加令人擔憂。

長頸鹿開始咳嗽。

如今回想起來，那宛如砂紙磨擦石頭般的駭人聲音，依舊令我寒毛直豎。即使關上車窗，老頭子和我也都在咳個不停。

我經歷過黑色風暴，知道咳嗽會要命，心裡不禁慌了，開始靠邊停車。

「你在幹嘛？」老頭子說，握拳抵著嘴咳嗽。

我拿起凡士林。這是我聽到那句不祥的話後特別買的。我媽說這是爸的詛咒，但他說了要下雨，結果就來了嚴重的風暴。天知道長頸鹿會不會乖乖任由我擺布，但我必須試一試。我爬上車廂，老頭子緊跟在後。打開天窗後，我把凡士林一滴不剩全抹在長頸鹿哈密瓜大小般的鼻孔裡。早知道就多買一點了。老頭子和我摸摸牠們的頭，輕聲細語地安撫著。牠們的喉嚨抖動了一會兒……粗嘎的聲音總算和緩下來。牠們吸進的沙塵變少了，但我深怕為時已晚。

「蓋上篷布吧。」老頭子說，我懊惱自己怎沒能早點想到。沙塵一旦進了車內，車子一動，車內就會塵土飛揚，但我們別無選擇，只能繼續前進。

繼續開了整整三十分鐘，長頸鹿哮喘般的聲音停止，風勢也減弱到幾近於微風的程度，只是我們隔著窗戶都能聽到長頸鹿抽鼻子和打噴嚏的聲音。我們再次靠路邊停車，掀開部分篷布，透過活板門瞧一眼狀況。長頸鹿彎下脖子低著頭，臉上掛著鼻水、鼻涕和口水，牠們的身體正在努力排出體內的沙塵。

老頭子指示我關上天窗，自己則去用桶裝水裝滿水桶。我的腳才剛踏上地面，他已經提著一桶水往上爬，小心翼翼將水桶放在橫板上，自己隨後也跟著坐上去。為了以防萬一，我拿起兩顆洋蔥放口袋，提著另一桶水也跟著爬梯上去。

「停在那裡。」老頭子指示。我踩在最上面一層階梯。他接著說：「讓牠們抬起頭，不要動。」

說得倒簡單。我放下第二個水桶，朝小子揮揮洋蔥，牠抬起滿是口水的嘴巴。我一邊餵牠洋蔥，一邊小心翼翼用雙手環住牠的下顎，避免驚動到牠，只要老頭子一聲令下，我隨時可以抓牢牠。另一側的老頭子輕聲細語地安撫小子，同時高舉水桶，他一點頭，我立刻箝住小子。

老頭子一鼓作氣將整桶水往小子臉上倒下去，水直接灌進那對大鼻孔內。小子像匹脫韁野馬般甩掉我，打了個大噴嚏，濺了老頭子滿身的鼻水和鼻涕。我這輩子從沒看過這麼大量的鼻水和鼻涕。老頭子邊罵邊擦，再罵再擦，我抿著嘴，努力保持嚴肅。下一個是丫頭。牠看到了過程，也準備好了牠的反擊。老頭子抬起水桶，點點頭，我立刻抓住丫頭，他倒水，丫頭三兩下就掙脫我的箝制，一仰頭，打了一個天大的噴嚏，這次連我也遭殃。

我們兩人狼狽地回到地面，倒坐在車子側踏板上，一邊擦拭自己，一邊豎耳傾聽是否還有令人憂心的哮喘聲。除了踱步聲和口水噴濺聲外，什麼也沒有。我們重新換了一桶水給長頸鹿，牠們打量了好一會兒才開始狂喝起來。接著，我們收起篷布，重新上路。

我們必須不停地趕路。

沒多久，我們就深入黑色風暴的重災區，愈往前開，景色愈是荒蕪。當天空又下起毛毛細雨時，我們並沒有放在心上。繼續開了一個小時，冷清的路上只有我們一台車，簡直就像一條荒廢道路。

然後，一群又一群的棕色小鳥加入我們，在細雨紛飛中形成泡泡和彩帶的形狀，忽遠忽近，卻始終不曾飛離，一波接著一波，首尾相連，飛越凋零的大地。

連老頭子都驚嘆：「眞是壯觀的自然奇景！」

長頸鹿也看到了，脖子隨著鳥群的波動一起晃來晃去。

「那群鳥是要一起飛去哪？還有爲什麼？」我說，望著聚成彩帶狀的鳥群飛越荒蕪大地後又不斷折返。

「也許是發生了什麼事吧。」老頭子輕聲說，鳥群唰地飛近。「更有可能是有事正要發生。」

「牠們怎麼知道？」我說。

「動物本能，棕色小鳥一出生就有了。人類其實多少也有這種本能，像是感覺到有人在看你，或是像在加油站的時候，你在最後一刻避開了那根柱子。有些人在這方面特別敏銳，甚至認爲自己擁有第六感或預知能力，你也無法說他們不對。」

妳可以想像當時我有多麼緊張。莫非老頭子知道碧拉姑婆和最近我剛做的惡夢。可是，他的目光始終不曾離開鳥群。

「當然，這些人常被稱爲騙子或瘋子。要我說，這可能反映出有些人依然保有和鳥類及其他動物一樣的生存本能，只是在幾千年的文明化過程中被削弱了。」他搖搖頭，在我們上方盤旋的鳥群一圈又一圈地橫掃平原。「這些年跟動物相處久了，不可思議的事我看多了。」

我們都不再說話，出神地望著眼前成群的飛鳥，一時間煩惱盡消。

接下來的兩個小時，鳥群和長頸鹿出現在我的側後照鏡中，美得宛如一幅畫。長頸鹿的長頸隨著鳥群波浪搖擺，每一眼都令人驚嘆、心曠神怡。路向前延伸，細雨綿綿，長頸鹿搖頭晃腦，鳥群翱翔。老頭子和我有非常多的時間可以沉思。在很久之後，有人跟我說了一個名詞——椋鳥群飛。那是一種鳥會聚集在空中飛翔，宛如一抹雲在舞動的特殊景象。但沒人解釋得出我記憶中那抹永恆流動的彩帶。從小在一片無情大地上努力餬口，奇景對我們來說毫無意義。但眼前這一幕卻讓我感受到什麼叫奇蹟。

群鳥一路緊跟著我們，彷彿一群搭上便車的乘客，直到傍晚仍久久不散。過了一個彎，群鳥突然無預警飛走了。

就這麼消失無蹤。

大地瞬間又回復到貧脊荒蕪的樣貌，我被迫再一次看著這片寸草不生的奧克拉荷馬大地，頭暈腦脹，心情低落到看著長頸鹿也好不了。我瞄了老頭子一眼，他看起來也心事重重。我想到老頭子提過的鷹眼，故事裡滿天蔽日的旅鴿被大量獵殺，消失於地球表面。當時，沒多少人會用絕種一詞。過去我好不容易活著逃離荒漠，而在此時，我一邊開車一邊想著，那些無鴿可獵的西部拓荒者，不就像是奧克拉荷馬州失去土壤耕種的男男女女嗎？

多年後，世界戰火綿延，人類自相殘殺，不得不讓人省思人類也有滅絕的可能性，而再回想起鳥兒飛離的這一刻，一股難以言喻的失落感油然而生。然而，此時此刻正在旅程中的我，只感到一陣宛如綿綿細雨般化不開的鬱結。

我們就這樣一路往前開，即將離開奧克拉荷馬州之際，老頭子打破沉默，說要在下一個有小樹林的汽車營地過夜。

越過德州邊境後約一個小時，我們看見「印地安小屋露營地及交易站」的標示，一間間獨立的圓錐狀石灰小屋，宛若一座印度安村落。老頭子絕對不會想在一間石灰屋裡過夜，但屋後成排沿著圍籬種植的高大樹群說服了他，爲了長頸鹿，我們非得住在這裡不可。

一看到我們，營主和營主妻子從營本部和交易站飛奔而出。營主興奮地大聲嚷嚷，營主妻子則揮舞著印地安紙頭飾——兩個要給我們，兩個給長頸鹿，但都被老頭子婉拒了。沒多久，我們把車停在樹群旁邊，這天晚上除了我們，還有另外兩個出遊的家庭。兩家人穿著光鮮亮麗，開著名車，孩子們看到小屋和長頸鹿樂不可支。和我們隔了一段距離的地方，還有來自奧克拉荷馬的一大家子，他們搭了帳篷，行李全綁在一台老舊的T型車上。

傍晚時分，老頭子和我照料長頸鹿，檢查耳朵、鼻子和喉嚨有無大礙，然後又被噴了一身口水。丫頭累到在老頭子檢查傷勢時大氣也不喘一聲。爲了提振長頸鹿的精神，我們讓對長頸鹿有興趣的營友都聚集到車邊，小子和丫頭可以舔舔孩子的臉、打掉男人的帽子。就連奧克移民一家都忍不住跑來。

最先過來的是抱著寶寶的媽媽，接著是奶奶，她要男人們從車上卸下她的搖椅，搬來讓她坐著看。老頭子笑盈盈地讓孩子們拿洋蔥去餵長頸鹿。之後，家長紛紛把孩子們趕回家，一個奶奶回到小屋，另一個奶奶回到營地。這時，一台綠色帕卡德車駛來，停在兩、三間小屋之外的地方。

老頭子頓時沒了好心情。從查塔努加忍到現在，我還以爲他終於要發飆了。然而，他只是轉身對我說：「我們得聊聊園長大人上一封電報，但首先我得先去發電報回覆。」語畢，他走向營本部。

天空微微變得清澈，夜幕低垂，浮雲一朵朵飄過星辰。老頭子利用方便的交易站，在長頸鹿附近一座火坑上烹煮豆子和玉米麵包。歷經奧克拉荷馬這一天的波折，我再次感到平靜，清爽的空氣和塡飽的肚皮可以讓人暫且拋卻煩憂。想必老頭子也是一樣，不管他本來想說什麼，他現在一句話也不吭。這樣也好。老頭子把火滅了，走向今晚過夜的小屋，一如往常承諾會早點來和我換班。我爬上車頂，跨坐在橫板上，享受長頸鹿的陪伴，小子和丫頭則默默反芻起來。對面奧克移民家的營火是唯一的光源，照亮四周的一切。

我聽到底下傳來紅髮女的聲音。

「伍迪。」她說，輕掩一聲咳嗽。「我可以上去嗎？」

她打破了我的寧靜，我本想拒絕，卻還是不爽地點了點頭。她挽起褲子爬上車頂，跨坐到我的對面，就像下山後的那晚一樣。我往後遠離她。她注意到了。丫頭迎上前歡迎她，然後回頭繼續反芻咀嚼，而小子湊過來嗅了嗅。

紅髮女摸摸小子的下巴，再次輕掩咳嗽。「我的鼻子裡都是沙。」她嘀咕，在奧克移民一家的營火映照下，她打量著我和我這張瘦骨嶙峋的臉，就像之前在大佬家一樣。「伍迪，跟我說說你的故事。拜託，我眞的想聽。」

我默不吭聲，她很清楚爲什麼。

「好吧。」她深吸口氣。「你想問就問吧，我都回答你就是了。」

我心一橫，直接問：「妳結婚了嗎？」

「是的。」她說，直視我的目光。

我心中一凜。「和那個大記者？」

「是的。」

我的心都涼了。「那妳待在這裡做什麼？爲什麼不是跟他在一起！」

「因爲我更想來。」

「妳是有丈夫的人。」

她的眼神平靜無波。「是的。」

除了我媽和一些大嬸之外，我沒認識任何有夫之婦，無法理解她明明結了婚卻沒有和丈夫待在一起。「他希望妳回家。」

「也許吧。」她說：「也搞不好只是想要回那台車。」

兩個星期前的我會覺得這種對話很白癡，但此刻我不由得脫口而出：「妳不愛他？」

她顯得侷促不安。「你千萬別說出去。」她嘆道：「不管他怎麼看我，他都是一個好人。」

「好人？他報警抓妳啊！」

「是的。」

「妳爲什麼嫁給他？」

她再次嘆氣。「你不懂。」她漲紅了臉，似乎內心交戰。

我不在乎。「妳說會回答我──」

她打斷我的話：「你以爲只有你一個人有不想說的過去嗎？」她摀著胸口，飛快地說：「我遇到困難，我須要逃離那個困境。」她放下手。「所以，就像女人一般會做的那樣，我結婚了。」

「爲什麼是他？爲什麼是大記者先生？」

「正因爲他是大記者先生。他有一份好工作和一台好車。我才十七歲，他是個安全的對象，當時我覺得這樣就夠了，反正是權宜之計，眞的。」她停頓了一下。「然後，他每個禮拜都會帶一本《生活》雜誌回家，我透過這些照片看到世界，開始有了渴望……」她停下來咳嗽，咳著咳著變成不斷喘氣，接著就像在大佬家那樣──她的氣息變得急促短淺。我嚇壞了，那聲音太像我媽的瀕死痰聲。她緊抿著嘴喘氣，似乎很氣惱自己又發作，竭力想要停止。

經過許久，她總算熬了過來。

她揪緊衣服，花了點時間平緩氣息，嘶啞著聲音說：「伍迪，我不想說話不算話，但……我以爲我說得出口……但我不行……拜託。」她嚥下口水，似乎有苦難言。「你也不用什麼都說，眞的。」

看著她將散落的鬈髮撥回耳後，我氣消了。我不知該不該相信她，因爲她並沒有全盤托出，但無所謂，我自己也有難言之隱，不是嗎？就算她是爲了套出我黑色風暴的可憐身世，我也不在乎。我有意傾訴，但痛苦的過去無法輕易說得出口。

我甚至不知從何說起……

你可曾渾身是沙地醒來，空氣稀薄到必須用力呼吸，否則就會窒息而亡？你可曾擔憂在自己一夜醒來之後，家中牲畜沒能撐過昨晚，身體沾滿沙土死了？你可曾日復一日年復一年地生活在沙塵的死亡威脅之中，一開始埋葬了妹妹，到最後埋葬了自己的媽媽？你怎麼會知道，就在那一天——只剩你一個人活著離開這片貧瘠的潘漢德土地，臉上腳上沾滿了血？

我沒說出事情的全貌——那是我至今仍不敢寫出的眞相。

我只說了每個黑色風暴孤兒都會經歷的故事……我媽是順從丈夫的傳統女性，因爲爸一句話，死守著這片土地，寧願承受各種天災也不離開，最終死於肺塵病。任何人不幸生在這種家庭，大概也是凶多吉少。賴以維生的牲畜紛紛餓死，當農夫把死牛切開時，會發現胃裡全是沙土。每天早上起床都得處理倒臥的動物屍體。日子過久了，簡直快把人逼瘋，自己都想尋求解脫。大地全面反撲，塵歸塵、土歸土，時間到了，就算不想走都得走，但有些人就是不願意走、不肯放手。就像我爸，對他來說離開家園就是死路一條……這也是他的下場……你手中舉著一把冒煙的步槍……槍口正對準著他。

我說出故事，但省略了步槍的部分。

我說，這片荒地裡有成千上萬個孤兒，成千上萬個類似的故事，我只是其中一個。「唯一能做的，就是另外尋找棲身之地或可以投靠的人。」我言盡於此。

「但是，伍迪……你回來了。」她低喃。「爲什麼？」

在那場大颶風之後，我給出的回答永遠只有一個：「我想去加州。」

我凝視著反芻中的丫頭和小子，再回頭時，紅髮女眼眶濕潤。她握住我的手想安慰我，我抽回手，因爲我的心情仍未從回憶中平復。她湊過來抱住我，就像在小岩城時那樣，而我沒有抗拒。一個擁抱後，她輕啄我的嘴唇，那是蜻蜓點水的一個吻，充滿安慰，但我哪懂得這些，即便知道我也不在乎。對方是我朝思暮想的紅髮女奧古絲塔，我幻想了無數個夜晚的吻，如今終於成眞，我想一直吻下去。她正要退開，我一手探入她的鬈髮內，托著她的頭，深深地吻住她。一個完全出乎她意料的吻，一個我眞正要的吻。

她抽身而退，眼神是我從未見過的陌生。

然後，她就吐了。

西聯電報

（WESTERN UNION）

一九三八年十月十二日 上午十點十二分

致：貝兒・班奇利女士
轉交 聖地牙哥動物園
加州聖地牙哥

預計抵達時間：順利的話星期日

萊利・瓊斯

12 經過德州潘漢德地區

乖乖睡，不要哭。

「該好好訓練你當個男人了！」

「伍迪．尼可，外面發生什麼事了，快說！」

「小傢伙，你在跟誰說話呢？」

褐色大眼盯著我看。

稀里嘩啦的湍急水流。

此起彼落的吼叫、呻吟，長頸鹿的悲鳴愈來愈大……

轟隆一聲，雷聲將我驚醒。我坐在印地安小屋裡的床上，摀著雙耳。窗外大雨滂沱落下，我連忙關上窗戶同時心撲通狂跳。該死的碧拉姑婆、該死的颶風侵襲、該死的黑色風暴夢魘——害得我淨做些亂七八糟的夢。

門砰的一聲打開，老頭子渾身濕透地進來，地板都濕了。他在屋內大發雷霆，直到換上乾爽的衣物才平息。

大雨來得快，去得也快。老頭子走出屋外看了眼天空。

「看起來雨停了，天空很清澈。」他嘀咕。

天濛濛亮，我穿上褲子和靴子走出去。但我看的不是天空，而是隔了三間小屋距離遠的地方。

昨晚，紅髮女吐了之後，我還來不及反應，她已經跳回地面，含糊地說了句「我很抱歉」後便跑走了。我想安慰她，對著她的背影大喊「沒關係，長頸鹿會吃掉的」這樣白癡的話，連我自己聽了都無語。但是她就這樣消失了，身影隱沒在黑暗之中。

這時，我又聽見相同的嘔吐聲。綠色帕卡德車就停在三間印地安小屋外的地方。

老頭子順著我的目光看過去。「是她在吐嗎？」

我點點頭。

他一個箭步走到帕卡德車旁的小屋，用力敲門。「女人，要是妳吐了，就離我們遠一點，我們現在沒時間生病。」

門開了，走出一個光頭佬，兩個睡眼惺忪的黃毛小鬼跟在他身後探頭探腦。

老頭子眉頭一皺。「你是誰？那個女人呢？」

「你叫我老婆什麼？」光頭佬氣呼呼地說。

紅髮女從帕卡德車的另一側探出頭來，將頭髮撥到耳後，擦擦嘴……我盯著她的嘴，回想起在長頸鹿簇擁下的那個吻。

接著，紅髮女的頭又消失了。

嘔吐聲再次傳出。光頭佬用力關上小屋的門，老頭子和我繞到車子的另一側，紅髮女正在擦拭自己的嘴，模樣憔悴。她披著同一件男款大風衣，似乎睡在上面。車門開了，只消看一眼就明白，原來她一直都睡在車上。我一個窮人家子弟，別說衣服，連內褲都很少換過，但直到此刻，我才注意到她至始至終都穿著同一套衣物——一樣的褲子，一樣的白襯衫，一樣的破舊雙色鞋。在大太陽底下，她的模樣狼狽而邋遢。我如夢初醒，不敢相信自己之前居然笨到沒發現。

「我一定是昨天在路上吃壞肚子了。」她喃喃道，清理掉頭髮上的嘔吐物。老頭子歪著頭，盯著她的左手看。我沒發現她原來還戴著一枚金戒指。

「最好如此。」老頭子說：「不然妳看起來像是懷孕了。」

紅髮女瞪大了眼。「不可能，我向你保證。」

「爲什麼不可能？」老頭子朝她的戒指點點頭。「妳不是結婚了嗎？」

她拿起車內的毛巾擦擦臉，生氣地說：「這不關你的事吧，瓊斯先——」

他打斷她的話。「難不成妳是聖母瑪利亞？」

她放下毛巾瞪著他。「你說什麼？」

「要不就是個放蕩的女人。」他接著說。

她差點就一巴掌打下去，我則氣得臉紅脖子粗、也想揍人了。

「妳自己清楚。誰知道這一路上妳有沒有搞上別的男人？」

他有意激怒她，但我當時不知道，滿腦子都是昨晚的吻。我的腳蓄勢待發，兩手緊握又放開。「等等——」

老頭子打斷我的話：「閉嘴，孩子。」

「你把我看成什麼女人了！」紅髮女說。

「妳倒是說說看啊。」老頭子回嘴。「一個淑女不會獨自在外遊蕩，所以我猜妳不是淑女。」

她倒抽一口氣。「你好大的膽子！」

我實在聽不下去，怒火中燒，就快克制不住揍人的衝動。「夠了，不要再說——」

「我叫你閉嘴，孩子！」他湊近紅髮女的臉龐。「只有蕩婦才會一個人上路。」

這一刻，我忘記了他一直以來的包容和自己的背信忘義，一拳揮了出去。

老頭子早有準備，他想激怒的對象不只是紅髮女一人。他箝住我的拳頭，對著紅髮女怒吼。「看清楚了沒——妳把這個孩子迷得昏頭轉向。不說別的，光是這件事，妳就該感到羞愧！」

他放開我的手，我踉蹌後退，一屁股跌坐在她的腳上。

紅髮女臉色慘白，我以爲她就要吐在我身上。「我說過，我是一個人來的，因爲我在替《生活》雜誌拍照。瓊斯先生，我可以保證，這只是一般的嘔吐。」她收攏身上的風衣，彷彿在維護自己最後的尊嚴。

「隨便妳怎麼說！」老頭子說：「到此爲止了。」

她愣住了。「你的意思是，我不能繼續跟著你們？」

「我的意思是，我已經盯上妳了。我不知道妳在玩什麼把戲，姑娘，一路尾隨我們，全程說謊騙人。從現在起，離我們的車和長頸鹿遠一點。」

紅髮女全身一僵。「你這話什麼意思？」

「妳根本不是《生活》雜誌的攝影師。」

我瞠目結舌地看著他，然後是紅髮女。

「我是！」她說。

我正要起身。「不准動！」老頭子朝我喝斥，又轉向紅髮女。「我無法忍受騙子。我再問妳一次，妳是不是《生活》雜誌的人？妳最好能夠證明自己的身分。」

我清楚記得當時紅髮女的表情，她彷彿呑嚥了比嘔吐物更噁心的東西。我很快就知道原因。

她一連串地解釋：「對，我還不是……但以後就是，眞的！我不能不跟著你們，我得先拍到照片——我也拍到了很棒的照片！你不明白！」

她想起我的存在。

我坐在污穢物上，仰頭對上紅髮女低垂的目光。我看著她的臉，然後別過頭。

「起來，我們走。」老頭子說。

我爬起身，看也不看紅髮女一眼。

老頭子和我心照不宣，照顧完長頸鹿後直接上路。

我們離開印地安營地時，紅髮女已不見蹤影。這樣也好，我自己也是一路偷拐搶騙走到這一步，我其實無法眞的不管她。所以當我發動車子時，我看向老頭子。

「說不定她眞的能說到做到。」

老頭子從上衣口袋抽出一張紙，遞給我。「你自己看吧，往後別再跟我提起關於她的任何一個字，聽到了嗎？」那是他昨天收到的電報，來自園長大人，上面有幾行字：

《生活》雜誌將在抵達當天採訪報導。

會派攝影師搭機趕來……

我看了一遍又一遍，恍然大悟的那一刻心中氣憤不已。我氣所有人，除了長頸鹿。我氣紅髮女的所作所爲，氣老頭子現在才拿出電報，也氣自己是一個大傻瓜。我悶不吭聲地開了五十英里，這才看向老頭子，之所以看他，是因爲前方出現了一塊路牌：

德州邊界——1英里

我一定是憋著氣開車，因爲一過德州邊界，我就感到一陣頭昏眼花。一塊大到不行的告示牌寫著：

歡迎來到孤星之州

我深吸一口氣。一定要趕在天黑前進入新墨西哥。只要能平安無事通過潘漢德地區，我就沒事了，我可以一路順風前往加州。老頭子看出我的煩躁。

「車子抖得我都要暈車了。是因爲那姑娘，還是回到德州的關係？」他說。

我強作鎮定，瞄了他一眼。「抱歉，我剛差點揍了你。」

「花拳繡腿罷了。」他淡淡地說，看著路面。「回去好好練練。」

隨著深入潘漢德地區，我又開始感到焦慮，直到通過了一條荒蕪的馬路，我才放下心，大大地鬆了口氣，但這也再次引來老頭子的注意。

他打量我。「你家在這附近？」

我全身一僵。他又在逼我說謊，而他最討厭說謊的人。紅髮女已經騙得我團團轉，害得我差點對老頭子動手。我現在最不想做的，就是又一次對老頭子撒謊。我現在只想載著長頸鹿通過德州，並贏回老頭子的好感。

然而天不從人願，我們再一次在路途中遭遇狀況，這次居然在德州潘漢德地區遇到塞車！這簡直是前所未有的事。更怪的是，所有的車都停在一塊寫著「**塞溫德沖溝**」的牌子旁。兩台警車橫停在路中間，我剎那間以爲是家鄉警察要來抓我了，但站在馬路中的是公路巡警，他們攔下了所有要通行的車輛。

老頭子湊向前細看牌子。「我就知道會遇上這種事。這條西部公路去年才剛通車，但幾座蓋在枯溝上的橋還沒建造完，就像這裡。但應該不礙事，順著水泥路開過去就對了。」

我們把車開了過去，其中一名州警調整了一下自己的牛仔帽，走向我的車窗，長頸鹿伸出頭來探個究竟。

「什麼玩意……你們載著兩隻長頸鹿要上哪？前面一片荒蕪什麼也沒有。」

「聖地牙哥。」老頭子跳出來說：「我們趕時間，可以讓我們通過嗎？」

公路巡警立刻擺出執法面孔，雙手扣在槍帶上。「抱歉了，先生，你們得離開，我們必須封路，直到確定水流過不會有問題。」

我們倆同時望向乾枯的沖溝。「哪來的水？」老頭子說。

「往北一百英里處正在下暴雨，下了整整二十四個小時，河水都氾濫成災了，他們說是世紀暴雨。」巡警說。

「你剛說往北一百英里？」老頭子說。

「沒錯，先生。這幾年的沙塵暴導致表土都流失了，我們不知道豪雨會釀成什麼災害，往下走十英里還有三個沖溝，所以不得不先暫時封路。」

「離這裡有一百英里，應該還沒那麼快到達這裡吧？」老頭子說。

「到時就知道了，先生。」

老頭子看了眼乾涸的溝和清澈的天空，不死心地問：「我們必須繼續走，爲了讓長頸鹿活著，我們必須拚命趕路。」

巡警一手擱在我的窗戶上。「先生，我想你們不明白這個嚴重性。你們看過爆發的洪水嗎？水一瞬間湧上來，沖毀樹木、家畜和房子。你會沉到兩英尺深的水中，被洪水帶走。」

老頭子上下打量巡警。「眞的嗎？」

巡警回敬同樣的眼神。「眞的。」

「你親眼見過嗎？」老頭子問。

巡警直視他的目光。「我以前從沒看過沙塵暴，最後也碰上了。這塊土地有它自己的時序，再過去一點的大地，你會發現在高溫的照射下草木不生，萬物不活。你要是不相信，就是在賭自己的命。」他仰頭看著長頸鹿。「也是在賭這兩條珍貴的命。」他轉向我。「孩子，你載著這麼珍貴的貨物，我相信你不會有異議。先帶著這些特別的動物倒車，退回去一點吧。爲了安全起見，今晚不妨去牧爾舒過一夜。」

他後退幾步，雙手擱在槍帶上，等著我們乖乖聽話。

氣死我了，只差一步就可以離開德州。我眞想油門一踩強行闖關。除了我，沒人知道巡警口裡所謂的「退回去一點」，其實就是去往我家農場的那條荒野小路。

巡警說什麼也不肯通融，我苦澀地深吸口氣，轉動方向盤，繞過路邊的仙人掌和風滾草，多麼希望此刻輪胎能陷入土裡。我調轉車頭，朝向以爲一輩子都不用再回去的地方。

老頭子說話了。

「什麼？」我說。

「你看過嗎？」

我搖搖頭。

「我看那名巡警是被太陽曬昏頭了。」老頭子嘀咕。「要不然我們現在早就通過了。長頸鹿怎麼可能淹死在那麼淺的沖溝裡，就算路面淹水了，我們開著車照樣可以涉水而過。」他難掩氣憤。「再怎麼樣也不能回去牧爾舒，我記得一英里外好像有個破營地。」

我精神為之一振，連忙同意他的話。

我們把車駛進破舊不堪的汽車旅館，這個營地年久失修，我們之前經過的時候根本沒放心上。營區塞滿了滯留的旅人。老頭子姑且拿著錢包先下了車，我也跟著下車活動雙腳。只見他在營本部裡，從皮夾裡掏出一張又一張的鈔票遞給一個邋遢的男人，接著便快步返回車子。

「好，我們就在這待一晚。盡可能藏在那排快枯掉的牧豆樹後，寶貝們不會有興趣啃那幾棵樹，今晚得餵牠們吃乾草。不過，我現在不想待在這裡，我們等天黑再回來。裡頭有個拿錢不手軟的臭傢伙，待會兒肯定還會來更多人。我不打算讓寶貝們變成大家的餘興節目。先帶牠們多吹點風，我記得再過去一點的地方有間加油店，可以花點時間加油，在那裡買食物都比這家黑店便宜。」他說。

我掩不住慌了手腳，我知道他指的是什麼地方——方圓百里，只有我家農場附近有加油站，我居然得載著兩隻長頸鹿過去。

「怎麼啦？」老頭子說，注意到我不自在地扭動。「蠍子爬進褲子了嗎？」

我們花了幾分鐘找蠍子，我甚至假裝跳起來，脫掉自己的褲子。一無所獲後，老頭子說：「我們走吧。」

我頭冒冷汗，穿上褲子回到駕駛座上。

命運和機緣巧合常使人身不由己，有時不是你想放棄就可以放棄……沒關係，既然我在田納西州克服過一次，那就再來一次吧！一個十八歲的成年人怎麼可能別無選擇。我告訴自己，情況再糟，我仍有選擇的餘地——不曾想，有得選擇可能比沒得選擇更糟糕。

就這樣，我們開車上路了。過了幾英里路後，我們經過一條荒煙蔓草的柏油小路，那是一條我再熟悉不過的路，我堅決不去看它一眼。接著，加油站遠遠地出現，我感覺自己快嚇死了。「我們再開遠一點吧，這間加油店看起來怪怪的。」我說。

「我覺得還好，開過去吧！」他說。

我把車停在加油機旁。

「我留在車上。」我不假思索地說。

他看了我一眼，下車走進店時，加油站員工正好出來。他穿著工作服，依舊是那個萬年不變的缺牙傢伙。

我迅速壓低頭。

「先生，你的車上有長頸鹿耶！」他一邊加油一邊嚷嚷著。「你是替馬戲團載貨嗎？我喜歡看馬戲團，但上一次馬戲團來附近的阿馬里洛市表演是十幾年前的事，都過好久了。」他加完油，湊過來擦擋風玻璃，正要繼續講長頸鹿和馬戲團，結果定睛一看——他看到我了。

「嘿……」

我試圖將身體更往下縮。

「喔喔喔喔，你不是奈德．尼可的兒子嗎？住阿卡迪亞那個小區？」

就在這緊急之際，副駕駛座的門被打開，老頭子拎著一袋補給品上車，他屁股都還沒坐穩我就開車上路。我們再一次經過那條荒煙小路，之前我看都不看一眼，這次，我瞄向那塊老舊路牌：

阿卡迪亞↓

「有多遠？」老頭子問。

「什麼？」我咕噥道。

「你爸不是佃農——他是自耕農，對吧？這條路通往你家。」見我不發一語，他斜著頭。「停車一下。」

我把車開到路肩停下，我知道老頭子在等我的解釋，他的眼神流露出我從未見過的困惑。在這之前，他只知道我爸媽死了，我家農場被沙塵暴毀了。但他剛發現，車子路過已我家農場附近兩次，我卻隻字不提。

我還能怎麼辦，我大可以堅持說他聽錯了，編一堆天花亂墜的說詞，但紙終究包不住火，再加上紅髮女的前車之鑑，他會立刻把我壓到母親墳前逼我發誓。我能說什麼呢？我為了他和長頸鹿開槍射人，收了肥貓的錢被他人贓俱獲，今天早上又再次試圖揍他。

老頭子對我大發慈悲，我卻狠狠地辜負了他。他已經原諒我兩次，但就像媽常說的，只有上帝才會一直原諒你。我說服自己，或許爲了替長頸鹿爭取時間，他不管知道了什麼，都會留下我。也或許，他的決定參雜了私人感情，但你得更了解這個人的過去，才能放大膽猜測。所以我坐在那一動也不動，宛如一隻驚弓之鳥。

「看著我。」他喝道，受夠了我的吞吞吐吐。「是或不是？」

我別無選擇，只能投降。我點點頭。

「有多遠？」

「距離公路快兩英里。」我囁嚅道，望向農用道路。一覽無遺的平原，遠遠就能看到柏油小路盡頭有台軋棉機。

愈來愈多掉頭的車子從旁呼嘯而過，人群看到我們便開始按喇叭、吹口哨、發出惱人的喧嘩，惹得長頸鹿停止反芻。

「眞要命。」老頭子嘀咕，探頭看著那群人。「我們得離開公路，但也不能現在就回去那個擠滿人的爛地方。這附近有寶貝們可以吃的樹嗎？」

「幾乎沒有。」我含糊其辭地說。

老頭子皺起眉頭。「幾乎沒有，意思是至少還有一棵囉？」

我緩緩點頭。「如果還在的話。」我望向蔚藍天空。「警察說可能快下雨了……」

老頭子沉默良久，我不禁轉頭看他。「要是你不敢，就說啊。」他居然這麼對我說，哪個十八歲的少年會承認自己沒膽回家啊！我支吾其詞，久久無法回答。

「你是不是有事沒告訴我？」他眉頭深鎖。

這下好了，他認爲我有事隱瞞，他想得沒錯。

一台車停在我們後面，是綠色帕卡德車。說眞的，現在已經沒什麼可以嚇得倒我。不過，當時我挺希望紅髮女奧古絲塔只是走錯路。老頭子一看到側後照鏡，當場暴跳如雷。至少他的注意力不在我身上了。

「眞是陰魂不散！」他嘀咕。「懶得管她了，她想跟到聖地牙哥，那就跟吧，就讓她大失所望。」

我看著鏡中的她。她坐在車內，引擎空轉，八成在納悶我們爲何停在這裡。她會怎麼說服我們重新接納她——卻一點也不曉得在聖地牙哥等待她的會是什麼。

又有兩台車呼嘯而過，其中一台狂按喇叭，還回頭看了眼長頸鹿。長頸鹿開始搖頭晃腦。老頭子指著前方的農用小路。「聽著，孩子，得快點讓寶貝們離開公路，沒辦法，必須這樣。」

我沒有動作。最後我轉向老頭子，只有一句話好說：「我沒膽。」

一台卡車轟隆隆行駛而過，驚嚇到長頸鹿，整台車搖搖晃晃。老頭子扭頭查看狀況，再回頭時表情變了。他像變了個人似的，看著我的眼神彷彿我是另一個人。我發現他的底線就是長頸鹿。

「走！」他喝斥。

「可是你說……」

「開車，不然你下車，我自己去找那棵樹。你就去搭你那煩人女友的便車。我和長頸鹿不想再坐著枯等下去。」

聞言，我的膽子頓時一下子湧上來，我開始倒車，繞進那條我以爲再也不會踏上的老路。我看著側後照鏡，帕卡德車也跟上來了。紅髮女正隨著我回到我的惡夢中。

我避開路上的風滾草，柏油路面支離破碎，我告訴老頭子方向，祈禱他會改變主意。

老頭子打量路面，接著打量我。「那棵樹就在正前方對吧？這點距離可以的。」這時，老頭子注意到順著馬路蜿蜒的乾涸溝渠。「等等，那是條沖溝嗎？」

我看了一眼，潘漢德地區地勢平坦，大家管一點點隆起就叫山丘，一點點凹陷就是條溝。而他盯著看的凹陷，我從小看到大，沿著馬路延伸出去又繞回來。「不過是條溝。」我嘀咕。

「有水流過嗎？」

我搖搖頭。

他要的是肯定的答案。「從來沒有？」

「從來沒有。」

「停車。」他指示道。

我停好車，老頭子下了車，瞇起眼，踢了幾下沙土，然後返回車上。「老天，我在擔心個什麼勁啊？這麼淺的一條溝，土也夠硬，要是今天洪水暴漲就太離譜了。」

我們繼續往前開，長頸鹿嗅了嗅空氣，彷彿能聞到北方的雨氣。轉眼間，我們就開到了路的盡頭。右邊是廢棄的軋棉機，左邊和溝渠之間隔著一棟殘破的教堂，四周插滿木製十字架，滿滿都是墳墓。教堂前方一棵枝葉茂密的高大橡樹，庇蔭著不再需要庇蔭的地方，根部吸取著以松木箱埋葬的死者養分。

荒漠之中出現一顆綠意盎然的大樹，老頭子臉上有掩不住的笑意。而我則筆直地望向前方。路的盡頭有塊風化的「**阿卡迪亞路**」牌柱，柱上釘滿許多刻有名字的木板，四面八方指向周圍十幾條小路。放眼望去，每一條路都通往荒廢的穀倉和小屋，一眼望盡這片土地上的發生的事。最底下一塊路牌指向墓園後方小路，上面寫著——**尼可**。

一切似乎沒有變化，彷彿可以看見老媽正揮手邀請人來我家共度晚餐。

長頸鹿搖晃車子，我轉頭看見老頭子正在盯著我家的路牌。他正要說話，車子又開始晃動起來。我們探頭查看，車子停在柏油路邊緣，而長頸鹿已經伸長脖子要去啃樹葉，就像在山上一樣。那樣會害我們翻車。

「靠過去點。」說著，老頭子下了車。「地夠硬，撐得住車子。」

我把車子往外開了點，一半的車身露在馬路外，左側直接停在大樹底下。我爬上去打開天窗，長頸鹿開心地鳴叫，這是牠們今天第一次吃到綠葉午餐。我感到一陣暈眩，別開眼，目光落在家人沒有標記的墓碑上，一時天旋地轉，不得不閉上眼。再睜開眼時，紅髮女正趴在車窗上拍照，她的車停在我們車後不遠處。我也不能去看她。

因爲我知道接下來即將發生的事。

我緩緩下車，等待著。

老頭子看著往左的小路——那是「**尼可家**」路牌所指的方向。沿著溝渠走，不到一百英尺就是我爸荒蕪的農場，站在這裡便可一覽無遺。有一棟年久失修的穀倉，還有爸故障的T型車。但老頭子看的既不是穀倉也不是車，他瞇著眼看向燒焦的石砌壁爐，宛如一塊墓碑般矗立在一小塊焦黑的土地上。

他回頭看我，等待我的解釋。我知道自己百口莫辯，只能保持緘默。

老頭子看了我最後一眼，走向墓園，步過溝渠，逕直走向石砌壁爐。我別無他法，只能低著頭，熟門熟路地跟上去。經過穀倉時，我頭眼昏花到幾乎站不住腳。耳際蒼蠅的嗡嗡聲愈來愈大，我看著老頭子的目光落在地上生銹的步槍和手槍，接著走向石砌壁爐和灰燼堆、單人鐵床架和焦黑的爐灶。這就是全部了。

再來就是不遠處的矮墳頭，墓穴被掘開，裡頭都是被啃個精光的骨頭。

我感到天旋地轉。*禿鷹和郊狼終究還是找到了。*

老頭子轉過身。「告訴我，那些是動物骨頭。」

我沒有反應。

「**孩子！**」他必須大吼。「發生什麼事了？」

我可以拒絕回答，但他會窮追猛打，想搞清楚這段時間裡，他和長頸鹿朝夕相處的是什麼樣的人。我不怪他，畢竟我自己都認不清自己。

我可以全盤托出，但接下來決定權在他，他可以選擇要不要相信我說的故事，看是要讓我繼續前往加州，或是把我留在這個我當初死命逃離的地方。我相信如果當時不逃，我現在肯定已經沒命。我張口欲言的同時，回頭看了眼小子和丫頭。

然後看到了水。

我一時反應不過來。我從小到大沒見過那條溝渠裡有水，彷彿幻術一般，我說不會有水，結果水卻變了出來。一開始只是涓涓細流，接著愈來愈快，愈來愈猛。四面八方的水湧入沖溝。大地無情，完全顛覆掉一個黑色風暴孩子的人生經驗，滯留遠方的暴雷雨正在沖刷這片不堪一擊的潘漢德土地，巡警說的一點也沒錯。

洪水要來了。

老頭子站在我身旁，震驚到下巴都快掉下來。我倆面面相覷，再看向匯流成河的水勢，水順著溝渠蜿蜒流向教堂墓園的橡樹，長頸鹿正在那平靜地啃葉子。

洪水淹不到長頸鹿的高度。我試圖安慰自己。

「發生什麼事了？」紅髮女站在小路上朝我們大喊。「水從哪來的？怎麼沒有排水溝？」

「姑娘，妳以爲這裡是紐約嗎？」老頭子咆哮。「這裡是他媽的高地平原，該死的荒漠連水都沒有，哪來的排水溝！」我看著他氣急敗壞地比手畫腳，彷彿這樣就能逼退洪水。

我倏地開始行動。

沒時間思考了，要化解危機，能做的就是動起來。我記得自己直接衝向車子和墓園，從溝渠涉水而過時，水深已經來到腳踝。我聽見老頭子跟在後頭。我加快腳步，前方的長頸鹿仍在啃食著十字墓碑上方高到不行的葉子。我大喊著要紅髮女倒車回去遠離溝渠——我自己也得盡快把車和長頸鹿帶離這裡。

但我不記得自己是怎麼回到車上，回過神時，我已抓著方向盤。哪個潘漢德地區的人遇到洪水不會慌亂呢！情急之下，我倉皇啓動引擎，猛踩離合器，結果引擎進油了。都是我的錯，是我害來自伊甸園的偉大生物命在旦夕。罪魁禍首不是老頭子，是我。長頸鹿躲過海上颶風，卻被我帶入荒漠遇上洪水。我明明做了惡夢，夢到長頸鹿載浮載沉，卻沒能及時醒覺。

我猛催油門，直到引擎熄火才停下來。水漫出溝渠，流向墓園，長頸鹿嗅到危險，開始踱步噴氣，車子搖搖晃晃。巡警說過可能會淹死在兩英尺深的水裡。我的理智告訴我不可能，就算要死，也是死一個十八歲的笨蛋，不會是十二英尺高的長頸鹿。我倉皇下車，抬頭盯著長頸鹿，一隻手從後抓住我的手臂，將我轉過身去。

「聽我說！」老頭子一臉驚恐。「那裡不是馬路。」他指著車子左輪底下的土地。「車子太重了，水不危險，危險的是水瞬間湧上。如果水漫出溝渠，土地變軟，長頸鹿一慌，那麼車子就會……」他說不出那兩個字：翻覆。

「你要我怎麼做？」

「發動車子，開回到柏油路上，不到兩英尺遠。」

「引擎進油了。」我哀怨地說：「還有其他辦法嗎？」

他高舉雙手。「我不知道！我從來沒有帶長頸鹿到一個陽光普照卻洪水氾濫的地方！」

「關上天窗和窗戶？」我說。

「有什麼用？你以爲這是方舟啊。」

「讓牠們出來？」

「牠們不會出來——也來不及出來！」

「打開天窗和側門？」

「牠們會被沖出來，在掙扎站起來的時候受傷，到時丫頭就死定了。」

「那……那還能怎麼辦？」我結結巴巴。「一定有辦法！」

「馬路就在旁邊！」老頭子用盡全身力氣推車，車子文風不動，他沮喪地捶打引擎。「只要車子能動！」

刻不容緩，我索性先上車繼續發動。老頭子拿著洋蔥爬上去安撫長頸鹿，免得牠們弄倒了車子。

「快呀！快呀！」我懇求，不斷地發動還是沒有成功，於是趕緊先住手，免得電瓶沒電。我打開車門跳下車，用手去挖左側輪胎底下的地，地面還是乾硬的。我安慰自己，這應該可以撐得住長頸鹿，它必須撐住……不然還能怎麼辦？溝渠裡的水已經開始淹過來了。

洪水來襲。

一眨眼的工夫，水位上漲，漫出溝渠，淹向墓園。

水流以難以想像的速度淹過我腳下的馬路，一路奔騰流向紅髮女所在的彎路——只是她現在不在那裡了。她倒車回去，隔了一小段距離正在拍照，水已經漫延到她的腳下。

長頸鹿開始踢車子，嘩啦啦的湍急水聲蓋過老頭子的安撫聲。我回到駕駛座，試著再次發動車子，卻聽見電瓶無力的聲音。我只能放棄，深怕車子還沒發動，電瓶就先先沒電了。

我爬上去加入老頭子和長頸鹿，不斷地告訴自己：水會停的……水會停的……事與願違。

現在，我們能看到長頸鹿早就看到的場景——百英里之外，波濤洶湧的洪水夾帶殘磚破瓦朝我們奔騰而來。樹枝、石頭和爛泥混在沖刷而過的水裡撞擊車身。溝渠裡一棵連根拔起的樹憑空冒出，東撞西撞，被沖上岸後撞垮了原本就搖搖欲墜的教堂。我們除了尖叫，根本沒時間反應，而在漩渦之中的樹幹和教堂殘瓦圍繞著墓園橡樹打轉，撞上車身左側。老頭子掉了帽子，要不是我抓著他的背，他也差點一頭栽進去。

樹幹被強力水流堵在車邊，我們首要擔心的不是水有多深，或是水流有多強，而是車子有多重。正如老頭子擔心的，左側輪胎開始陷進土裡。

車身開始傾斜。

我們倉皇爬到另一側，呼喚小子和丫頭一起過來，但長頸鹿被洪水嚇壞了，隨著車子嚴重傾斜到幾乎翻覆，長頸鹿長長的喉嚨深處發出駭人的驚恐哀鳴。

潮濕的柏油路另一頭，紅髮女站在帕卡德車引擎蓋上目睹這一幕。我凝望著她，多希望下一刻永遠不會到來，多希望時間能就此暫停。

但時間不會停止。

下一刻……引擎運轉的聲音傳來。

帕卡德車朝我們直直駛來。

車速愈來愈快，車子在潮濕的路面打滑，水花四濺，接著筆直衝向我們。在即將撞上的最後一秒，紅髮女將方向盤猛然往左一轉，擋在左側車廂前。水浪拍打而來，她順勢將方向盤往右一打，帕卡德車寬大的車體頂住傾斜的車廂，穩穩地撐住我們，抵擋一波波湧浪的衝擊。

等我意識到情況，紅髮女正鑽出車窗，在一波強浪來襲之際，及時爬上車頂加入我們。時間分秒流逝，我們度日如年，只能眼巴巴看著卻一籌莫展，心想車廂能不能挺住，帕卡德車能不能撐住，長頸鹿站不站得住。盡量不去想泥沙、不去想泥土，不去想河水將如何沖刷出高山。

水來得急，去得也快。

殘磚斷瓦停留在了地面，水聲終於平息。我們呆坐在原地，四周鴉雀無聲，陽光燦爛。我們看看長頸鹿，ㄚ頭在那邊嗅來嗅去，小子則打了個噴嚏。我們遠眺彎曲的墓園橡樹，放眼望去，十字架散落各處。

我感覺又經歷了一次颶風侵襲的恐懼，驚魂未定。回過神時，我發現自己正抓著紅髮女，老頭子則抓著我們兩個。我們同時鬆手，彼此拉出一點距離，三人不約而同看向卡住的帕卡德車，水從每道車門嘩啦啦流淌出來。

這時，紅髮女才想起她把某樣東西留在車上了。

她哀號一聲，跌跌撞撞往下爬、扳開車門，拉出濕淋淋的相機袋——相機、底片、快拆底座全掉到泥地上。她跪倒在泥地上，雙手掩面。

我小心翼翼爬下車。相較於浸水的底片和高級相機，不知道泡水的車會不會比較有機會活過來。我踩著泥巴走過去撿起底片，聽到裡面搖晃的水聲。這下慘了。我識相地留她一人獨處。

老頭子也爬下車。回頭看著長頸鹿。長頸鹿垂著頭，底下亂七八糟堆了木頭、金屬和泥巴。車子偏了一邊，但長頸鹿顯得不慌不忙，似乎是意識到危險已經遠離。

我蹲坐下來扒開其中一顆輪胎附近的泥巴，挖了三英吋，底下是乾硬的。如果車子能發動，車身轉正，我們一定可以脫離泥地。

同時間，老頭子扳開丫頭的活板門，查看丫頭血跡斑斑的繃帶。傷口只有一點擦傷，他摸著繃帶好一會兒，如釋重負地嘆了口氣。

我打開引擎蓋檢查引擎，引擎是乾的。我摸著引擎，同樣鬆了一大口氣。

紅髮女呆坐在帕卡德車旁，盯著濕淋淋的相機和底片。老頭子去找他的帽子了，我靠過去，等著她抬頭看我，但她沒有。我繞過她，仔細查看泥濘的輪胎和扭曲的輪軸，努力撐開受到嚴重撞擊的引擎蓋，帕卡德車的引擎都濕透了。我姑且嘗試發動車子，但毫無反應。相較於我的車是進油而非進水、時間夠久就能發動，帕卡德車是完全沒救了。

我拔出鑰匙，在車內尋找行李箱，找來找去卻只有那件她之前穿在身上的男款風衣，風衣口袋裡塞了梳子、牙刷、一塊包起來的香皂，以及她的筆記本。我打開本子，本子裡的記事大部分以鋼筆書寫，泡過水後，字跡暈開成一行行的藍色筆墨，唯獨最後一頁還可辨讀。那是她很久以前用鉛筆寫下的。

死前要做的事
- 想見的人：
瑪格麗特、伯克—懷特
愛蜜莉亞、艾爾哈特
愛蓮娜、羅斯福
貝兒、班奇利
- ~~摸長頸鹿~~
- 從非洲開始環遊世界
- 說法語
- ~~學開車~~
- 有個女兒
- 拍攝的照片刊登在《生活》雜誌上
- 報答伍迪

我盯著多出來的一行——是我。另外還有被劃掉的那些，我想起她在大佬家心臟病發的模樣，這下我知道這份清單不是寫好玩的。如果有筆，我會毫不猶豫劃掉最後一項。我把本子塞回風衣口袋，摺好風衣，轉向坐在泥地裡的紅髮女。我想說點話，卻無從開口，於是將風衣放到駕駛室內，轉頭尋找老頭子的身影。他在兩百英尺外的沖溝裡找到卡在木十字架上濕淋淋的帽子，拿起來拍拍大腿試圖甩乾。

接著，我們花了很長一段時間到處收集板子墊在輪胎下方，板子夠了我們仍繼續撿，給車子和紅髮女多點時間恢復。太陽即將西下，我鼓起勇氣發動車子，第一次我踩得太大力，車子喀噠一聲熄火，我鬆開腳再試一次，車子喀噠喀噠了一次、兩次，終於起死回生。我精神爲之一振，迅速打到空檔持續熱車，以免又突然熄火。老頭子總算露出笑容。

但在離開之前，首先得把車身導正，脫離帕卡德車和樹幹，這意味著需要長頸鹿的幫忙。老頭子一手拿著洋蔥，爬上車廂右側，引誘長頸鹿來吃洋蔥。長頸鹿靠過去時，我朝紅髮女大喊要她離開，但她置若罔聞。我只好在換檔發車的同時，一邊小心紅髮女，一邊注意老頭子和長頸鹿。車子摩擦過帕卡德車，帕卡德車摩擦過樹幹，發出尖銳刺耳的聲音——車子終於脫離泥地，重新回到柏油路面。

老頭子拍拍長頸鹿，摸了摸牠們。長頸鹿挺直身軀，十分享受。他爬下車檢查損害程度，車子千瘡百孔，被樹幹撞出一條裂痕，但還可以上路。

「我們得出發了。」他說，瞄了一眼紅髮女。

引擎還在空轉，我下車走向紅髮女，她依舊一動也不動。我把壞掉的相機和底片塞進濕漉漉的袋子，連同風衣一起放在駕駛室裡，接著回頭找紅髮女。我拉起她的手，把鑰匙放進她的掌心。「走吧，長頸鹿還在車上。」我盡可能柔聲地說：「如果妳希望的話，我們可以找人來拖車，但現在妳必須跟我們一起走。」

她在我的撐扶之下站起身，緊握著鑰匙，看了最後一眼殘破的帕卡德車，將鑰匙從敞開的車窗扔進去，然後和我們一起上車。車子行駛在柏油路上，我和老頭子一路看著洪水肆虐過的大地，回到公路時，已經不見洪水的跡象。想必洪水已經順著沖溝一路向西湧向公路封閉點。

紅髮女悶不吭聲，始終盯著前方。我們開上公路，準備回到那間破爛的汽車營地，這時她說話了：「瓊斯先生，可以麻煩你載我到下一個城市的火車站嗎？」

我第一次看見萊利．瓊斯露出如此溫柔的神情。他答應了。

日落時分，車開進汽車營地。我們渾身濕透、模樣狼狽，車上還有兩隻長頸鹿。我們現在一點也沒有心情去結交新朋友，老頭子決定在開往枯萎的牧豆樹之前，先關上車廂窗戶，並祈禱長頸鹿已經累到只能乖乖聽話——牠們縮頭進去了。

小小的圓環車道上停滿所有你想像得到的車型——摩托車、拖車、轎車、拖板車。被莫名其妙困在這個地方過夜，幾乎所有人都早早上床就寢了。唯一碰到的只有和我們一起紮營在營區邊緣的幾個奧克移民家庭。老舊的T型車上是堆積如山的行李，一家人相擁圍坐在臨時搭建的營火旁。

老頭子跳下車，到營本部去撒更多錢買乾淨的毛巾和毯子。在此同時，我盡可能將車隱密地停在牧豆樹後方，打開天窗讓長頸鹿吃東西。當老頭子抱著一堆東西回來時，我跳下車抓了一條毛毯，轉身要遞給紅髮女。

但她已不見人影。

接下來，我們藉著夜色掩護照料長頸鹿，費了好一番工夫才打開被洪水沖到變形的活板門，之後花更大的勁才關得回去。但照顧牠們真是開心，尤其是老頭子想去換下丫頭血跡斑斑的繃帶時，我聽到丫頭踢了他一腳。「去給牠拿更多洋蔥來！」他氣呼呼地說：「老天，這一天簡直沒完沒了！」

見長頸鹿一如往常地反芻起來，我們決定一整晚就這樣開著天窗。在輪流回車上睡覺前，老頭子先一步去找營主談談帕卡德的車。他走過第一個營火時，我認出那是昨晚在印地安小屋露營地碰到的奧克移民。我還發現一件老頭子沒注意的事，紅髮女披著手作毯子，正和他們坐在一起。老奶奶讓紅髮女裹著毯子，拉起一條曬衣繩將她的衣服掛起來晾乾，陪她坐在火堆旁。我拿出濕答答的相機袋和摺疊好的風衣朝她們走過去。

老奶奶對我揮揮手。「親愛的，你沒事吧？」

我點點頭。「是的，女士。」

我輕手輕腳地落坐在紅髮女身邊，老奶奶笑盈盈地離去，留下我們兩個人。我把相機袋和風衣放在她腳邊，她沒有去碰，只是一個勁地盯著營火，臉色慘白，彷彿又吐了一回。

「老頭子在跟營主講帕卡德車的事。我們明天天亮前就離開，會先載妳到妳想去的地方。」

她一言不發，我思索著該說什麼才好。我想說些我和老頭子都難以啓齒的話，想謝謝她奮不顧身開著帕卡德車衝入洪水中，拯救長頸鹿和我們。我想說我很遺憾她的底片和夢想都付諸流水。

然而愚蠢的我仍有最想知道的一件事。她不顧一切走到這裡——對我們撒謊、不知檢點、違抗丈夫、遊走法律邊緣——我脫口而出：「爲什麼要這麼做？」

她投來一道冷冷的目光，幾乎可以把火結成冰。「你居然還敢問我？」

這一次，我識相地閉上嘴。

她嘆息了一聲，視線飄到長頸鹿身上。「我可以看看牠們嗎？」

老頭子在駕駛室裡呼呼大睡，就算他還醒著，我也不怕。她隨著我一同站起身，身上緊裹著毯子。我們來到車旁，她脫掉毯子，身上僅著內衣內褲就要往上爬。繼她的褲子之後，我再次大開眼界。我從沒看過我媽穿胸罩、半露大胸脯的模樣，遑論只穿著內褲。但紅髮女卻滿不在乎，如果不是考慮她的感受，我早就一把拉她入懷。這種心情對我來說也是第一次。

我協助她爬上天窗，抓了條毛巾墊在底下讓她坐著。丫頭靠過來，開心地嗅嗅她的內衣，小子也來湊熱鬧，親暱地貼在她的髮間。

往後多年，我不斷在心裡回味這一幕，箇中滋味數十年如一日，不曾改變。紅髮女傾身向前，蓬亂的鬈髮垂落臉側，任由長頸鹿咬嚙，而她那依戀不捨的模樣，彷彿正在對長頸鹿說謝謝……以及再見。

我不禁說道：「我們明天還會見面，並不是永別。」

她默默地伸手去摸了摸小子和丫頭，接著爬下車，披上毯子走回奧克移民家的火堆。

老奶奶坐到她身旁，遞給她一個錫杯。紅髮女喝了幾口，跟老婦人交談起來，隔著一段距離，我聽不到她們的說話聲，但我知道她在說什麼，她在告訴老奶奶今天的經歷，同時朝車子點點頭。我看著懷抱寶寶的婦女加入她們，紅髮女咳了幾聲，掀開毯子，就像之前對我那樣，她拉起奶奶的手放在自己的心臟上。老奶奶將手移到她的肚子上，紅髮女的目光迅速掃向一旁的寶寶。

就在這一刻，我明白老頭子的猜測是正確的。看她的表情，她也知道了。

13 進入新墨西哥州

為避人耳目，我們打算趁著天色未亮之前離開，途中再來照料長頸鹿。一切就緒，卻唯獨不見紅髮女人影。

「我找不到她……」我跑回車子，小小聲對老頭子說，以免吵醒其他人。「老奶奶說她衣服烘乾之後就走了。她的相機包還在，但到處找不到她的人。」

「也許她改變心意，想留下來等帕卡德車拖過來。」老頭子爬上副駕駛座。「也有可能她找到其他幫手。這也不能怪她，對吧？我猜她不想被人找到，最好別去管她。」他指著天窗。「去關上吧！」

「我們不能丟下她離開。」

他手肘撐在車窗上，嘆道：「她不在這裡，我們得走了，想想寶貝們。」

我只能默默關上天窗，一片漆黑之中，長頸鹿絲毫沒有警覺。我回到地面，最後一次掃視整個營區，然後坐回駕駛座緩緩駛離，不時回頭望了幾眼，直到再也看不到營區。我不敢相信這次眞的是永別了。感覺很不眞實，彷彿昨天還沒眞正結束，新的一天卻已逕自開始。唯一確定的是，無論我怎麼找，側後照鏡裡再也不會出現那台綠色帕卡德車。

破曉時分，我們沿著公路經過了三處沖溝，跟巡警說的一模一樣。我們得用低速檔通過沖溝，這裡的災情比我家農場還要嚴重。

工作人員清除掉車道上的障礙，但到處都是積水，車子經過時還會激起水花。明明行駛在公路上，卻一點也沒有比較輕鬆。車子顛簸地行駛過沖溝時，我必須努力保持車身平穩，但最後一個沖溝格外崎嶇不平，關在車廂裡的長頸鹿撞來撞去，車身晃得厲害。

「要停車嗎？」我問老頭子。

他搖搖頭。「一口氣通過吧！」

過了邊界，終於離開德州。

我們又開了一英里，進入新墨西哥草木稀疏的荒漠山丘。太陽高高升起，我們其實該找個地方停車照顧長頸鹿才對，但我心不在焉，滿腦子都是紅髮女、洪水和農場。老頭子大概也是相同的心思，他看著我說：「我覺得我有必要知道你家農場發生過的事。」

我望向路邊一棵約書亞樹，新綠的枝椏朝天伸展。我無路可退，這一次，沒有洪水來救我。

打從跑去投靠庫茲的那一天起，我便一直在心裡編織謊言，哪怕逃到天涯海角，都難保哪天會被找到。然而，經過洪水洗禮、一心只想跟長頸鹿在一起的現在，我要看著牠們平安抵達加州，更勝於替自己找到安身之地。

我不知該怎麼做才能讓自己有辦法繼續開車——說謊話還是說實話。一個人能承受的負擔有限，久了終究得放下，尤其我才十八歲。

我深吸一口氣，緊抓著方向盤，對老頭子全盤托出。

「我們那時想將我媽下葬在教堂墓園，現場只有我和我爸，要將她埋在我死去的妹妹旁邊……」

我告訴他，我們沒有錢辦眞正的喪禮，反正也不會有人出席，阿卡迪亞的居民一半死在肺塵病，另一半跟著軋棉工人跑了，那個軋棉工人還是小教堂唯一稱得上是牧師的人。媽病重時，我也想離開，但我們從沒走成。家中一貧如洗，我們只能擁抱著她道別，爸拆下穀倉的木板做成棺材。家裡的卡車又壞了，我們計劃用母馬拉車的方式，把媽運往墓園。我們把媽放入棺材，搬上馬車，穿上最體面的衣服，然後爸就去牽母馬。

爸遲遲沒有回來，我跑去找他。在穀倉的另一邊，我發現他站在倒地的母馬旁邊。去年沙塵暴來襲時，最後一批作物枯萎，牛隻死亡，所有的豬仔雞隻都吃光了，牠是我們僅存的一隻動物。我猜牠也死了。

我靠過去，卻發現母馬瞪大了眼睛朝上盯著我。那感覺糟透了，我知道牠就快死了，但牠自己卻不知道。

就在這時，我看見爸手中的步槍。他遞給我，要我結束牠的痛苦，因爲我必須學習死亡是生命的一部分。他的語氣不容商量，沒有反駁的餘地。

但我沒有接下步槍。

我盯著馬兒驚恐痛苦的眼睛，我知道該做，但我下不了手。打從我呱呱墜地，這匹老母馬就一直在我身邊；長大後，我跟牠說話、照顧牠、帶牠耕種，我這一生悲慘窮苦，牠是唯一一隻陪我長大的動物。這一刻，我清楚知道，除了媽，牠是唯一我愛過的生命體。牠活在我的整個人生中，我不能成爲奪走牠生命的那個人。就算是出於憐憫也不行！

我壓抑對爸大吼的衝動，他絕不容許我忤逆他，我沒少挨過皮帶的抽打。但這次我豁出去了，我不怕打也不怕罵，我站著不動。他硬是把步槍塞到我手中。

「你也該承擔責任了。」他說。我注意到他冰冷的眼裡沒有一絲憤怒、惶恐或悲傷，彷彿僅存的一點憐憫之情也跟著媽死去。我很快就能得到印證。

「動手！」他咆哮。

我不能。

他快步走向家裡，再回來時，手裡多了一把一戰時的手槍，走來途中裝塡了子彈。「動手！」他闔上槍管，揮舞著左輪手槍，逕直朝我走來。「現在就動手！」

令我害怕的不是那把左輪手槍，是爸抓狂的眼神讓我背脊發寒。我舉起手中的步槍對準他，逼迫他放下手中的槍。但他沒有，彷彿對準他的不過是把玩具，彷彿算準我不敢開槍。他高舉手槍朝我逼近，惡狠狠地瞪著我，我幾乎不能呼吸。

「不過就是隻畜生！」他咆哮，逼近到能一手打掉我的步槍。「你已經不是三歲小孩，該當個男子漢了！」槍口抵著我的脖子，他猛推了我一把，強迫我把槍口對準母馬的頭。母馬驚恐的眼睛直勾勾地望著我。「動手！否則我對天發誓，我會殺了你……膽小懦弱又沒用的傢伙，不配當我兒子！」

我開槍了。子彈貫穿牠的腦袋，牠抖動了一下，接著癱軟不動，血噴濺到我的臉和靴子上，空洞的大眼仍盯著我。我像個嬰兒般號啕大哭，感到噁心想吐。我恨爸逼我開槍射我的馬，我恨上帝把憐憫變得如此可憎。

爸在說話，手槍微微低垂，他這次總該替我們兩個找條活路了吧！是時候放下一切，跟其他人一樣去加州，而不是留下來等死。

然而，他帶著微微顫抖的聲音，說出我無法忍受的話。「很好，把牠拖到穀倉去，剝了皮可以拿去賣，曬乾的肉夠我們撐到新作物收成。感覺就快下雨了。」

我頓時忍無可忍，把槍口對準他。他就是不肯走，鐵了心留下來讓肺部積滿沙塵，步上媽和妹的後塵，還妄想把我一起拖下水。

我擋在母馬前面，輪到我大吼大叫。「我不會剝牠的皮，也不會吃牠的肉，你也別想，我會殺了你！」

爸瞪著我，懦弱的兒子有生以來第一次頂撞他。他放下槍。如果我也放下槍，收斂起怒火，這件事就會到此爲止。我會被狠狠訓誡一頓，繼續過悲慘的生活，沒人能拉我們一把。我們只能這麼做，無論是他還是我，都沒有改變悲慘命運的勇氣和氣魄。

但我沒有將槍放下。

我不斷說些激怒他的話。「如果我是男子漢，我就一槍斃了你！」我揮舞著手中的武器，大聲咆哮：「如果我是男子漢，那你就不是，否則你也會一槍斃了媽，結束她的痛苦！」我激動地喋喋不休。「如果我是男子漢，那你就不是，否則你會一槍斃了自己，結束我的痛苦——」

看著爸眼中的暴戾消失，我自己的怒火也隨之平息。然而，他眼中閃現的懾人目光讓我更加不寒而慄。他舉起手槍對著我，我看見他的手指正在扣下扳機。我跌跌撞撞地倒退，高舉步槍，難以置信地瞪著那根扣住扳機的手指。時間彷彿靜止了。我的槍管對準爸扣扳機的手指。雖然才剛撂下狠話，但我不可能真的對爸開槍——同樣的，我也不相信他會對我開槍。然而現實是，我們兩個早已心如槁木的人，正在持槍對峙。

這時我才意識到一件事……我十七歲了，可以不用跟他一起留下來。

我可以離開，我要離開。

我不要留下來陪他等死，我要活下去。

我一步步後退，垂下拿槍的手轉身要走，接著，我聽見扳動擊錘的聲音。一轉身，只見子彈出膛，劃過我的臉頰，留下一道火燙的傷痕。我聽見自己手中的步槍開火的聲音，看見爸的肩膀被子彈擊中的力道推向後……

——兩個心如槁木的人在對彼此開槍。

我兩腳癱軟，鬆開步槍。

爸似乎沒感覺到肩膀的子彈，他垂下拿槍的手。

接著抵住自己的下巴。

開槍。

我踉蹌後退，身上噴濺到新的血跡，腳邊有兩具屍體。我難以呼吸，吐了一地，沾滿血跡的靴子混入我的嘔吐物。我滿腦子只有一個念頭——

我把爸逼到舉槍自盡。

直到另一個想法浮起——

我很有可能自己開槍。如果不是他搶先一步，我在盛怒之下也會開槍。我會開槍，是因爲他逼我射殺母馬；我會開槍，是因爲他害死媽和妹妹；我會開槍，是因爲他想要逼我留下。我很清楚這一點。

「……我很有可能自己開槍。」我對老頭子說，將方向盤握得死緊。

我再也說不下去，過了一會兒，老頭子開口說話，語氣就像他對長頸鹿那樣溫柔。

「孩子。」一聽到他喊我孩子，我瞬間繃緊神經。「你得說完。」

我放鬆下來，鼓起勇氣接著說：「嚴重的沙塵導致空氣中充滿靜電，宛如黑魔法般，星星之火可以燎原，要是不趕緊踩熄出現在眼前的銀藍色火花，隨時都會引發熊熊大火。所以，開槍一定會引起火災。」

我停住，語帶保留。開槍的確會引起火災，但不是你來我往的槍戰導致火災，而是我後來開的槍。當時我後退幾步，雙腳離開血跡和嘔吐物，開始朝房子狂射。步槍的子彈沒了，我改撿起爸的手槍繼續掃射，子彈沒了，我仍嘶吼著繼續喀喀喀按個不停，我彷彿身處地獄，銀藍色火花滿天狂舞……最後點燃了木板，火勢變得一發不可收拾，整棟房子陷入火海。

我刻意省略掉這一段沒告訴他，教友們會說藉由掩飾來說謊是一種罪愆，但我實在不希望老頭子知道我心中埋藏的瘋狂。

我輕描淡寫地說：「到處是易燃物，沒辦法救火，也沒救的價値。」我告訴他，我跪在地上，看著熊熊大火吞沒自己的家，直到火焰停熄，我才得以重新站起身，從穀倉搬出更多松木板，做了另一副棺材，把爸和媽的棺材擺在一起，自己拉著拖車前往墓園，將他們和妹妹葬在一塊。我在墓園坐了一整夜，天亮後，我步履蹣跚地走回媽媽枯萎的花園，挖出她埋在土裡的密封罐，拿出罐裡的錢幣準備亡命天涯。

但在那之前，我得先挖掘另一個墓穴，盡可能安葬好母馬。「我不要牠被任何人吃掉——誰都不行。」我說：「禿鷲和郊狼也別想。」

結果牠們還是找到了牠。

故事告一段落，我重新被挑起的情緒卻難以平復，怒火彷彿就快將我吞沒。我必須冷靜，但我做不到。車子顚簸了一下，我放慢車速，集中精神換檔、開車，不讓自己有機會胡思亂想，最後，終於鼓足勇氣看向老頭子。

他把帽子往後推，手肘撐在敞開的窗框上，眼睛直視前方，始終不發一語。當他再開口時，聲音宛若喃喃自語。

「你表現出對動物的關心，人們只會用異樣的眼光看你。有人會說動物沒有靈魂，不懂好壞，比人類低等，但我不這麼認爲，有時我甚至覺得這些話該由動物來說才對。動物能撕裂你的心臟、咬斷你的四肢，牠們光靠本能就可以殺了你又若無其事地走開。但至少和動物相處有一定的原則，你可以知道打破原則的下場，你卻永遠摸不透人。你以爲的好不是好，你以爲的壞不是壞。」他收回撐在窗框上的手，揉揉扭曲變形的手。「所以就算被動物殺了，我也永遠站在動物這一邊，也許眞會有那一天吧！」

他不再說話，我等著他告訴我那隻手的故事，或是澄清帕西瓦里．鮑爾斯對他的指控。我很想聽聽他的故事來得到自我救贖。但他重新將手撐在窗框上，陷入沉默，我知道這時最好不要打擾他。我死死抓著方向盤，忐忑不安地問：「你要報警嗎？」

他瞄了我一眼。「眼下還得送長頸鹿去聖地牙哥，我爲啥要報警！」

「因爲我逼我爸自殺。」

「你沒有，那是他自找的。」

「可是我開槍了，我很有可能殺了他。」

「你故意射偏。」

「什麼？」

「你在田納西時不是說了嗎？你是故意射偏的，如果你有心射殺他，他早就死了。」老頭子言盡於此，看向前方接著說：「這是你的第一個故事，但是不是全部的故事得由你自己決定。」

車子突如其來的顚簸打斷他接下來要說的話，輪胎像是被彈離地面一般，而同樣的情況又發生了一次，這次，我們兩個都被彈離座位。我們不約而同地看向背後的車廂。

「那裡，開過去！」老頭子指示。

前方有一塊歷經風吹雨淋的招牌。

考特小店

加油、飲水、食物

來看沙漠動物

那間店離馬路有一段距離，我們彼此心事重重，誰都沒多注意店面兩眼，直到靠近了，才發現是家殘破不堪的店。除了一座架高的儲水槽，房子本身已搖搖欲墜，屋頂還垮了一半。我把車開向加油機，看得出兩台機器年久失修，所以我直直開了過去，然後停車。

「我不喜歡這裡，檢查一下長頸鹿的狀況後就走吧。」老頭子說。

長頸鹿從窗戶探出頭，隨即又縮回去，發出我從沒聽過的聲音，其中一隻更像是要踢破活板門似的，車廂搖得厲害。

我趕緊跑過去要扳開變形的活板門，途中回頭看向遠處那棟殘破的屋子，當下立刻傻眼。

有一隻熊、一隻山獅、一隻浣熊和數條響尾蛇。

全被關在籠子裡。

曝曬在毒辣的太陽底下。

「哈囉，客人們！」一個高亢的聲音從籠後傳出，接著走出一個矮小多毛的怪老人。他滿臉皺紋，其中一眼白濁，另一眼沒直視我們。「歡迎來到考特小店。」他一邊說一邊撿起木棍戳戳動物們。

「住手！」老頭子大喊。

「要讓你們看看牠們的表演啊！」白眼老人戳個不停。「我這裡可是好久都沒人上門了。」

「你這樣會害死牠們。」老頭子指著烈日下的籠子。

「是喔？你怎麼知道？」

「我在眞正的動物園裡工作！」老頭子開門見山地說。他瞄了一眼車廂，收起怒氣，拿出錢包。「我們只須要照料一下長頸鹿，這是賠償你的不便，我們馬上就走。」

「哈哈哈，我就知道！」老人聒噪地說著，衝上來拿錢。「一看到你們的車，我就告訴自己車上一定載了長頸鹿。但我得先確認才能說，免得你們以爲我是瘋子。等等。」

他返回屋內。

我想起惡夢裡的其他內容，忙不迭跑回車上去拿槍時，老人已帶著一把獵槍走了出來。

「別動。」老人把槍管對準我。他跑過來，取下我們槍架上的步槍和獵槍，一把扔向遠方的矮樹叢，手槍掠過樹叢，掉到馬路上。

「你有毛病嗎？」老頭子咆哮。「我才剛給了你錢還不夠嗎？你還想要什麼？」

「你覺得呢？動物園先生。」考特聲色俱厲地說：「我要長頸鹿。不過，我是個講理的人，你有兩隻，我只要一隻就好，皆大歡喜。」

老頭子惡狠狠地看了那個卑鄙小人一眼。「我一隻都不會給！你敢開槍，就等著被吊死！」

考特臉上那陰險的笑容，至今回想起來仍讓我寒毛直豎。他居然說：「一點也沒錯，但長頸鹿是隻動物，沒有人會因爲我開槍射隻動物而吊死我。先生，要是你拒絕，我就射死一隻，拿去餵我的動物。」說著，那個瘋子用力敲打車廂，引來兩隻長頸鹿再次伸出頭，槍管轉而瞄準牠們。「砰！」他大喊：「砰！砰！」

老頭子恨不得扭掉他的頭，老人也知道，他把槍對準老頭子。「是時候先做個示範了。」他邊說，邊退回到成排的籠子旁，一槍射死浣熊，浣熊頓時肚破腸流。

「天殺的！」老頭子咆哮。

老人瞇起眼。「我這一輩子離經叛道，但今天上天對我這麼好，我可不能忍許有人在我的地盤褻瀆上帝。你最好說話小心點。那邊那個脖子上有惡魔印記的年輕人也一樣。」他拿槍比劃著我的胎記。「我要一隻，給你一分鐘決定是哪一隻。」

「等等——」老頭子哀求。

「先生，我可以這樣幹一整天，無所謂。」老人打開裝滿長耳大野兔的籠子，抓住其中一隻的頸背，拎出來扔進山獅的籠子裡。我怒火中燒，很清楚接下來會聽到什麼聲音。

果不其然，沒有馬上斷氣的兔子發出猶如嬰兒般的慘叫聲。爲了不聽到瀕死動物的哀嚎，我十歲就成了神槍手。現在山獅撕裂活生生的兔子，牙齒咬出血淋淋的腸子，兔子的慘叫聲劃破空氣，不絕於耳。我抓狂了。對老頭子傾訴完後一度收斂的心性再次崩潰，我一個箭步衝向老人，下一刻，卻臉朝下撲倒在地。老頭子及時絆我一腳，免得我被老人轟成馬蜂窩。在老頭子的怒目之中，我站起身，耳邊只有考特的嘲笑聲。

接著，隱隱約約傳來一個虛弱的聲音。

「不要開槍……」一道嗚咽聲從車廂裡傳出來。

「女人？」老人轉身。「車廂裡有女人？打開！」

我打開小子車廂的活板門。紅髮女正躲在長頸鹿的腳下。

老頭子不禁哀號。

考特笑得更大聲了。「你藏了個女人在後面！我老早就想這麼做了！」

紅髮女爬出車廂，拍掉臉上的稻草，老人心懷不軌地湊上前。「既然你把她都訓練好了，那就把她和長頸鹿都給我好了。」他拿著槍管在她的雙峰上畫圈。

紅髮女推開槍管正要走向我們，他卻拿槍抵住她，繼續用槍挑逗著。

我眼睜睜看著一切卻無能爲力，滿腔怒火直逼我開槍射爸的那天早上。兔子的慘叫聲觸發了我的情緒，我寧可挨子彈，也要把這人打個稀巴爛。他現在居然還敢用槍猥褻紅髮女，我再次瀕臨失控。

老頭子肯定從我的表情看了出來，他突然站出來大聲說：「孩子，我們得告訴他才行。」他對我使了個眼色，轉向老人，指著丫頭。「這隻受傷了。」

「我才不要一隻受傷的長頸鹿，讓我看看。」

紅髮女乘機躲到一旁，老頭子拉開丫頭的活板門，往後退了開來。活板門的高度只到老頭子和我的肩膀，但老人的頭正對敞開的門，離丫頭蠢蠢欲動的前腳只有咫尺之遙。

「看到沒？」老頭子哄騙考特。「是後腳，你得靠近點看。」

老人手中的槍仍瞄準老頭子，他自己探頭進去，就像小混混出現那晚的厄爾一樣。他的臉就快接近丫頭的攻擊範圍——但突然間，他又把頭縮了出來。「牠會踢人對吧？你是想看我被踢吧？」

老頭子臉不紅氣不喘地說：「動物不用前腳踢人，這是常識。」

「也對。」考特再次探頭進去。

老頭子和我屏息以待，等著他湊過去後，丫頭一腳踢飛他，拯救大家。

他靠近了。

但丫頭沒有踢。牠睜著一雙大眼俯瞰我們，踱步噴氣，左搖右晃。

就是不踢人。

考特縮頭出來。「給我等一下，你會這麼好心告訴我？該不會是耍我吧？說是這隻受傷，其實眞正受傷的是另一隻。也有可能你故意告訴我這隻受傷，好讓我以爲是另一隻，但眞正受傷的確實是這一隻，另一隻沒有。幹得好。」他把槍口對準我。「我要看另一隻。」

老頭子幾乎不看我一眼，我倆心照不宣，最好的機會沒了，小子從不踢人。

眼見情勢不妙，我沒辦法坐視不管。我捱過了颶風、高山、熊、肥貓和洪水，甚至揭露自己最黑暗的過去，最後不能是這樣的結局。考特探頭進小子的車廂，我分明看到他手中的槍朝上對準小子，但這並未阻止我，我才十八歲，一旦被憤怒衝昏了頭，根本不管三七二十一。

我衝向那把槍。

我奮力抵住那個矮冬瓜，一手抓著槍管，一手扣住他的手，自以為可以奪過那把槍。

然而沒有成功。

矮冬瓜沒有一百磅重，但反抗得猶如惡魔附身。我的肩膀卡在門口，老人的頭仍在門內，槍口對準小子。我連忙回頭尋求幫手，但老頭子跑去撿武器，紅髮女則不在我的視線範圍內。車廂嚴重搖晃，我只能死命制住老人手中的槍。長頸鹿驚恐地撞擊車廂牆面，猛踢裂開的木板，抬起前腳……最終，小子從喉嚨深處發出驚恐的悲鳴。

紅髮女聽到聲音，立刻做出驚人之舉。

她也衝向那把槍。

她趁隙抓住短槍管末端用力扯，要把對準小子的槍口轉移開來。三人你拉我扯糾纏在一起，在搖晃的車廂裡左碰右撞。突然間，考特的槍口不再對準小子——而是紅髮女。老人一個轉身，順勢將槍口抵住紅髮女的肋骨。

全身血液上衝到我的腦袋，只要他一扣扳機，紅髮女就死定了。在當時的年代，在一個鳥不生蛋的地方，沒有人受到那樣的槍傷還能活得下來。她想跑也跑不掉，子彈瞬間就能擊中她。若紅髮女死於非命，這個代價我絕對承受不起。

她和我目光交會，她也知道。

同一時間，長頸鹿彷彿心領神會般動起來了。小子和丫頭同時抬起前腳，用力猛踹車廂，紅髮女一時重心不穩，伴隨一聲尖叫，往車下掉落。

聽到紅髮女的慘叫，小子做出讓人難以置信的事。

牠居然踢人了。

砰的一聲——牠的腳蹄正中考特的頭顱。

槍枝走火，劃過空氣。

壞蛋倒臥在地，一隻耳朵汩汩淌血。我呆愣在一旁，雙手緊抓槍枝。

老頭子手舉步槍跑了過來。「你們這兩個笨蛋！」他上氣不接下氣地說：「多虧有長頸鹿救了你們！」

看著紅髮女站起身，我想起剛發生的事，不禁打了個冷顫。我低頭看著一動也不動的考特。

「他死了嗎？」我咕噥道。

老頭子掰開我的手，拿走老人的槍。「不知道，誰管他。」

這時傳出水聲。子彈擊中架高的儲水槽，水從彈孔噴發而出。老頭子皺眉看著正在流光的水槽，臉上沒有一絲詫異。

「你要報警嗎？」我一天之內問了第二次。

老頭子轉身瞪著我的神情，彷彿我燒壞了腦袋。「你想留下來跟當地執法人員套關係是嘛？」他喝道：「寶貝們怎麼辦？你考慮過牠們嗎？你覺得他們會怎麼處置小子？牠踢死一個瘋子救了我們又怎樣，牠只是隻動物，而那混蛋是人。我們會被困在這裡好幾個星期。不用警方強制下令，兩隻長頸鹿也死定了。不行！現在就得送牠們去聖地牙哥！現在就走。」他把兩支槍放在引擎蓋上，伸手從窗戶內取出帽子，踱步離開。

「你去哪？」我大喊。

「還有一件事要做！」

他戴上帽子，從路邊樹叢裡撿回獵槍，快步經過我們，一一打開籠子。長耳大野兔和熊頭也不回地跑向山丘。響尾蛇們一溜煙地滑走。山獅就不同了，牠剛飽餐完一頓兔子大餐，舔著鬍鬚上的血，冷冷地看著老頭子，打量一番後便從籠裡跳了出來。老頭子對空鳴槍，山獅迅速跑進樹叢裡。

「走吧！」他朝我們走來。

我盯著考特癱軟的身體。「萬一山獅又回來了呢？」

「回來就回來。」老頭子氣呼呼地說，接著一轉念，拖著老人其中一隻腳，我則拉起另一隻。但老頭子沒有要把人拖到房子裡的意思，我們合力把他塞進熊籠中，一旁還有熊喝到一半的水桶，然後關上門。

「快走吧，不然我會把浣熊屍體丟進去陪他。」老頭子說著並快步走向車子。

「要是他還活著，他會自己想辦法出來，萬一死了，就爛在裡面。他不配給動物當晚餐。」

長頸鹿兀自不停地踱步噴氣，老頭子把槍放回槍架上，老人的短獵槍則被扔進樹叢裡，接著我們全部上了車，紅髮女坐在正中間。車子往公路駛去，背後的水槽流出的水形成了一處泥巴坑，正前方仍是那塊「**來看沙漠動物**」的牌子。我直直開過去撞飛牌子，接著一轉彎，開上往西的道路。

接下來兩英里，我換檔的手老是不小心碰到紅髮女的腳，我不停喃喃地說著：「抱歉。」

我感到無比沉重，身體不聽腦袋指揮，而且不是只有我，紅髮女也雙手顫抖，不停地抽動鼻子，眼淚潰堤。

「停車。」她請求。「拜託停車——」

前方就是一處滿天風沙的休息站，裡面只有幾張石桌椅，可以俯瞰一小塊裸露的礦脈。我立即開過去停好車，讓出路給她。紅髮女跌跌撞撞走向石桌，隨及痛哭失聲。老頭子別過頭，我卻移不開目光，一直看著她，直到她用手梳理頭髮，停止哭泣。我覺得自己也快哭出來了。

我們試著給長頸鹿喝水，但牠們不肯。於是老頭子爬上去打開天窗安撫，我也跟著上去撫摸牠們。我靠著長頸鹿，努力穩住身體，同時設法平復情緒。死裡逃生的此刻，仍然餘悸猶存，就算現在天塌下來也無所謂了。

「結束了嗎？」我喃喃道，回頭望著來時路。「沒事了吧？」

「誰知道哪個時候才是個頭？」老頭子的聲音微微顫抖，洩露了他內心的恐懼。「你走得到結局都算好運了，如果這是我們的結局，那還眞是他媽的好。」

我們不斷輕撫長頸鹿，溫言暖語跟牠們說話，兩隻長頸鹿總算放下戒心，丫頭不再踱步，小子噴了一大口氣，緩緩躺下來休息。

老頭子和我這才慢慢爬下車，坐在紅髮女身旁，跟長頸鹿一樣稍作休息。

美聯社

Associated Press Wire Service

……聖路易斯郵報
舊金山公報
聖荷西先驅報
雪城後標準報
聖查爾斯週報
聖約瑟夫新聞報
水牛城速遞快報
拉法葉通訊報
沃特伯里共和報
普羅維登斯日報
洛杉磯汽車新聞
道奇堡通訊報
堪薩斯城星報
巴爾的摩美國人報
大急流通訊社
薩克拉曼多聯邦報
哈特福德．庫蘭特日報
埃爾森特羅郵報
華盛頓星報
底特律新聞報
阿馬里洛全球報……

長頸鹿橫渡大陸之旅
帶給民眾療癒與歡樂

〔十月十四日美聯社特稿〕
歐洲烽火連天，戰情低迷，兩隻來自英屬東非的長頸鹿起了振奮人心的效果。牠們搭乘特製的搬運車前往聖地牙哥，所到之處無不給當地民眾和旅客帶來驚喜與歡樂。這使得西部剛成立的動物園一夕爆紅，全國各地爭相報導這場奇妙的冒險旅程，罕見地爲當今悲觀的社會氛圍注入一劑強心針。

14 進入亞利桑那州

人生有時會經歷外在的劇烈變動，除了堅持，別無他法。遭遇黑色風暴、墓園和颶風，一連串的事故會讓一個人變得憤世嫉俗。但有時也會帶來心境上的轉變，心靈受到深深的洗滌。那天早上，在度過了九死一生的危難關頭後，我深刻體會到這點。打從爸輕生以來，長期盤踞在我內心的憤怒消失了。盛怒之下，我原以爲可以拯救大家，卻差點害大家送命。是溫柔的長頸鹿救我們脫離虎口，是小子化解了我心中的憤恨。是否能永久化解開來得等日後才能知道，至少在我們離開休息站的當下，我感到久違的平靜自在，並希望留住這樣的狀態。

開了幾英里的路，早上的氣溫越來越高。轉眼間，我們來到一處蓋岩（注），放眼望去是一片紅色沙漠大地，跟潘漢德地區一樣荒涼貧脊，不同的是更廣、更大、更紅。

一看到眞正的加油站和商店，我馬上開過去，加油站員工走出來，對著長頸鹿左瞧右看。老頭子對紅髮女說：「再往南開幾小時，就會回頭往西開到鳳凰城，路上會經過艾爾帕索，不過，我們可以先繞到火車站，呃……」他打住，一時叫不出

注　蓋岩（caprock），位於石油儲層之上的保護層，蓋岩的好壞影響到石油儲層中的聚集和保存。

她的名字。他瞥見店門口掛了一個鈴鐺圖樣的公共電話標誌。「如果妳有需要，這裡好像有電話。」他下了車，走進店內。

紅髮女沒有反應，頭也不抬，不發一語。

我開門下車，看著坐在正中央的她，一根稻草還卡在她的頭髮上，我有股衝動想伸手拿掉，但最後沒這麼做，只是說：「我去檢查車廂。」我想多說點話，說我很慶幸老人沒對她開槍，還有，我很抱歉連累大家，害大家差點死掉。我有一肚子重要的話想說，卻還是像以前一樣，呆呆地問了句：「妳沒事躲到車廂裡幹嘛？」

好吧，至少她抬頭了。「你以為我是故意的嗎？」她嘆道：「昨天晚上，奧克移民一家要讓我睡在他們車上，我婉拒了。我根本睡不著，坐在火邊也不知道時間過了多久，衣服都乾了。我看到你和瓊斯先生換班，回到駕駛室睡覺。我一直看著瓊斯先生，看著看著，突然好想再靠近長頸鹿一次……就我自己一人。趁著瓊斯先生去灌木叢裡解放的時候，我爬上去打開天窗，就像在山上那次一樣，跳到小子的車廂裡，摸摸牠的毛，那一刻眞是太美好了。」

她打住，又嘆了口氣。「我原本只打算逗留一會兒，但小子躺了下來——我簡直不敢相信。我小心翼翼地縮到牆角的保護墊上，看著牠蜷起脖子靠在背上，閉起眼睛。我自己也感到昏昏欲睡，反正開車前你會先來照顧牠們，我乾脆也睡了。沒想到你們居然會直接出發！」她高舉雙手。「我根本沒聽見你關天窗的聲音！等我發現時，小子已經站起來，車子都開上公路了。因為洪水的關係，我這次沒辦法像以前一樣從裡面打開活板門。」她深吸口氣。「我大聲呼叫、拍打車廂，但這樣一來反而驚動到小子，我必須離牠遠一點。」她又吸了口氣。「接著你就開進那個瘋子的地盤……」

她必須停下來喘口氣。「我……我只想說好好跟牠們說再見。」語畢，她摀著胸口不再多說。我差點伸出手握住她的另一隻手，多麼想碰觸她，但我只能下車，慢慢地關上車門。

老頭子兩手抱著一大堆袋子，有蘋果、洋蔥、麵包和臘腸，分量足夠餵飽一整個工班。他把麵包和臘腸遞給我，自己爬上車廂把剩下的餵給長頸鹿。

「牠們還好嗎？」我問道。

「老天保佑，出了那麼多事，居然到現在還可以平安無事。」他說，欣喜之情溢於言表。

我把麵包和臘腸放進車窗，自己也爬上去幫忙。紅髮女則走進店內，過沒多久又回到車上。

我跳下去，走到她的窗旁。我手裡還有一顆蘋果，用衣服擦乾淨後遞給她。她神情恍惚。

「怎麼了？」我打破沉默。

「我試著聯絡他，但他不接我電話。」

我把蘋果塞回口袋。「妳不是說他是好人。」

「他是啊！」她嘀咕。「只是有時需要人提醒一下。」

我們重新上路，一台公路警車呼嘯而過，朝我們來時的方向開過去。我瞄了一眼老頭子，他泰若自然地盯著側後照鏡，鏡中的長頸鹿正嗅著風中的味道。

我們如今行駛在新墨西哥州裡，一路上幾乎沒看到半個人。奧克移民一家開著老舊的T型車跟在後面，小小一台車上塞滿了東西，側踏板甚至綁了個籃子，籃裡有隻小羊。車子經過我們時，車上的人看到長頸鹿似乎一點也不驚訝。也對，畢竟他們正開在夢想大道上啊！他們揮著手，臉上綻放著「我要去加州」的燦爛笑容，就連小羊也不例外。我感到莫名憂傷，尤其看到沿途都是黑色風暴難民留下來的家具，像是衣櫥櫃、破搖椅、檯燈之類的東西，可能是不小心掉落的，也可能是行李太多帶不走。我們彷彿走在一條經濟蕭條的遺跡上。

每到一座電話亭，我們就會停車讓紅髮女去打電話。我猜她是想喚醒那個男人的良知，好匯車錢到艾爾帕索給她。然而，每次回來的臉色都不太好。我不敢追問，但我們愈來愈接近艾爾帕索了。沒多久，車子來到拉斯克魯塞斯的郊區，老頭子說接下來會碰上雙岔路，一條往南通往艾爾帕索，一條往西通往鳳凰城和加州。

岔路出現了，老頭子示意我先停一下車。我正要下車去查看長頸鹿時，紅髮女拉住我的袖子。

「伍迪。」她輕聲說：「我有話跟你說。」

這語氣聽起來就很不妙。

「我其實一通電話也沒打。」她擰絞著雙手坦承。「我實在是做不到，之前對他說不出口……現在也一樣。」她鬆開手，擱在大腿上，直勾勾地看著我。「我得說服瓊斯先生明天改載我到鳳凰城。你覺得他會同意嗎?只要再給我一點時間,我保證,我會在去的路上聯絡萊昂……」她的表情非常眞誠,而我又有什麼資格指責別人?

老頭子回到車上,轉頭對紅髮女說:「我們先繞到艾爾帕索火車站,不用一個小時就可以到了。」

她深吸口氣,仰起頭,說:「瓊斯先生,可以的話,麻煩你——」

「她要在鳳凰城搭車,這樣一來就不用繞路啦,不是嗎?」我插嘴,向他使了個眼色。

老頭子一直努力扮演好人,希望他就算察覺到異樣,也千萬別又開始一頓「我討厭騙子」的訓斥啊!

「我可以幫妳付車錢,這是我唯一能做的。」他說。

我們兩個都沒想到還有這一招。

「你人眞好,瓊斯先生。但我到了鳳凰城就會有錢了,眞的。」她說。

我拚命向老頭子使眼色,眼珠子都快爆了。他最後點點頭,回以一個眼神。

接著,我們朝向鳳凰城前進,深入沙漠。一路上,我們沒有多聊,只有偶爾換檔時碰到紅髮女的大腿,我會對她道歉。但紅髮女眼神茫然,置若罔聞。之前在檢疫所時她也是這樣,一個人坐在帕卡德車上凝視大門。

黃昏時分,我們開進一家老頭子事先選好的汽車旅館。跟營地不同,這家新型的汽車旅館只有一排房間,房間和房間之間有停車的空間,四周被一座小綠洲包圍，種著眞正的棕櫚樹，完全不受外人打擾。我們把車停在盡頭不遠處，就近選了旁邊的房間，老頭子替紅髮女多付了一間房的錢，就在我們隔壁房。她謝過老頭子後走進房間，看了我一眼，隨即關上房門。

老頭子已經先一步去照料長頸鹿，我卻還愣在原地，直到他喊我去幫忙，我才收回盯著紅髮女的目光，連忙趕過去。他已經檢查完丫頭的傷勢，一臉如釋重負，我猜牠的狀況還不錯。接著，他爬上梯子打開天窗，拍拍沉浸在反芻中的丫頭。我這下確定沒事了。然後，他不發一語回到地面，逕自回到房間，像往常一樣留我第一個守夜。我沒有爬上車廂，而是情不自禁地走到紅髮女的門前。我心跳加速、情竇初開，十八歲的身體充滿渴望，卻沒有膽量要求。

這時，山坡傳來一道狼嚎聲。是郊狼，牠盯上長頸鹿了。

我心驚膽跳，忙不迭爬上車廂，深呼吸冷靜下來。寶貝們還在反芻，我慢慢坐到中間的橫板上，微風一陣陣吹來，夜幕降臨，氣溫驟降，寒意鑽進我每一吋肌膚。我現在聞起來一定有沙漠的味道。月亮尚未升起，天空是另一種不同的風貌。你一定以爲在沒有月亮的晚上，沙漠是一片漆黑。但並非如此。此刻萬物朦朧，放眼望去，只有遠方的地平線；也許因爲蠻荒大地上空無一物，滿天星星特別璀璨耀眼。我決定替紅髮女找找鹿豹(注)座，這裡靠近墨西哥的天空，應該不難找。我的心情在尋找星座的當下變得輕鬆多了。

不一會兒，嘹亮的狼嚎聲迴盪在沙漠四周，彷彿牠們正潛伏於黑暗之中，接著，我注意到底下有動靜，一瞬間還以爲是牠們來了。

「伍迪？」

是紅髮女。

狼嚎聲愈來愈大，她連忙往上爬。

紅髮女拍了拍丫頭，在我身旁坐下，兩腳晃到小子那一側。小子將大頭湊過來聞她。她把頭枕在牠的鼻子上，雙手摟住牠的脖子，彷彿在感謝牠將我們從瘋子手中救出來。小子乖乖地任由她抱了好久好久。

等她終於鬆手時，我異常熱切地說：「這裡很棒吧？沙漠聞起來就是不一樣。長頸鹿一定也很喜歡。一路下來，我覺得這裡最像牠們的家鄉。也有可能牠們知道自己快要可以離開車廂了，我們就快到……」

紅髮女拍拍我的手臂，制止我繼續說下去。她一腳晃到另一邊，跨坐著和我面對面。兩隻長頸鹿全擠過來，溫暖的毛皮貼著我們的腳，紅髮女張開雙臂，同時拍拍兩隻長頸鹿，輕輕撫摸牠們，喃喃低語：「你知道我最喜歡相片哪一點嗎？」

「哪一點？」

「可以停止時間。」她抿著嘴，憂傷地笑了。這是我再也不想看第二次的笑容。

她在道別。

當你知道這是最後一次時，什麼樂趣都沒了。我這一生在做很多事時，都不知道會是最後一次，然而今天，我知道分別的時刻近了……明天是紅髮女，後天是長

注 鹿豹，意味著長頸鹿。

頸鹿。我不敢再想下去。旅館的招牌光芒打在她身上，她張開雙臂，頭髮蓬亂，衣服和褲子破爛不堪，曾跟兩隻長頸鹿困在車廂裡，除了身上的衣服，她一無所有。然而在我眼中，她美得宛如一幅畫。

我們坐了很久很久，感覺卻只有一瞬間。四周寂靜無聲，只有長頸鹿的氣息聲呼應著此起彼落的狼嚎。天氣愈來愈冷，她接下來就會說她要回房間去了。一直以來總是這樣。然而，她用小到我幾乎聽不到的聲音說：「伍迪，我可以留下來嗎？我今晚不想一個人……你、小子和丫頭……」

她沒說完，但我明白她的意思。我請求長頸鹿讓我關上天窗，牠們同意了。我輕手輕腳踏上側梯，示意紅髮女先爬下來，接著關上天窗。我跳回地面，牽起她的手，彷彿這是再自然不過的事，然後帶著她又爬上去。小子和丫頭從窗戶探出頭，圍繞在我們身邊，我握著她的手，兩人肩並肩躺在車頂，仰望天空。

我強烈地想要碰觸她，就算沒有經驗，我也知道自己想要的不只是牽手。老頭子總叫我孩子，一點也沒錯，都十八歲了，關鍵時刻我的確還很孩子氣。話說回來，即便我放縱地擁吻她，赤裸裸表現出我的渴望，同時抱著一絲期望她能回應我——但那又如何，沒有用的，這不是她要的。別問我爲何知道，因爲我也不清楚，也沒想到自己會那樣顧慮她的心情。儘管慾火焚身我也不會輕舉妄動。我不想嚇跑她，只希望她今晚留在我身旁。當她冷到發抖時，我伸手緩緩環住她，她沒有反抗。我收攏雙臂抱緊她，經過漫長的一天，這樣已經足夠了。我們舒服地躺在滿天星辰底下，與長頸鹿作伴，在沉靜的夜色之中，慢慢墜入深沉的夢鄉。

再次睜開眼，半輪明月高掛天際，長頸鹿已縮頭回到車廂，紅髮女也不見蹤影了。我的視線從她房間飄到她剛剛還在的地方，就像當初在廢棄車站第一次見到她和長頸鹿那樣，我細細品味每一個細節，要把它刻印在腦海中——沙漠冷冽的天氣使我們貼近彼此，臂彎仍留有她秀髮的觸感，長頸鹿的氣息近在咫尺，仰望的是滿天星星。漫長的旅途下來，整個世界唯一不變的，似乎只有長頸鹿。

我起身再次打開天窗。長頸鹿抬起頭迎接我。丫頭就像之前在玉米田裡那樣，親暱地將頭靠在我的大腿上。我頂著寒意在橫板上躺下，兩旁是長頸鹿呼出的溫暖氣息。在遼闊的星空中，我繼續尋找佔有一席之地的鹿豹座。

隔天，車子開進廣闊無邊的沙漠，這才是老頭子夢寐以求的旅程。雖說進入沙漠之後，萬一碰上引擎故障、水箱過熱、爆胎等等問題，那我們就死定了。即便有人開車剛好經過，也絕對不會有多餘的空間給兩隻長頸鹿，因此照理說，我們必須一路提心吊膽，深怕無法順利開完這段危險的路。

然而，一路平靜順遂。既不必跟人打交道，也沒碰上任何麻煩事。

是個沒有危機四伏的一天。

我們在破曉前一小時出發，當太陽東升月亮西落之時，我們全沉浸在寧靜祥和的氛圍之中。之前成功通過山區時，我感受到短暫的平靜，如今是全身心的淨化。我沒做過禱告，但這應該是最接近禱告能得到的心境吧！年紀稍長後，再聽到人提起靈魂昇華之類的話題，我再也沒辦法嘲笑他們了。未來幾年，在戰火連綿的日子裡，我總會想起這一天的平靜，與小子、ㄚ頭、老頭子和紅髮女一起橫越這片亙古不變的大陸。就像長頸鹿背後椋鳥群飛所帶來的驚豔，那畫面是言語難以形容地祥和。人一生難得幾回這樣的經驗，有人一輩子可能就只有一次，如果是，這天就是我那唯一的一次。

每當回憶起這一天，我不是十八歲，我可以是三十三歲，也可以是一百零三歲，我開車載著所有人，橫跨永恆的紅色沙漠，一起前往未知的良善之地。

那天早上，我們停了兩次車，一次是在銀城附近，一次是快到格洛布時，除了餵長頸鹿喝水，也順便舒展一下雙腳。這期間，我們的對話不超過兩個字，心情無比平靜，即便遠方有條無限延伸的鐵軌，也破壞不了我的好心情。一提到鐵軌，我只會想到被殺的流浪漢、衣衫襤褸的男孩、用錢收買我的肥貓等等亂七八糟的事，更別說我的褲子口袋裡還躺著二十美元金幣。但我現在心如止水。那些是發生在黑色風暴孩子身上的事，而我不再是那個孩子了。

紅髮女最終在銀城聯絡上大記者先生。「萊昂……」她邊說邊關上電話亭的門。我不是想偷聽，沒這個必要，隔著距離也能從她的表情知道大致的情況。他們就像在紐澤西時那樣大聲爭執，直到她吐出那個會讓所有男人沉默的消息。接著，她背靠著木造電話亭，兩人明顯陷入沉默。

之後，她回到車上，說對方答應在明天前匯錢到鳳凰城。她拖到現在才聯絡那個傢伙，他應該不會說話不算話，但我就是不信任那傢伙。

車子終於開到鳳凰城的大車站，我的心情再也無法平靜。老頭子說得很明白，她一下車我們就得繼續往前開，今天還沒結束，再開幾個小時就可以抵達聖地牙哥。我把車停在車站正門口，跳下車讓路給她。重禮儀的老頭子也下了車。

紅髮女走下車，打起精神。

「謝謝你，瓊斯先生。」她撫平衣服和頭髮，挺直背脊。

「再見，呃……女士。」他再次卡在她的名字上。他應該是有話想說，印象中，大概是謝謝或道歉之類的話，無論如何，他最後都沒能說出口，只是微抬帽子致意。他接著瞄了我一眼，便轉身去處理圍觀長頸鹿的群眾，兩隻長頸鹿也正開心地看著大家。

我陪她走到站外大型火車時刻表前。當天唯一一班開往東岸的流線型高速列車已經駛離，下一班要等到明天同一時刻。收匯款的電報辦公室在車站內，而老頭子已經招手要我回去。

我不理他，想陪著她進站。

她阻止我。「伍迪，你不能跟我一起進去。」

「妳得留在這裡一整晚，妳身上又沒錢。要是辦公室關門前妳還沒收到錢怎麼辦？萬一妳需要瓊斯先生提供的車錢呢？」我說。

「我會收到錢的，別擔心。」

她摸摸自己的肚子。我明知道跟我無關，但還是問了：「妳打算怎麼做？」

「我會等。」她說。

「不，我的意思是……」我字斟句酌。「妳的心臟。」

她臉上閃過一絲哀傷和痛苦。「唉，瘦皮猴，那是我編出來的啦！千萬別相信一個想要接近你的長頸鹿的女人。」我看得出來她在說謊，就像我知道她要離開了。「等著看吧，我會成爲下一個瑪格麗特・伯克—懷特。」她說，抿著嘴露出淺淺的微笑。

我伸手探入口袋，拿出二十美元金幣遞給她。

「不。」她用力搖頭，一頭鬈髮隨之晃動。

我抓起她的手，把金幣塞進她的掌心，直到確定她緊握金幣後我才放手。

她微微一笑。「我不知道什麼時候可以還你錢。」

「不用還我了。那不是我的錢，也不是瓊斯先生的。」我說。

「喔。」她說，大概以爲是我偷來的。不怪她，誰叫我前科累累。

她緊握著金幣正要轉身，卻突然停住，依依不捨地望向我身後的長頸鹿……然後是我。

「伍迪・尼可，我們一起冒險過了對吧？」

不等我回答，她一把抱住我，深深吻住我的唇。我托住她的頭，指尖沒入她柔軟的鬈髮中，一如我幻想過無數次那樣，像個成熟的男人回吻她。接著，她抽身而退，再次露出迷茫飄忽的眼神。「你要知道，我會再來一次。」

不管她指的是偷車跟蹤我們，或是說謊也要賴著我們，或是爲了救長頸鹿讓雜誌夢想泡湯，還是最後一刻忘情地擁吻——全都無所謂了。

分別時刻到了。

駛離鳳凰城之後，老頭子一路喋喋不休。我只想安靜片刻，他卻像吱吱喳喳的喜鵲，讓我的耳根子一刻都不得清靜。聖地牙哥就近在眼前了，他樂不可支，我卻茫然若失。路程剩最後幾小時了，他該不會要我一鼓作氣開到底吧！那至少還得翻越一座山才到得了，而今晚就會碰到那座山。有鑑於我們不太好的山區經驗，聽到他說可以等到明天再繼續走，我實在太開心了。不過，那也意味著得多聽他嘮叨一個晚上。

走過沙漠之後，他口沫橫飛地說起動物園有多蒼翠繁茂，創辦人哈利先生拄著拐杖，走遍園區，戳戳泥土，撒下他從世界各地帶回的種子，就這樣，整座動物園搖身一變，到處綠意盎然。照他這麼說，奧克移民對聖地牙哥的印象是正確的。換作其他時候，我會聽得如癡如醉，但在這一刻，每一句話聽來都像在道別。我置若罔聞，只一個勁地盯著前方，偶爾看看長頸鹿，不去想他話裡形容的美好，只專注在我自己要去的天堂。

突然間，火車嗚笛聲傳來。遠方有條和公路並行的鐵軌，隨著愈漸響亮的汽笛聲，一列篷車呼嘯而過，幾名偷渡客伏掛在車廂外。直到火車駛離視線，我才意識到老頭子沒在說話。他意味深長地打量我，我繃緊神經，還以爲我們在德州就已經把一切說清楚了。每當他這樣看我，接下來八成就是一頓教訓。然而，他只是把手肘撐在窗框上，推了推帽子說：「我有跟你說過我自己的故事嗎？」

我的精神瞬間回來！我終於可以知道他那隻手是怎麼回事，還有，爲什麼鮑爾斯說他是殺人凶手。這大概得花好久時間才說得完。

而我們有的是時間。

他出生於東部，父親是一個沒用的傢伙，前兩任妻子一共生下十三個兒子，而第三任妻子，也就是老頭子的母親，生了六個孩子。他懂事之後，他爸驟逝，他媽一肩扛起一大家子的責任，他則過著寄宿的生活。這時，有趣的事發生了。

「時值冬天，玲玲馬戲團（注）就駐紮在附近，我三不五十就偷跑進去看大象、獅子、老虎和猴子。」

「那時你在屠宰場工作了？」我插嘴。

「你還要不要聽我說？」他繼續說：「久了之後，雜技演員和工作人員也懶得趕我走，我跟走繩索的表演者變得很要好，他們乾脆帶著我一起走繩索。」

「怎麼可能！」我說。

他哈哈大笑，拍打了一下車門。「我走得超好，他們還說要帶我一起去巡迴表演，要不是我哥把我拖回家，害我錯過馬戲團出發時間，我眞的會走。等到了像你這樣的年紀，我得了肺癆。當時的人爲了治療肺結核，唯一的方法就是去西部。那是我人生的轉捩點。我告訴你，你有機會一定要去西部。整整四年，我像個牛仔一樣騎馬趕牛，奔馳在科羅拉多平原上，夜晚放牧，吃醃豬肉和比斯吉麵包過活。我的病是好了，但我仍惦記著大象、獅子和老虎，所以一看到馬戲團，我就跑去簽約了。」

「走繩索？」

「才不是，他們又不是玲玲馬戲團，沒有這個項目。我加入只是爲了接近動物，結果呢，我每天都在跟那些虐待動物的傢伙打架。在我死掉或去坐牢之前，我決定去聖地牙哥新成立的動物園，聽說那裡的動物過得比人還要好。我希望能死在那裡，眞的。」他笑起來的模樣像變了一個人。「但沒把寶貝們送進去之前我不能死，對吧，孩子？」

老頭子好心提點了我。爲了長頸鹿，也爲了我自己，我不能再繼續意氣消沉下去。他做到了。車子開進希拉本德，這個地方什麼也沒有，只有一座池子、水井，和遠方的群山。我頓時想起他還沒說出我想知道的事。

「等等，那你的……」我指著他畸形的手。「是訓練獅子的關係嗎？」

「那是另一個故事了。」

就在這時，我們看見了大象和狗。

一個身材矮小、肌肉結實、頭戴草帽的男人牽著狗和大象走在路上。要不是老頭子也看見了，我會以爲自己看見海市蜃樓。

男人推了狗一把，讓狗站到大象背上，大象鼻子一彎，碰碰後頭的狗。男人笑了，大象笑了，就連狗也笑了，尤其是狗顯得特別開心。我看得目瞪口呆，這絕對

注 玲玲馬戲團（Ringling Bros. and Barnum & Bailey），成立於一八七一年，曾是世界三大馬戲團之一，電影《大娛樂家》（*The Greatest Showman*）便是以其創辦人的經歷爲靈感來源。隨著動物保育意識抬頭，馬戲團於二〇一七年解散，二〇二二年宣布將以「無動物演出」再度回歸。

可以列入這次旅程的奇遇之一。

老頭子見狀大笑。「我知道那個傢伙！他是馬隆尼，一邊旅行一邊表演，讓孩子坐在那隻大象身上。之前聽說他到沙漠城市去避冬了。」

「可是……」我囁嚅道：「他哪來的大象？」

「別人怎麼得到，他就怎麼得到的。」老頭子說道，這回答有等於沒有。「別擔心，那些動物過得很好。」

「你怎麼知道？」我說。

只見大象把鼻子伸進池裡，濺了男人和狗一身。老頭子笑盈盈地看著我，彷彿在說這就是最好的答案。他搖搖頭，望著身後的長頸鹿，說：「世事無法解釋。你如何而來，又將終歸何處，或者你的朋友會是誰——是人還是野獸。」說完，他下車走向馬隆尼，揮舞雙手打招呼。

我這才想起，他還是沒告訴我那隻畸形的手是怎麼回事啊！

我們繼續開了一個小時，太陽快下山時，我們來到隘口，住進第二家老頭子找到的沙漠汽車旅館。這是一間非常豪華的旅館，名叫莫霍克。十二間粉色度假小屋，四周圍繞著精心移植的高聳棕櫚樹，綠意盎然。旅館間間客滿，每間小屋前都停了車，絕大多數都是我這農家子弟從沒看過的高檔名車。明明住了這麼多人，整個地方卻安靜得不可思議，叫人難以想像。

我們先把車停到旅館辦公室前，這時，一對彷彿從好萊塢電影走來出的時尚夫妻從淺藍色敞篷車下車，完全無視我們的存在，逕直走進他們的粉色度假小屋。就連管理員也見怪不怪，沒有多大反應。這樣也好，我今天實在沒心情替大家介紹兩隻長頸鹿。

我們住到旅館最邊緣的小屋，開始晚上例行的餵食、給水、照料……我沒辦法不去想……這是最後一次了。

結束之後，老頭子關上房門，迫不及待地跑去睡覺，好讓明天能快點到來。我則一如既往爬上敞開的天窗橫板上。丫頭悶濕的氣息吐在我身上，小子流著口水來聞我。我開心地擦掉長頸鹿流在我臉上的口水，躺下來，最後一次和小子、丫頭共賞夜空。

今晚很暖和，到了半夜，長頸鹿已經站著睡著了。我跳下車，打開活板門讓空氣流通。看到小子腳蹄的那一刻，我瞬間回到考特小店，恍惚中彷彿看見紅髮女從車廂爬出來。我再次爬回天窗上彷彿她就在那裡，但這次不是在考特小店，而是熊出沒的那一晚。那一晚，她無視我的警告，跳進車廂去接近長頸鹿，相信牠們會接受她。

紅髮女的身影彷彿停留在我眼前，我小心翼翼進到小子的車廂，站在兩個車廂之間的開口前，夾在兩隻長頸鹿中間，就像回到檢疫所那晚，仔細端詳牠們高大的身軀。兩隻聞起來不再有大海的味道，而是大地的氣息。我模仿紅髮女的動作，張開雙臂，伸手去摸摸牠們的毛皮……兩隻長頸鹿居然開始輕哼！在檢疫所，牠們對著彼此輕哼，而此刻，是和我產生共鳴。低沉柔和的聲音透過我的手傳達到我的胸臆，深入到我的骨子裡，渾厚的非洲低吟響徹夜空。

直到今天，只要我撫著自己衰老的胸口，依然能清晰地感受到那股震動。當聲音停止，若不是深印在心中，我會懷疑剛才不過一場幻聽。年少的我多麼希望能永遠停留在這一刻，把自己當作是隻瘦巴巴的小長頸鹿，在他們前往加州的漫長旅程中被撿到。

當老頭子從月光下走出來準備和我換班時，我不得不爬回車頂，俯瞰著沉睡中的長頸鹿，等著接受他的訓斥，訓斥我這十八歲沒常識的傢伙。

然而他卻只是說：「剛剛我聽見低吟聲了。」

我比了比長頸鹿。

「眞沒想到。」他嘀咕。

他坐在側踏板上，點燃香菸。我爬下車，站到他面前。

「你想留下？」他說。

我點點頭。

「好吧，孩子，就這樣吧。」

我爬到橫板上，站著睡覺的長頸鹿醒了過來。看到我重回崗位，兩隻居然同時躺下來……放心地讓我一個人留意四周的危險。

我感到自己的胸口盈滿情緒，快炸開來一般。

聖地牙哥聯合報
San Diego Union

一九三八年十月十六日

長頸鹿專車抵達動物園

〔十月十六日聖地牙哥特稿〕

貝兒・班奇利女士興奮地宣告，運送兩隻年輕長頸鹿的專車預計今天中午抵達聖地牙哥。管理員督導同時也是負責此次護送任務的萊利・瓊斯發出電報，帶來了好消息，以及預計抵達時間。

屆時，車廂天窗將會開啓。

車廂裡的長頸鹿會伸長脖子，探出兩顆龐大的頭。牠們勢必迎來市民的熱烈歡迎。

同時，港口工人會把大型起重機搬進動物園，用來吊掛三噸重的長頸鹿車廂。這台搬運車兩個星期前離開紐約，正朝聖地牙哥而來……

15 抵達加州

我們照常趕在黎明前起床，乘著月色啓程。

在第一道陽光升起時，我們以極其緩慢的速度順利通過泰勒格夫山道，老天保佑，整個過程長頸鹿一點感覺也沒有。

離開山區，我們開進尤馬，老頭子說，接下來我們要走海到海公路大橋（Ocean-to-Ocean Bridge），渡過科羅拉多河進入加州。在這一千兩百英里之內，這是唯一一條車子能夠過河的路，因爲是東海岸到西海岸的要道，故因此得名。

河水氾濫過後，滿目瘡痍，我不禁打了個小小的寒顫。但更讓我背脊發涼的，是橋的這一頭居然還有另一個貧民窟，帳篷、廉價車、營火和圍在一起的人。一群髒兮兮的孩子們跟著車子跑，我得放慢車速才能過去。

「歡迎來到奧克難民營。」老頭子咕噥道，這時，我們加入了要過橋的車流中。他看著前方，橋中央有好幾名加州州警正在攔下車子。

一台T型皮卡車不得不調轉回頭。車上載了滿山滿谷的行李，五、六個孩子就坐在一張床墊上。車子從我們身邊經過時，我看見車內的父親板著臉，母親則哭哭啼啼。

「發生什麼事了？」

老頭子不發一語，直勾勾看著前方。在我們前方還有兩台車，一台是在新墨西哥州和我們擦身而過的T型車，車旁掛著一隻山羊。另一台是昨晚在莫霍克旅館那對時尚夫妻開的淺藍色敞篷車。

警察攔下帶著山羊的一家人盤問。

「知道他在問什麼嗎？」老頭子說：「有錢嗎？有工作嗎？如果沒有，警察不會讓你通過，他們稱這叫做『杜絕乞丐』（注）。」

我回頭看了眼停在亞利桑那邊界上的T型皮卡車。「要是他們無處可去呢？」

「那就留在這。」他朝後方的難民營點點頭。「離奧克移民的樂土不到咫尺。」

警察看到綁在便T型車側踏板的籃子裡有隻山羊，大概認定那就是錢，便揮手讓他們通過。

然後他瞄也不瞄一眼就讓豪華敞篷車過去。

輪到我們了。就算是爲了迎接長頸鹿，想必我們也會被攔下。我甚至還踩了剎車，然而，警察只是看了眼長頸鹿，可能在他眼中那也是錢吧，他連個笑容也沒有，便示意讓我們通過。

長頸鹿乘坐著車子，行駛在高高的橋上，奧克移民和好萊塢夫妻回頭朝牠們招手，三台車一起進入應許之地。

接著，許多畫面迎面而來。

我們看見運河、綠地、橘子園，以及載著工人的卡車。

我們看見更多雜亂無章的貧民窟。

我們看見一群農夫模樣卻傷痕累累的男人。

我們看見牌子，上面寫著：**找不到工作繼續往前找，我們自己也沒有！**一旁的牌子則寫著：**工人團結起來！**

我們繼續前進。

車子途經一座埃爾森特羅小鎮，之後，宛如神奇魔法一般，人群、招牌和城市都不見了，我們行駛在宛如撒哈拉沙漠的沙丘上，蜿蜒繞過不斷變化的沙堆。老頭子指著公路旁一條由枕木拼成的廢棄木板路，木頭已經腐爛變形。「幸好不用走那條路，以前那是唯一一條通過沙丘的路。」

我們繼續前進。

過沒多久，老頭子說往左可以看到墨西哥。但除了公路，我看不出這裡和那裡有什麼差別。接著，路往北延伸，又碰到了該死的高山。我扭頭看向老頭子，他可從沒提到這點。

「沒問題。」他信誓旦旦地說：「山路很短，只有一、兩個髮夾彎和會車路段。」

一塊告示牌一閃而逝：

注 Bum Blockade，意指封鎖流浪者的政策。爲了阻止大量因受到沙塵暴和經濟蕭條影響的難民湧入，加州各地警局實施強硬的邊界管制。

注意前方危險
地勢陡峭狹窄

「就是有點陡。」老頭子補充說道：「還有點窄。」

路分岔成兩條單向通行的道路，他往後一靠，一派輕鬆。「你和寶貝們都知道怎麼做，翻山越嶺就到家了，孩子。」

於是車子加足馬力開上山，長頸鹿和我盯著每一個讓引擎過熱的髮夾彎，地勢一路陡升……然後車子開始俯衝。我趕緊起身踩住剎車，試圖換檔把車子降到合法時速。當我們一路飛馳過山腳下的休息站，分岔的道路再次合而爲一時，我這才放下忐忑的心，長頸鹿則迎風仰起頭。

一轉眼，我們就快抵達聖地牙哥，可以想見將迎來一批護送的警力。果不其然，十二名重機警察和巡邏車已在城市邊界列隊等候，一看到我們，所有人立刻上前將車子團團包圍，打開警笛，揮手要我們跟上。

公路帶著我們直達海岸，我一眼可以直接遠眺到蔚藍大海。

成功了！我們從東海岸抵達西海岸——大西洋到太平洋。

放眼望去，海岸警衛隊巡邏船、油輪、海軍艦艇，灣口船隻進進出出，與秀麗山景交相映襯，宛如明信片圖畫般美不勝收。我從未見過如此綺麗絢爛的地方。沒有老鼠和颶風，只有鵜鶘、陽光，以及閃閃發光的碼頭。庫茲看了八成會覺得刺眼。兩隻長頸鹿都探出頭來聞海洋的味道。

我們依舊繼續前進。

前頭的重機警察在空中比劃了一個圈，帶著我們在熙來攘往的車站旁來了一個大轉彎。雕梁畫棟的高聳建築前停滿了五花八門的豪華名車，其中一台耀眼的藍白色哈雷機車格外吸引我的目光。

車站外立了一塊大型的火車發車及到站時刻表，我遠遠地就能看到下一個發車時間：

聖地牙哥及亞利桑那州鐵路準點發車
目的地：埃爾森特羅、尤馬、鳳凰城，由此前往東部各站

我放慢車速研究了好久，依依不捨地看了最後一眼，才開著車繼續往前。

老頭子注意到了。「她會沒事的，孩子。她一個女人家懂得保護自己，知道怎麼應付自己的丈夫。」

前方的重機警察經過一塊指向巴爾波公園的路牌，不一會兒，我們隨著警察開上高聳細長的橋，穿越拱門，進入一座鋪滿鵝卵石地磚的廣場。我覺得自己彷彿來到童話世界。廣場上立了另一塊路牌，指出通往聖地牙哥動物園的路。

老頭子幾乎快要坐不住，他頻頻調整帽子，難掩興奮之情。「接下來就是重頭戲了！」

他得意洋洋地說：「今天早上出發前，我打電話聯絡園長大人，一結束通話，她絕對會馬上通知記者和警察上工。等等的場面一定很壯觀。下一個路口轉彎之後，會有大批記者媒體等在那。如果消息傳出去，說不定全市一半的市民都來了。園長大人已經從碼頭調來一台起重機，屆時，會把寶貝們的車廂從車上移到牠們的大新家，放牠們出來。今天沒來看的人，明天也都會來，還會有一場歡迎儀式，全都是為了寶貝們。我們終於到家了，孩子！你一定會喜歡，好好享受吧！」

正如同老頭子所說，過彎之後，迎接我們的是前所未見的盛大場面。大批民眾夾道聚集在紅絨繩後方，在一片歡聲雷動中，大門敞開，一個身材豐腴的胖女士走出來，她腳踩老奶奶鞋、盤起髮髻、衣著典雅，張開雙臂上前迎接我們。攝影師不停地按快門，閃光燈狂閃。園內有一台港口起重機，身穿工作服的男人正在一旁等候。

我意識到這是我們的最後一站，看了一眼側後照鏡中的長頸鹿。我又變回了一個男孩，站在不同的海岸，看著一群工人研究如何把長頸鹿吊掛到指定的位置——我何其有幸能參與其中。

老頭子的手已經握在門把上，而在臨別的最後一刻，我聽見聖地牙哥及亞利桑那火車進站的氣笛聲。我知道自己還有一件非做不可的事。「瓊斯先生……我得走了。」

老頭子轉過頭，火車再次鳴笛。他順著我的目光看過去，氣呼呼地說：「你這孩子真是不用大腦思考。算了，省得我還得多費唇舌跟園長大人解釋。」他從皮夾中拿出幾張鈔票塞到我的衣服口袋中。「這些錢夠你搭到任何你想去的地方。」他伸出手。「等你回來，再讓長頸鹿表達牠們的謝意。至於我——你完成了男人的任務，值得接受鄭重的感謝。和我握手，孩子。」

我握住他的手。

接著，他將我推出車門外。這是他說再見的方式，也是我唯一願意接受的道別。我明天就會回來，所以這不是永別。我抬頭仰望長頸鹿，牠們朝我搖頭晃腦，而我感到心頭一沉，告訴自己：*我明天就會回來看牠們*。

我往車站的方向發足狂奔，不確定當自己趕去鳳凰城後，見到她的下一步是什麼，說不定可以說些成熟男人會說的話，或者，其實我只是想確定那位好先生萊昂．亞伯拉罕．羅威眞的有匯錢，沒讓她一個人受困車站。也有可能是看到長頸鹿平安無事結束旅程後，我得看到紅髮女平安返家才能安心。我什麼都不知道，只能一個勁地跑。

還沒跑到車站，我就聽見列車長大喊：「上車囉！」

眼見最後一名乘客上車，火車開始緩緩移動。我耽擱得太久，以至於車都開了，而我和車站之間還有一條街的距離。我閃過車子、雕像、椅子、籬笆，沿著鐵軌死命追趕火車，抬高腳步以免被鐵軌絆倒，大口大口地喘著氣。火車加速前進，我感受著紅髮女留在唇上的餘溫，不斷告訴自己：*我以前跳得上去，現在也可以，我一定可以——*

但我跳不上去。

我的整個人生就是因這一刻而變了樣。

我步履蹣跚走在鐵軌的煤渣上，停下腳步，整個人頭昏腦脹，不得不把頭埋在膝蓋裡。再抬頭時，只能眼睜睜看著最後一節紅色車廂——那比紅髮女還要鮮明的亮紅色車廂——漸行漸遠。當下，我豁出去了！不管三七二十一，我找到之前看到的那台藍白色哈雷機車，兩腳一跨衝了出去。

幾英里後，我回過神來，告訴自己必須快點懸崖勒馬、掉頭回去，不能再幹出這種糊塗事。但我停止不了，我對自己保證，只要能趕上那台火車，我一定會洗心革面。

我騎著車奔馳在公路上，一路追在火車後頭，鐵軌穿越山脈，我失去火車的蹤影，只能沿著迂迴的公路繼續狂飆，但願能在埃爾森特羅追上火車。

我晚了一步，就差幾秒鐘。

於是我繼續騎向尤馬。

我騎過海到海公路大橋，飆進尤馬市區尋找車站，而當火車聲無情地響起時，我被警察逮住了。

在亞利桑那的警察眼中，我一個從奧克拉荷馬州出來行騙的孤兒，怎麼可能騎一台全新的摩托車。

換作幾個禮拜前，這話或許一點也沒錯。但我今天偷車是有理由的，我說出火車、長頸鹿和公路的事，但警察一個字也不信。也對，連我自己都覺得荒謬。我請求他去詢問橋上的加州警察。「你以為我是笨蛋嗎？」警察怒喝，他表達得非常清楚，他看多了我這樣的小鬼，我絕對跑不掉。

如果是過去在庫茲船塢工作的我，會立刻歇斯底里地打電話給老頭子，甚至是向貝兒・班奇利求救。但從大西洋海岸來到太平洋海岸的過程中，我變了，我做不出這種事。也許是不想讓老頭子知道我又重操舊業，也可能是我明白就算老頭子騎著長頸鹿來到這裡，警察也絕對不會放過我。警察不認識老頭子或貝兒・班奇利，這裡不是加州。這裡是尤馬，奧克難民營所在地，有數以百計像我一樣的男孩，而我偷了一台摩托車。

一九三八年，希特勒正一步步入侵歐洲各國。就像其他孤兒小偷一樣，如果不想坐牢，我只有一個選擇——從軍。

「進去做個男人吧！」警察擅自替我做出了決定。

就這樣過了七年，直到世界大戰結束，我才知道當時紅髮女究竟有沒有搭上車，甚至過了更久之後，我才又回到聖地牙哥。

聖地牙哥太陽報

San Diego Sun

一九三八年十月十七日

長頸鹿入住動物園

〔十月十七日聖地牙哥動物園特稿〕

長頸鹿翻山越嶺，長途跋涉，昨日成功抵達動物園，堪稱空前壯舉。在聖地牙哥動物園管理員督導萊利·瓊斯帶領下，南加州第一批長頸鹿橫越三千兩百英里，從紐約來到牠們的新家。園方調來港務局起重機吊掛裝在車廂內的長頸鹿。

廣闊的圈地內蓋了一棟高聳的屋子，挑高的十八英尺大門專爲身材高大的新住戶量身打造。如何引誘牠們進到新環境仍是一大挑戰。在嘗試以洋樹葉、苜蓿等各種植物作爲誘餌皆徒勞無功後，洋蔥發揮絕妙效果，成功讓成頸鹿走出車廂。

「洋蔥有一種魔力。」瓊斯先生說。

在今天的典禮上，班奇利女士以聖地牙哥小朋友票選出來的名字，正式將牠們命名爲「高高」和「斑斑」。瓊斯先生用來擦拭牠們額頭的巴爾波公園洋槐樹枝也被牠們吞下肚。想要一睹爲快的南加州各地民眾紛紛前來，立刻愛上了異國生物的優雅和美麗……

16 家

我服完兵役，卻正好爆發日本偷襲珍珠港事件，必須跟著每一個身強力壯的美國男性投入第二次世界大戰。

再回到美國時，我已經二十五歲。

我也想說自己在戰場上衝鋒陷陣，如今光榮返鄉，就像警察說的，我蛻變成一個真正的男人。遺憾的是，戰爭是殘酷的，我不過是歐洲後勤部隊的一名小兵，負責撿回戰場上的屍體，替他們挖墳墓。部隊說我在這方面很有資質，我到現在仍不知道那是什麼意思。我只知道，當我傻傻地告訴長官不想再處理屍體，他只回了句：「不想處理屍體是吧！」然後我突然間變得很稱職，要處理的屍體變得更多。這項任務沒有榮譽可言，只是我分內的工作，日復一日執行任務、處理屍體。我寧願再回去吹潘漢德地區的風沙。最後我變得麻木，不去看，也不去想。

如果沒有心靈寄託，戰前的人生回憶就會這樣漸漸被消磨殆盡。很多士兵有戀人、孩子和家人，有可以寫信和回信的對象，但我一個孤兒能靠什麼當寄託？日子一天天過去，然後是一年、兩年、許多年，我失去了自我。

戰爭結束，軍隊撤回美國，我背負著戰爭的創傷，搭上前往紐約港的船，途中遭遇暴風雨，但我麻木的心有了變化，因為我想起了長頸鹿。船隻在海面上劇烈搖晃，我這才意識到，我正處在小子和丫頭曾走過的那片海洋上。我閉上眼睛，我不是在一九四五年的軍艦上，我在一個箱子裡，在一九三八年運送長頸鹿前往美國卻遭遇大颶風的船隻甲板上。其他士兵失眠是因爲想家，我睡不著是因爲惦記著長頸鹿。這是我的心靈寄託。

暴風雨平息後，我彷彿再度開車，載著兩隻來自伊甸園的偉大生物橫越大陸。我看見側後照鏡裡出現一台帕卡德車，還聽見丫頭踢老頭子的聲音。我開著車翻山越嶺，遇到摩西家族，發現肥貓，朝小偷開槍，對抗洪水，跟考特搏鬥，最後被小子救了一命。我感受紅髮女的吻，聽著老頭子滔滔不絕說著那個帶大象和狗旅行的男人的故事——世事無法解釋。你將終歸何處，你的朋友會是誰。我想起誰才是我的朋友。

軍艦在波濤洶湧的大海上載浮載沉，我知道下船之後要做的事了。

我要找到他們。

我要找到她。

還有妳。

我到處打探大記者先生萊昂·亞伯拉罕·羅威的消息，找到位於紐澤西的一棟小房子，庭院裡綠草如茵。當門打開，從他打量我身上制服的眼神來看，他一定沒當過兵，可能是因爲扁平足或頭型問題而免役。

我立刻表明來意。「我想找紅髮女。」

他渾身一僵。「誰？」

「你的……妻子，奧古絲塔。」

他輕輕關上背後的門，直視著我。「奧古絲塔已經去世很多年了，請問你是？」

我彷彿被人打了一拳，踉蹌地後退。這時，我的臉大概褪去了這些年的滄桑，讓我變回那個十七歲的男孩，因為他認出我了。他頓時瞪大雙眼，氣得滿臉通紅，一拳揮了過來。

我沒有反抗。

我倒退一步，重新站穩腳步，鼻血汩汩而出。他看著我流血，直到我癱軟倒坐在階梯上，這才拿條毛巾給我，自己坐到我身旁。

兩個大男人就這樣頹著肩坐在階梯上，等著毛巾止住我的鼻血。

「她是怎麼去世的？」我喃喃地問。

「心臟病。」他回答：「她在睡夢中走的，就在生完女兒的一年後……我們就是這樣相遇的。」

「什麼？」

「因為她的心臟。」他望向遠方。「我發現她坐在路邊，摀著胸口，喘不過氣來。我想送她去醫院，但她說沒錢。我說我來付錢，她卻拒絕了。我只好陪她去政府設立的免費門診，在候診時，她一直喘個不停，直到打了一針後才好轉。」他停頓半晌。「她原本出生在有錢人家，一九二九年華爾街股災，華爾街很多人跳樓自盡，她父親也是其中之一，那年她才十二歲。在那之後，她和母親輾轉投靠許多親戚，但大部分的時候得靠自己過活，最後，她母親精神失常走丟了。奧古絲塔四處找她。我陪著她一起找，就算沒有找到人，我也能以華爾街跳樓者的角度寫一篇報導。經濟大蕭條那段時間，經常有人失蹤，從此音訊全無。雖然最後找到人，但也晚了。我不再只想著寫報導，而小塔無處可去……」

前門開了。

妳就站在那裡，繼承了父親的五官，還有母親的紅鬈髮。

「小寶貝，回屋子裡去，快。」他焦慮不安地看著我。「別把我女兒扯進來，她才六歲。」他壓低聲音說：「她不知道她母親的瘋狂事跡……一個人跑去追長頸鹿。你和那個動物園員工居然還縱容她！我的天，她是個女人，而且還有心臟病！一個不小心就會死在外面。她要的太多了……她總是不斷要求。」

他怒氣沖沖地起身，但我還有很多事想問。紅髮女的照片有刊登到雜誌上了嗎？她去過非洲了嗎？她實現抱負了嗎？

然而我還來不及問，大門又開了。

「萊昂？他是誰？」一名漂亮的棕髮女子走出來，她穿著碎花洋裝，抱著一個嬰兒，散發一股薰衣草香味。

我站起身。

「一個軍人，他來找人，只是那個人不住這裡了。」他說。

「你在流血啊！」她看著我。

「是的，親愛的。」他替我回答。「他突然流鼻血，但現在沒事了，對吧？我有給他毛巾，不用擔心，他要離開了。」

「願上帝保佑你。小塔安，這個人替我們打了勝仗喔！」

小塔。

妳走過來，我看見妳的微笑。

他催促家人進屋，大聲對我說：「很抱歉幫不上什麼忙。」萊昂關上門，他的眼神充滿故事，而在這一刻，我終於可以肯定，他的確深愛著紅髮女。我由衷替妳感到開心。

我找到一間圖書館，翻閱過往的《生活》雜誌。即便少了我們，我也希望她能完成夢想。可惜的是，她不在上頭。雜誌上全是她崇拜的瑪格麗特．伯克－懷特穿梭世界各地戰場所拍攝的照片，並沒有紅髮女奧古絲塔。

負傷歸來的我坐在圖書館裡，耳邊聽見紅髮女最後的道別，彷彿她正站在我面前：伍迪．尼可，我們一起冒險過了對吧？

「對。」我大聲回答：「一點也沒錯。」

我想跑回去告訴妳，妳媽媽曾有過一次冒險——無法讓心臟強壯卻能讓心靈吟唱的大冒險。她坐在車子後面，跟著車子一路往西，透過長頸鹿的雙眼看到了非洲，是個大無畏的女人。我多麼希望讓妳知道，但戰爭使我成為一名講究榮譽的男人，既然妳的家人不希望我接近妳，我就不能因為出於對紅髮女的感情而干涉妳的生活。

老實說，我仍然沒有釐清妳母親對我的意義，一切感覺很不真實。儘管在我動筆的當下，我是眞切感受到她在我心中的分量，但我們相識的時間是如此短暫，難以形容她就是我這一生的摯愛。只能說，如果人生分成許多階段，她就是我第一段人生裡的愛。這點千眞萬確。

比起斷裂的鼻梁，我在圖書館裡修補了更多傷痕。之後，我橫越大陸前往聖地牙哥去看長頸鹿。我走進動物園大門。這道門跟我當初第一次來的時候一模一樣，私毫沒有改變。我信步而行，轉了個彎，然後看到了。

一塊看板寫著「高高」和「斑斑」，毫無疑問，牠們就是小子和丫頭，只是變得更高大強壯。小子的個頭甚至高過了丫頭，宛如王子般高貴優雅。我開心地坐在長椅上觀賞牠們，從牠們身後走出一隻長頸鹿寶寶。圍欄上的看板寫著牠的名字：**D-Day**（注）。因爲牠出生於一九四四年六月六日，同一天，西方盟軍反攻歐洲大陸。妳能想像嗎？牠都已經比我高了呢！

我花了一整個星期坐在長椅上看著牠們。頭兩天，牠們沒發現我混在人群之中，第三天，我趁管理員不在，伸手遞出兩顆洋蔥——想試試牠們的反應。丫頭率先踱步過來，後腳傷痕累累，但行動自如。牠彎下脖子把我從頭到腳聞了一遍，就像在檢疫所的第一晚一樣，接著伸出舌頭捲走我手中的洋蔥，咕嚕吞下喉嚨。小子也湊過來，噴了我一身的口水，說牠們不記得當初那個男孩誰會相信呢！

我當然也想見見萊利．瓊斯，想聽聽他安撫長頸鹿的聲音。我靠過去，喊著：「老頭子！」但每一天走出來照料長頸鹿的都是另一個管理員，比老頭子年輕，但同樣滿臉皺紋。他會朝我點頭，我也同樣點頭致意。直到這一天，他看到我餵長頸鹿洋蔥。

「喂！大兵！」

我下意識就想跑，但身體隨即立正站好。「是。」

他上下打量我，目光停留在我脖子上的胎記。「你叫什麼名字？」

我愣了一下。「你是？」

「你叫伍迪．尼可？」

「你怎麼知道……？」

他笑咧了嘴。「萊利說你一定會出現。跟我來。」他說他叫賽勒斯．巴杰。走著走著，他一手搭在我肩上，告訴我一個壞消息。老頭子也走了，就在今年，只差一個月我就能見到他。

我們一走進某間辦公室，他便大聲宣布：「梅貝爾，萊利的男孩來了。這位就是有名的伍羅．威爾森．尼可。」

我還沒回過神來，一張支票已被塞進我的手裡。是我遲來的司機工資。

「喔，等等。」梅貝爾在桌上到處翻找。「萊利留了東西給你。」她哈哈大笑，遞給我一袋木製五分硬幣。「我原本應該先騙你這包硬幣就是你的報酬，但我不忍心。」她硬要塞給我，我只能勉強收下。「仔細看，尼可先生，這是他給你的

注 中文又稱「D日」，為軍事用語，用來表示「作戰行動發起日」。最著名的D-Day便是一九四四年六月六日的諾曼第登陸。

禮物。」她拿出一枚放到我的手上，好幾百枚硬幣，每一枚都是動物園入園代幣。

賽勒斯陪我走出去，饒富興致地觀察我的表情，老頭子如果還在世也會如此吧！

我總算找回聲音。「他是怎麼走的？結核病嗎？」

「結核病？」賽勒斯皺起眉頭。「他沒有肺結核，是因爲他抽菸才得了喉癌走的。你怎麼會以爲是結核病？」

「他說他在我這個年紀時得了結核病，小時候還差點跟馬戲團跑了。後來跑去西部當牛仔牧牛、吃鹹豬肉，病就好了。」

老頭子的同事拍著膝蓋大笑，笑到停不下來，我一時覺得自己被冒犯了。他擦擦眼角的淚水，說：「伍迪，那不是萊利的故事，是動物園創辦人哈利先生才對。哈利先生小時候跟馬戲團跑走，得了肺結核，去西部當牛仔後痊癒了，接著就成爲醫師，搬到這裡創立動物園。萊利．瓊斯一輩子沒牧過牛！」

老頭子撒謊？我簡直不敢相信自己的耳朵。「他明明最不能忍受的就是騙子啊！」

賽勒斯笑盈盈地說：「這個嘛，我不會說他是騙子，沒人喜歡騙子，但大家都喜歡聽有趣的故事，不是嗎？有時候，好故事就是最好的療方，你應該也發現了吧。」

我高舉雙手投降。「那麼，他眞正的故事是？」

他聳聳肩。「我賭他是棄嬰。他從沒說自己是孤兒，但他曾告訴我，他十歲就自己獨立生活了。在那個年代沒什麼好大驚小怪，馬戲團那一段倒是眞的。」

我驚呆了，一時說不出話來，再開口時也是結結巴巴的。「那……那他的手？是在馬戲團裡被獅子咬的對吧？」

賽勒斯簡直快笑翻了。「我的老天，萊利說起那隻手，至少有上千個不同的故事。」他搖搖頭。「別難過，孩子，他也這麼對我們。我曾在同一天聽到他說兩種不同版本的故事。我敢打包票，他那隻手要不是天生的，不然就是被獅子咬過吧，否則就是有非常難以啓齒的苦衷。不管怎樣，那是他的自由，人總是有一些不想讓人知道的事。不過，要是能選擇，我想他一定寧可當獅子的午餐，也好過得到癌症死掉。」說完，他便踱步離開，我則愣在原地。他走了幾步，回頭說：「來吧，你得見一下園長大人。」

轉眼間，來到我面前的就是赫赫有名的動物園女園長貝兒．班奇利女士。令人吃驚的是，她幾乎沒什麼變化，還是一九三八年十月時，那個在大門口敞開雙臂迎接長頸鹿的女教師模樣。我們抵達時，她從鍋爐室後方的小辦公室走出來。

「猜猜是誰來了？」賽勒斯眉開眼笑。「他就是萊利老是掛在嘴邊的伍迪．尼可先生。」

「哈囉！」她伸手來握我的手。「你好嗎？眞是太好了。」我們相談甚歡，直到一通電話把她拉走。

賽勒斯陪我走出動物園。離去前，關於老頭子，我還有一件很想知道的事。

「我這麼問希望你別誤會……」我思索著如何開口。「瓊斯先生以前待在馬戲團的時候，有因爲虐待動物而跟人起紛爭……鬧出人命嗎？」我盡量婉轉地轉述肥貓的殺人指控。

賽勒斯隨即正色反駁：「聽都沒聽過。但就算有也不奇怪，只要跟動物有關，不要說他，我們這裡任何一個人在必要的時候都會挺身而出。」他歪著頭。「話說回來，每個人都應該有第二次機會。他就給過一個黑色風暴的年輕人機會，對吧？」他拍拍我的肩膀。「他沒告訴過你原因嗎？」

我搖搖頭。

「他說是寶貝們的意思。」他別有深意地笑了，這笑容更像是對著老頭子，而不是我。賽勒斯轉身離開。「有空常來，知道嗎？」他回頭喊：「他常提到跟你一起的旅程，高高和斑斑永遠歡迎你。」

高高和斑斑。我原本想糾正他，但轉念一想，只要牠們和我都還活得好好的，其他都無所謂了。紅髮女和老頭子都走了，至少我還有長頸鹿。也正因爲如此，紅髮女和老頭子會長存在我心中。人生很奇妙，你可能和有些人相處多年也不會深交，有些人只需幾天卻彷彿認識了一輩子。我朝長頸鹿走去，我不會再讓老頭子的寶貝遠離我的視線。我在加州，有長頸鹿爲伴，這裡就是我的應許之地，我的家。

我在市立墓園找到工作，畢竟我有天分嘛。之前在來聖地牙哥的路上，我曾想過請老頭子幫我安排一份管理員的工作，直接讓我照料小子和丫頭更好。但班奇利女士替所有從軍的管理員保留職位，等他們退伍回來後上工。而且，大概是因爲之前挖了太多墳墓的關係，不到一個月，我的椎間盤突出，最後只能跑來當墓園的夜間保全。

說來好笑，死人哪須要看守呢？但這份工作很適合我，我原本就不愛睡覺，從戰場回來後更是徹夜難眠。爲了度過漫漫長夜，我開始閱讀老頭子喜歡的書，菲尼莫爾・庫柏寫的小說。拗口的用詞遣字每每讓我昏昏欲睡，但一到鷹眼的部分就精彩得讓我欲罷不能。

很快地，我的作息就固定下來，晚上工作，白天到動物園。每天早上，動物園一開門我就下班，我會帶著臘腸、麵包和一袋洋蔥，花掉一枚老頭子的代幣，跟我的長頸鹿朋友共用早餐。多希望老頭子可以加入我們。班奇利女士偶爾會散步過來，坐在我身邊一起看長頸鹿。沒多久，管理員們都稱呼我爲「長頸鹿先生」。我眞心覺得這稱號很不錯。

多年過去，生活慢慢變得平淡，我努力做個好人，這要是在過去，替庫茲工作的我肯定會驚掉下巴。我只要一有機會就會去餵流浪貓、狗或任何動物。我絕對不會信任不喜歡動物的人。我愛過幾位高尚的女士，但不多。我一共結過三次婚，不出意料，全是紅頭髮，而且我活得比她們都久。我膝下無子，唯一一個孩子是成年的繼女，現在也比我先走一步。她曾送我一塊牌匾，上面寫著「和動物相處的時間會延續你的生命」，打趣地說，不出意外我會活到一百歲。

的確，我跟丫頭和小子的關係遠比跟其他人都好，家人一詞對我來說沒有界線，我讓牠們有吃不完的洋蔥，小子總是流著口水來迎接我，我會拍拍丫頭身上傾斜的心型斑紋。我看著牠們在大家的關愛中成長茁壯，就像老頭子說的，牠們給世人帶來牠們從不知道也不關心的自然奇景。動物園在沙漠裡蓋了一座像農場般的園區，牠們得以和自己的同類、來自其他動物園的長頸鹿一起在裡頭自由奔跑——成群結隊的長頸鹿，有什麼比這更壯觀的呢！

老頭子曾說過，動物知道生命的祕密，儘管有時我覺得牠們好像在跟我對話，但他的寶貝們從沒跟我分享過任何祕密。然而，一段時間下來，我很快了解到，就像老頭子一樣，我喜歡有牠們作伴；就像紅髮女一樣，我透過牠們高高在上的清澈眼睛看見世界；就像大佬一樣，受到「來自伊甸園的偉大生物」的啓發——我找到自己生命的祕密，如何過上美好人生的祕密，或許，這是老頭子對我的意義。

時光荏苒，動物園裡的人事一再變動，管理員換了一批又一批，就連貝兒．班奇利女士也離開了。我至少說了一千遍以上自己的故事，直到那些認識老頭子的人也走了。然後，照理說我應該要再說另外一千遍給新來的人聽，但我沒有，我知道那些陳舊的故事如今只對我這個老人有意義了。

我不再是個健談的人，守著墓園的日子讓我逐漸變得沉默寡言，不久，我認知到，就像賽勒斯．巴杰提到老頭子的手時所說的，有些私事必須埋藏在自己心底。我就這樣過了三十年。我跟長頸鹿互相分享彼此的生活，繼續過著屬於我們自己的故事，直到最後，丫頭和小子也都走了。

十幾年過去了。

我還活著。

大家都說時間會沖淡一切傷痛。我告訴你，時間也會帶來傷害。漫長的人生走到後頭，有一天，你突然意識到，除了過往的回憶，再也沒有新的東西。這一刻回首過往，當你尋找人生中最精華的時光，那段塑造出如今的你的故事會不斷浮現在腦海裡。

在所愛的人事物紛紛離世之後，我的靈魂也被帶走了大半。渾渾噩噩過了十幾年，直到我偶然找到一本舊《生活》雜誌。在翻閱的過程中，我突然非常想念紅髮女、老頭子和長頸鹿。我的思緒飄回到很久很久以前，回到了那個開車載著颶風長頸鹿的男孩。如果不是那場颶風把我吹到長頸鹿身邊，我不敢想像自己會落魄到何種地步。我非常詫異，純真的靈魂所具備的力量，居然足以改變生命的殘酷。如果不是認識了這兩隻動物，我可能一輩子都過得生不如死，活在黑色風暴和希特勒的陰霾底下。

時間不斷流逝，我就這樣一直活著。

到了九十多歲，在我身上的時間終於也要停止了。

我早已力不從心，無法再前往動物園。不知不覺間，我的腦子也壞了。時間毫不留情摧毀了一切。即便是最珍貴的記憶，也有如播放太久、刮痕滿布的黑膠唱片般變得斷斷續續，逐漸沒了聲音。最終，我也不過是個坐在輪椅上的老人，在一座擁擠的退伍軍人醫院裡，跟著其他老人一起看電視節目和不屬於自己的故事。

在冗長的告別之後，我一個垂垂老矣又腦袋不清楚的二戰老兵，照理說也該走到人生盡頭了。

然而，並不是這樣。

有人告訴我，我活了超過一世紀，這感覺非常奇怪。過了很久，在擁擠的交誼廳內，我看見一隻長頸鹿出現在電視上。我渾沌的腦袋瞬間明朗，只聽到電視裡一個男人用低沉的嗓音在說話。

那男人說，就像大象、老虎、大猩猩、犀牛一樣，長頸鹿從地球上消失了。叢林歷經戰火、盜獵、侵佔而逐漸消失，森林沉默了，唯一的方舟是動物園，連諾亞都要爲之哭泣。他說，數以千計的動物、鳥類和樹木瀕臨絕種。這是老頭子曾說過的旅鴿下場。

再也看不到了。

電視上不斷播放即將絕種的動物、鳥類和植物的畫面，再這樣下去，他就快把世界上所有動物都列了出來。我只能自己轉動輪椅，衝過去打電視制止他。

當看護跑過來時，我倒坐在輪椅上，明白就算打壞世界上所有的電視，也挽救不了長頸鹿。我一個老人什麼也做不了。怎麼會變成這樣？少了長頸鹿、椋鳥群飛和森林的聲音，這世界該有多醜陋不堪、枯燥乏味，就只適合沙塵暴、蟑螂和我們人類居住了吧。親愛的上帝，倘若動物絕跡，就讓我也死了算了。我好想死，我寧願入土爲安，也不想繼續苟活。

結果，我做夢了。我已經八十年沒做過夢了。

在那一次旅程結束之後，我洗心革面，從此再也沒做過惡夢。直到大戰結束，我去找紅髮女結果遇見了妳。就在那天晚上，我搭上前往聖地牙哥的火車，在車上迷迷糊糊地睡著。我看見變成了老婆婆的紅髮女奧古斯塔，站在一棟紅色小屋裡打開包裹，裡頭赫然是一隻長頸鹿。我整個人都慌了，很害怕是大記者先生的拳頭把我帶回到惡夢之中。姑且不論長頸鹿包裹，紅髮女是絕對不會變成老婆婆的。然後，我再也沒做夢。就這樣十年、二十年、三十年過去了，我又回到沒有夢境的生活。眞是太好了。

然而，就在昨晚，當一群看護將我推回房間床上休息，我閉上眼，聽到一個我十八歲時聽到的聲音……輕輕柔柔的長頸鹿低鳴聲……我知道我在夢中。因爲我看到丫頭從窗戶探頭進到我五樓的房間。牠噴著鼻息，要我起床到窗邊去。夢中的我照做了。我坐到車頂，這裡是維吉尼亞的某個地方，跟丫頭的頭推擠來推擠去，紅髮女則正在講述著長頸鹿的故事，有天空的、有畫中的、有巴黎的，我被拉進這些久遠以前聽到的故事中，彷彿故事裡的角色都活了過來，而我們可以長長久久地生活在這些故事中。

接著，車廂消失，我回到床上，再次夢到紅髮女老婆婆在一棟紅色小屋裡打開裝有長頸鹿的包裹。

接著，我發現她不是紅髮女。

是妳。

我驚醒過來，彈坐起身。在我的腦中，夢境如同影片般繼續播放——我再一次踏上旅途，身邊跟著長頸鹿、老頭子和妳媽媽。不同的是，這次妳也在。紅髮女忙著拍照時，妳就坐在帕卡德車裡。她奮不顧身飛車駛進洪水之中救長頸鹿時，妳也在。當小子從老狐狸的槍口底下救出她和肚子裡的妳時，妳也在。當紅髮女在車頂上述說著文學與傳說中的長頸鹿故事時，妳也在。接著，她講了另一個故事——一個關於我們的故事。

給妳聽。

這時，我才感覺到自己是多麼愚蠢自私。

我怎麼會認為這些故事一點也不重要？誰能料想這些故事將淵遠流長。難道妳不該聽聽我們的故事？難道妳不該知道兩隻長頸鹿是如何救了我和我所愛的女人，也就是妳的母親？這不是我一個人的故事，而我居然想要獨自把它帶進墳墓裡。難道妳不該知道妳母親的勇敢和夢想？即便我們都走了，難道妳不該認識一下妳的朋友？

我知道我這個老人該做些什麼了。我找出筆，開始寫下來。

我生平沒有多少知心朋友，其中就包括了兩隻長頸鹿，一隻沒把我踢死，一隻救了我這孤兒一條賤命，以及妳的寶貴性命。

牠們都走了很久，我恐怕也來日不多。我死了沒什麼遺憾。但電視上有個傢伙說世界上就快看不到長頸鹿，而且絕種的還有老虎、大象，以及老頭子說曾經滿天蔽日的鴿群。

然而還有妳，以及一段屬於妳也屬於我的故事。我不能讓這段故事隨著我這把老骨頭一起消失殆盡，那將是我最大的遺憾。若說我曾見過上帝的臉，那會是出現在這些長頸鹿的大臉上。我死後沒能留下什麼東西給牠們、給妳，有的只有這段故事。

所以，我抓緊時間寫了下來。我曾經在長頸鹿身上看到了上帝。倘若在長頸鹿走後，這世上還有任何魔法或神蹟，會有一個好心人讀到我寫下的這些故事，替我完成我的未竟之事。

那麼，在一個風和日麗的早晨，長頸鹿、老頭子、我以及妳的母親，在幾經波折之後，終能與妳相會。

我停下筆，聽見窗邊一陣騷動。

是丫頭。

牠伸長優雅的脖子朝我靠近，我感覺到一股熟悉的悸動，就像多年前在碼頭第一次見到牠和小子。

「我們做到了，丫頭。」我指著這些文字。「妳開心嗎？我好開心。」

牠吸吸鼻子，滿意地吐了我一身口水。

我正要問牠為什麼會來時，我的心臟停了一拍……接著又一拍……再一拍……

我知道時候到了。我看著知心朋友的身影逐漸消失。

永別了。

我顫抖著手摀著這顆老心臟，欣慰地望著最後的筆跡。

結束了。

該走了。

……我伸手關上窗戶。

尾聲

聯絡員放下伍羅・威爾森・尼可收在箱裡的最後一本筆記本，環顧四周。現在已是傍晚時分，而她尚有許多工作沒有完成，然而，她並不急著查看手錶，而是輕輕收拾好散落的筆記本，重新綁好，和長頸鹿陶瓷玩偶一起放回軍用提箱，隨後去見醫院院長。

「有空嗎？」她說：「我有樣東西要給你看。」

幾天後，在傳奇人物貝兒・班奇利女園長的壁畫旁，現任園長坐在辦公室裡，他背靠在椅上，桌上擺了一疊從退伍軍人醫院寄來的筆記本，他剛讀完最後一本。他望向窗外，在一片綠意盎然的環境之中，有一棟動物園甫成立的瀕危動物保育機構，在將近一個世紀之前，那裡曾圈養了動物園第一批長頸鹿。

他點了一下桌上電腦的螢幕，園區保全主任隨後走了進來。

「園長，有什麼事嗎？」

「如果我想找一個人，該從何找起？」

~

就這樣，在一個風和日麗的早晨，一棟位於紐澤西的紅磚小屋裡，坐著一名老婆婆，她身材消瘦、滿臉雀斑，頂著一頭濃密褪色的紅色鬈髮，正在看一則訊息，訊息通知她將收到一份快遞。她已經看了至少十次以上了，而這時，門鈴響起。她快步走到門口，兩名快遞員抬著一具二戰古董軍用提箱。她示意兩人將箱子輕輕地放在木地板上。

快遞員離開後，她關上大門，打開提箱，裡面是一隻長頸鹿。她細細欣賞這尊小小的聖地牙哥陶瓷紀念品，握在手上，拿起第一本筆記本，緩緩落坐在最近的一張椅子上，開始閱讀。

（全書完）

相關歷史資料

◎貝兒．班奇利（Belle Benchley）

一九二五年，班奇利打破性別框架，被政府派往剛成立的聖地牙哥動物園擔任會計，從收票到打掃籠子，大小包辦。動物園發展迅速，但資金窘迫，幾位男園長都在任不久，最後，由她一肩扛起園長之職。

儘管她是世界上唯一一位女性動物園園長，在各大報章媒體和流行文化中頗負盛名，一九二七年清一色都是男性的動物園董事會給予她的正式職稱卻是「總幹事」，直到一九五三年退休前幾年，才正式改名為「總經理」。在她漫長的任期內，世人暱稱她為「動物園女士」。一九四九年，她成為第一位當選「動物園和水族館協會」會長的女性。一九四〇年，她出版的第一本書《勇闖男人主宰的叢林》，成為國際暢銷書，書寄往海外給士兵作為鼓舞士氣之用。此後，她接連又出了三本書。深具遠見的她所做的其中一項創舉，就是讓小學二年級的孩子搭校車參觀動物園。她深信，唯有親眼見到動物，才能喚醒世人對野生動物的關注，如今，以保育為主的動物園皆以此為目標。

◎刮鬍膏廣告（Burma-shave Ads）

美國刮鬍膏品牌，以公路旁張貼幽默的廣告文案聞名。沿路每隔一段距離放一句標語，前後呼應的幽默語句常引人發笑。

◎英國知名髮蠟（Dapper Dan）

二十世紀初期，知名的髮蠟品牌，讓人塗抹在頭髮上固定髮型。

◎一九三八年大颶風（Great Hurricane of 1938）

又稱「長島快車」和「洋基快艇」。一九三八年的新英格蘭颶風是近百年來第一個襲擊美國東岸的颶風，新英格蘭地區遭受有史以來最強烈的破壞性暴雨侵襲，此紀錄直到二〇一二年珊迪颶風出現才被打破。強大的颶風導致多處社區被沖毀，居民和房子都被捲進海裡。知名影星凱薩琳．赫本當時被困在家族的河濱小屋裡。據報導，紐約市的帝國大廈在強風中搖晃，東河氾濫成災。

◎長頸鹿叫聲（Giraffe Hum）

生物學家曾錄到長頸鹿在夜晚低頻渾厚的嗚唱聲。關於這叫聲的原因眾說紛紜，有人說是長頸鹿做夢時的鼾聲，有人說是牠們滿足時的叫聲，也有人說就像海豚和大象一樣，是長頸鹿互相溝通時的聲音。

◎遊民卡（Hobo Cards）

有別於偷渡火車的流浪漢，遊民是居無定所的工人，遊走美國各地，有工作就接，但不會在一個地方逗留太久，享受無拘無束的人生。爲了不被警方騷擾，他們決定成立一個組織，制定遊民卡，向人展現自己的身分，一年須繳交五分美元的會費。

◎胡佛村（Hoovervilles）

經濟大蕭條期間，無家可歸的人聚集在一起，臨時搭建的貧民窟。以當時的總統赫伯特．胡佛爲名。

◎詹姆斯．菲尼莫爾．庫柏（James Fenimore Cooper）

十九世紀最早贏得國際聲譽的美國作家，知名作品爲《皮襪子故事集》，主角是狂放不羈的拿鐵．本波，人稱「鷹眼」，主要描寫拓荒時代的冒險故事。舊時代的文風冗長，詞藻推砌，但豐富的文化內容流傳至今。其中最廣爲人知的一本小說《最後一個摩希根人》，描述摩希根族最後兩位男性族人的故事，後來廣泛用來形容種族的滅亡，引發讀者共鳴。

◎倫敦勞埃德保險（Lloyd's of London）

一間傳奇的保險集團，一六八八年，由海邊咖啡小屋老闆愛德華．勞埃德成立，專保別人不保的項目（例如運送長頸鹿橫越美國）。有趣的是，它之所以能這麼做，是因爲它其實並不是一間保險公司，而是資助者、承銷商、法人團體和風險承擔的個別戶所組成的「市場」。

◎李公路和林肯公路（Lee and Lincoln Highways）

林肯公路是第一條橫貫美國大陸的高速公路，跨越南部各州，於一九一三年完工。緊接著，一九二三年，李公路完工，以華盛頓特區爲起點，穿越南部各州，最終連結到聖地牙哥太平洋公路。

◎《曼恩法》（Mann Act）

一九一〇年，美國總統塔虎脫（William Howard Taft）在位時簽署的一項法案，制定者爲眾議員詹姆斯・羅伯・曼恩（James Robert Mann），將賣淫、淫亂或以任何不道德意圖跨洲販賣女性皆視爲犯罪行爲，引發自由主義，尤其是種族主義的爭議。知名人士查理・卓別林（Charlie Chaplin）、法蘭克・洛伊・萊特（Frank Lloyd Wright）、查克・貝瑞（Chuck Berry）和傑克・強森（Jack Johnson）都被牽連，其中，第一位非裔美籍重量級拳王強森，因爲和白人女友從匹茲堡到芝加哥出遊而被定罪。

◎魯布·戈德堡（Rube Goldberg）

二十世紀早期著名美國漫畫家、發明家和普立茲獎得主。最爲知名的就是一系列用複雜機器執行簡單任務的漫畫。「魯布·戈德堡機械」被用來形容過度複雜的發明，時到今日仍是世人爭相模仿的對象。

◎羅賓號（SS Robin Goodfellow）

一九三八年，因運送長頸鹿的途中遭遇大颶風而聲名大噪的商船。後於二次世界大戰期間，一九四四年七月二十五日，在南大西洋被潛艇魚雷擊中而沉沒，船上船員全數失蹤。

◎日落小鎮（Sundown Towns）

遠在非裔美國人爲爭取與白人同等地位而發起民權運動之前，在美國重建時期，全國各地有上千座小鎮外會豎立這樣的看板，警告「有色人種」不要逗留，使得黑人在旅行時會碰到許多問題。一九三六年到一九六六年間，針對駕車旅行的非裔美國人發行年度旅行指南《黑人駕車旅遊綠皮書》（*The Negro Motorist Green Boook*），或簡稱《綠皮書》（*Green Book*），編者爲維克多·雨果·格林（Victor Hugo Green），二〇一九年，同名電影《幸福綠皮書》獲得奧斯卡最佳影片獎。

◎福特T型車（Tin Lizzie）

經濟大蕭條時期，福特T型車因爲廉價耐用而大受歡迎，稱霸當時的汽車產業。早期的T型車即使破舊仍然能行駛於路上。

◎公共事業振興署／平民保育團（WPA／CCC）

一九三五年，經濟大蕭條時期，羅斯福總統實施一連串新政，當中包括建立公共事業振興署（WPA）和平民保育團（CCC）。公共事業振興署大量雇用非技術勞工來參與公共工程，建設學校大樓、醫院、橋梁、機場、動物園和道路，估計約種植了三百萬棵樹。平民保育團是針對十八到二十五歲的失業男性推行的就業方案，後來擴大到二十八歲，提供住宿、衣服、食物和微薄的薪水。年輕人住在各地國家公園裡的工作營，一九三三年至一九四二年期間，在超過八百座公園裡，他們總共種植超過三百萬棵樹，打造各式小徑和興建庇護所。

誌謝

每本書都是奇蹟，我誠摯感謝這一本的誕生。

我會想念和長頸鹿、伍迪、紅髮女和老頭子這一趟刺激的文字之旅。因爲有你們，這一切才能成眞，我由衷地謝謝大家。

特別感謝：

珍・戴斯特爾（Jane Dystel），比我更熱愛長頸鹿，擁有一流的能力和耐心。

蜜莉安（Miriam Goderich），一下子就看出這篇故事的獨特性。

聖地牙哥動物園野生動物聯盟的所有人，尤其是執行長道格拉斯（Douglas Myers），爲瀕危動物每日所做的付出令人動容。

丹妮爾（Danielle Marshall），對書擁有驚人的敏銳度。

此外，有豐富精彩的資料，才能構建出過去的世界——聖地牙哥動物園野生動物聯盟的檔案、聖地牙哥歷史中心、新聞資料庫、一九三八年颶風歷史口述檔案、公共事業振興署/平民保育團、經濟大蕭條、黑色風暴，以及各種書籍、影片、攝影集：

《走過一世紀的聖地牙哥動物園》（*The San Diego Zoo: The First Century 1916–2016*）

《憤怒的葡萄》（*The Grapes of Wrath*），約翰・史坦貝克著，一九三九年。

《黑人駕車旅遊綠皮書》，維克多．雨果．格林著，一九三六年。
《最艱難的時期》（*The Worst Hard Time*），蒂莫西．伊根著，二〇〇六年。
《黑色風暴》（*The Dust Bowl*）紀錄片，肯．伯恩斯執導，二〇一二年。
另外，還有多蘿西．蘭格（注）和瑪格麗特．伯克─懷特所拍攝的永恆紀錄照。
最後，還要感謝我最親愛的家人和寵物，感謝你們包容了一個在家寫作的人。

注　多蘿西．蘭格（Dorothea Lange），美國攝影機和作家，因拍攝經濟大蕭條時期的照片而出名，照片講述了當時百姓的生活。

國家圖書館出版品預行編目資料

長頸鹿男孩 / 琳達．洛麗奇（Lynda Rutledge）著. -- 林小綠譯. -- 初版. -- 臺北市：春光, 城邦文化出版：家庭傳媒城邦分公司發行, 2023.03
冊； 公分
譯自：West with Giraffes
ISBN 978-626-7282-04-5（平裝）

874.57 112001773

長頸鹿男孩

原著書名／West with Giraffes
作　　者／琳達．洛麗奇（Lynda Rutledge）
譯　　者／林小綠
企畫選書人／劉瑄
責任編輯／劉瑄

版權行政暨數位業務專員／陳玉鈴
資深版權專員／許儀盈
行銷企劃／陳姿億
行銷業務經理／李振東
總　編　輯／王雪莉
發　行　人／何飛鵬
法律顧問／元禾法律事務所　王子文律師
出　　版／春光出版
台北市 104 中山區民生東路二段 141 號 8 樓
電話：(02) 2500-7008　傳真：(02) 2502-7676
部落格：http://stareast.pixnet.net/blog　E-mail：stareast_service@cite.com.tw
發　　行／英屬蓋曼群島商家庭傳媒股份有限公司城邦分公司
台北市中山區民生東路二段 141 號11 樓
書虫客服服務專線：(02) 2500-7718 / (02) 2500-7719
24小時傳真服務：(02) 2500-1990 / (02) 2500-1991
服務時間：週一至週五上午9:30～12:00，下午13:30～17:00
郵撥帳號：19863813　戶名：書虫股份有限公司
讀者服務信箱E-mail: service@readingclub.com.tw
歡迎光臨城邦讀書花園　網址：www.cite.com.tw
香港發行所／城邦（香港）出版集團有限公司
香港灣仔駱克道 193 號東超商業中心 1 樓
電話：(852) 2508-6231　傳真：(852) 2578-9337
E-mail : hkcite@biznetvigator.com
馬新發行所／城邦（馬新）出版集團【Cite (M) Sdn Bhd】
41, Jalan Radin Anum, Bandar Baru Sri Petaling,
57000 Kuala Lumpur, Malaysia.
Tel：(603)90563833　Fax：(603)90576622　Email：services@cite.my

封面設計／朱陳毅
內頁排版／邵麗如
印　　刷／高典印刷有限公司

■ 2023 年 3 月 30 日初版一刷

Printed in Taiwan

售價／450元

城邦讀書花園
www.cite.com.tw

ISBN　978-626-7282-04-5

廣 告 回 函
北區郵政管理登記證
台北廣字第000791號
郵資已付，免貼郵票

104 台北市民生東路二段 141 號 11 樓

英屬蓋曼群島商家庭傳媒股份有限公司
城邦分公司

請沿虛線對折，謝謝！

愛情 · 生活 · 心靈
閱讀春光，生命從此神采飛揚

春光出版

書號：OT1032　　**書名**：長頸鹿男孩

請於此處用膠水黏貼

讀者回函卡

謝您購買我們出版的書籍！請費心填寫此回函卡，我們將不定期寄上城邦集
最新的出版訊息。亦可掃描 QR CODE，填寫電子版回函卡。

姓名：＿＿＿＿＿＿＿＿＿＿＿＿＿＿＿＿＿＿＿＿

性別：□男　□女

生日：西元＿＿＿＿＿＿＿年＿＿＿＿＿＿＿＿月＿＿＿＿＿＿＿＿＿日

地址：＿＿＿＿＿＿＿＿＿＿＿＿＿＿＿＿＿＿＿＿＿＿＿＿＿＿＿＿＿＿

聯絡電話：＿＿＿＿＿＿＿＿＿＿＿＿　傳真：＿＿＿＿＿＿＿＿＿＿＿＿

E-mail：＿＿＿＿＿＿＿＿＿＿＿＿＿＿＿＿＿＿＿＿＿＿＿＿＿＿＿＿＿

職業：□ 1. 學生 □ 2. 軍公教 □ 3. 服務 □ 4. 金融 □ 5. 製造 □ 6. 資訊

□ 7. 傳播 □ 8. 自由業 □ 9. 農漁牧 □ 10. 家管 □ 11. 退休

□ 12. 其他＿＿＿＿＿＿＿＿＿＿＿＿＿＿＿＿＿＿＿＿＿＿＿＿＿

您從何種方式得知本書消息？

□ 1. 書店 □ 2. 網路 □ 3. 報紙 □ 4. 雜誌 □ 5. 廣播 □ 6. 電視

□ 7. 親友推薦 □ 8. 其他＿＿＿＿＿＿＿＿＿＿＿＿＿＿＿＿＿

您通常以何種方式購書？

□ 1. 書店 □ 2. 網路 □ 3. 傳真訂購 □ 4. 郵局劃撥 □ 5. 其他＿＿＿

您喜歡閱讀哪些類別的書籍？

□ 1. 財經商業 □ 2. 自然科學 □ 3. 歷史 □ 4. 法律 □ 5. 文學

□ 6. 休閒旅遊 □ 7. 小說 □ 8. 人物傳記 □ 9. 生活、勵志

□ 10. 其他＿＿＿＿＿＿＿＿＿＿＿＿＿＿＿＿＿＿＿＿＿＿＿＿＿

請於此處用膠水黏貼